U0134684

SHERLOCK HOLMES

福爾摩斯全集

VI

亞瑟‧柯南‧道爾爵士 (Sir Arthur Conan Doyle 1859–1930)，英國小說家，因塑造歇洛克‧福爾摩斯而成為偵探小說歷史上最重要的作家。《福爾摩斯全集》被譽為偵探小說中的聖經，除此之外他還寫過多部其他類型的作品，如科幻、歷史小說、愛情小說、戲劇、詩歌等。柯南‧道爾1930年7月7日去世，其墓誌銘為「真實如鋼，耿直如劍」(Steel True, Blade Straight)。

　　柯南‧道爾一共寫了60個關於福爾摩斯的故事，56個短篇和四個中篇小說。在40年間陸續發表的這些故事，主要發生在1878到1907年間，最後的一個故事是以1914年為背景。這些故事中，有兩個是以福爾摩斯第一人稱口吻寫成，還有兩個以第三人稱寫成，其餘都是華生 (John H. Watson MD) 的敍述。

譯者李家真，1972年生，曾任《中國文學》雜誌執行主編、《英語學習》雜誌副主編、外研社綜合英語事業部總經理及編委會主任，現居北京。譯者自敍：「生長巴蜀，羈旅幽燕，少慕藝文，遂好龍不倦。轉徙經年，行路何止萬里；耽書卅載，所學終慚一粟。著譯若為簡冊，或可等身；諷詠倘刊金石，只足汗顏。語云：非曰能之，願學焉。用是自勵，故常汲汲於文字，冀有所得於萬一耳。」

亞瑟·柯南·道爾

福爾摩斯全集
VI

李家真譯注

THE OXFORD SHERLOCK HOLMES
ARTHUR CONAN DOYLE

OXFORD
UNIVERSITY PRESS

OXFORD
UNIVERSITY PRESS

Oxford University Press is a department of the University of Oxford.
It furthers the University's objective of excellence in research, scholarship, and education by publishing worldwide. Oxford is a registered trade mark of Oxford University Press in the UK and in certain other countries

Published in Hong Kong by
Oxford University Press (China) Limited
18th Floor, Warwick House East, Taikoo Place, 979 King's Road, Quarry Bay, Hong Kong

© Oxford University Press (China) Limited

The moral rights of the author have been asserted

First Edition published 2013

All rights reserved. No part of this publication may be reproduced, stored in a retrieval system, or transmitted, in any form or by any means, without the prior permission in writing of Oxford University Press (China) Limited, or as expressly permitted by law, by licence, or under terms agreed with the appropriate reprographics rights organization. Enquiries concerning reproduction outside the scope of the above should be sent to the Rights Department, Oxford University Press (China) Limited, at the address above

You must not circulate this work in any other form and you must impose this same condition on any acquirer

1 3 5 7 9 10 8 6 4 2

福爾摩斯全集
VI

亞瑟・柯南・道爾著

李家真譯注

ISBN: 978-0-19-399548-2
全集 ISBN: 978-0-19-943184-7

Title page illustration: Mark F. Severin

THE OXFORD SHERLOCK HOLMES
ARTHUR CONAN DOYLE

版權所有，本書任何部份若未經版權持有人允許，不得用任何方式抄襲或翻印

目　錄

福爾摩斯謝幕演出
His Last Bow

His Last Bow

福爾摩斯謝幕演出

前言

　　歇洛克‧福爾摩斯先生之諸位友好當可欣悉，此君尚在人間，身體康健，唯偶或為風濕所苦，行走略有不便。此君已在距伊斯特本*五英里之丘陵地帶隱居多年，棲身某窄小田莊，時日半付哲學、半付農事。安閒歲月之中，此君一再謝絕各種酬勞至為豐厚之案件，決意就此收山。詎料德意志所肇戰禍步步迫近，此君遂慨然奮起，以知行合一之非凡才幹報效本國政府，由此鑄就彪炳史冊之功業，相關記述可見《福爾摩斯謝幕演出》。另有往事數件，鄙人珍藏已久，現與《福爾摩斯謝幕演出》一併刊出，以完此帙。

醫學博士約翰‧H. 華生

---

*　伊斯特本 (Eastbourne) 為英格蘭東南濱海城鎮，今屬東薩塞克斯郡。《第二塊血跡》當中曾經說，「如今他（福爾摩斯）已經毅然決然地離開倫敦，遁入薩塞克斯丘陵，以研究工作和蜜蜂養殖自娛。」

威斯特里亞別墅

第一部分
約翰・斯科特・埃克爾斯先生的奇遇

根據我記事本當中的記載，這件事情發生在一個寒風凜冽的日子，具體時間則是一八九二年* 三月下旬。我倆吃午飯的時候，福爾摩斯收到了一封電報，並且草草地寫了一封回電。他沒有發表甚麼看法，電報的事情卻在他的腦海裏久久縈回，因為在此之後，他若有所思地站在生着火的壁爐跟前，抽着煙斗，目光時不時地投向那封電報。突然之間，他衝我轉過臉來，眼睛裏閃出了惡作劇式的光芒。

「按我看，華生，我們必須得承認你的文人身份，」他說道。「作為文人，你對『怪誕』這個字眼兒作何解釋呢？」

「稀奇古怪──不同尋常，」我如是回答。

---

* 這篇故事首次發表於 1908 年 9 月及 10 月的《斯特蘭雜誌》(The Strand Magazine)，分兩部分連載，本書其餘故事亦首見於此雜誌，以下只注時間 (本書注釋中的首次發表時間都是就英國而言)；「一八九二年」是書中的原文，但這個時間與《最後一案》和《空屋子》當中的說法存在矛盾，按照那兩個故事的說法，福爾摩斯於 1891 年失蹤，1894 年才回到倫敦。

聽了我給出的定義，他開始大搖其頭。

「毫無疑問，這個字眼兒不光有你說的這些意思，」他說道，「還暗含着『悲慘』和『可怕』的意思。只需要回頭想想你用來折磨耐心公眾的那些記述，你就會發現，『怪誕』這個字眼兒惡化成『罪惡』的次數是多麼地頻繁。想想那個關於紅頭髮男人的小小事件吧，剛開始只是顯得非常怪誕，結尾部分卻變成了一次鋌而走險的銀行搶劫。還有啊，關於五粒橘核的那件事情也是再怪誕不過，後來卻直接導向了一樁蓄意殺人的陰謀 *。所以呢，一看到這個字眼兒，我就會加倍警惕。」

「電報裏也有這個字眼兒嗎？」我問道。

他大聲地念出了電文。

適才遭遇怪誕之極、令人難以置信。可否相詢？

斯科特 · 埃克爾斯

查林十字郵局

「發電報的人是男是女？」我問道。

「咳，男的，這還用問嗎，女人是絕對不會發預付回電費的電報的。有這個必要的話，女人的選擇就是直接上門。」

「你答應見他了嗎？」

「親愛的華生啊，你又不是不知道，自從咱們逮住卡魯瑟斯上校以後，這段日子我是多麼地無聊。沒能跟相應的工作連接到一起，我的腦子就像是一部空轉的引擎，遲早會把自個兒折騰得七零八落。生活平淡無奇，報紙枯燥

---

* 此處所說的兩件案子可參見《紅髮俱樂部》和《五粒橘核》。

無味，看樣子，膽略與傳奇已經永遠地拋棄了罪犯們的世界。這樣的情形之下，我當然是甚麼問題都願意調查，不管它到頭來會有多麼瑣碎，這還需要問嗎？好了，我要沒搞錯的話，咱們的主顧已經來啦。」

樓梯上傳來了一陣節奏整齊的腳步聲，片刻之後，房東太太把一個又高又壯、蓄着花白的連鬢鬍子、莊重得近乎陰鬱的人領了進來。看看他臃腫的面容和自負的儀態，你馬上就可以想像出他的生平事跡。他穿着鞋套＊，戴着一副金邊眼鏡，從頭到腳都是個保守黨人、教會成員、正派市民，循規蹈矩到了無以復加的程度。然而，某種奇遇已經擾亂了他與生俱來的冷靜性情，他蓬亂的頭髮、氣得通紅的雙頰和慌裏慌張的激動神態便是明證。進屋之後，他開門見山地挑明了來意。

「我遇上了一件十分古怪、十分不愉快的事情，福爾摩斯先生，」他說道。「我活了一輩子，從來都不曾落入這等田地。這事情非常不成體統，應該說是非常讓人憤慨。我一定得知道理由何在。」他惱得氣喘吁吁，嗓門兒也越來越高。

「請坐，斯科特・埃克爾斯先生，」福爾摩斯用安撫的語氣說道。「首先，我能不能問一問，您怎麼會想到要來找我呢？」

「呃，先生，這件事情似乎不歸警察管，話說回來，等您聽完相關的事實之後，您一定會同意，我絕不能對這

＊　鞋套是主要流行於十九世紀晚期及二十世紀早期的一種遮蓋腳背及腳踝部位的布製或皮製飾品。

件事情聽之任之。我對私家偵探之類的人物絕無好感，不過呢，既然我聽說過您的大名——」

「可以理解。好了，第二個問題，您為甚麼沒有立刻趕來呢？」

「您為甚麼這麼問呢？」

福爾摩斯看了看自己的錶。

「現在是兩點一刻，」他說道。「您發電報的時間則是一點鐘左右。不過，看一看您的儀表和衣着，誰都可以立刻發現，您受到的驚擾可以追溯到您剛剛睡醒的時候。」

我們的主顧捋了捋自己沒有梳過的頭髮，摸了摸自己沒有刮過的下巴。

「您說得對，福爾摩斯先生。當時我完全沒有留意自己的儀表，一心只想着趕緊離開這樣的一座房子。不過，我先是東奔西走地打聽了一番，然後才跑來找您。您知道嗎，我去找了那些房產中介，他們跟我說，加西亞先生已經繳足了租金，威斯特里亞別墅一切正常。」

「好啦，好啦，先生，」福爾摩斯笑着說道。「我朋友華生醫生有個壞習慣，講故事的時候總喜歡倒着來，您剛才的話也跟他差不多。麻煩您理一理自個兒的思路，按照事件發生的先後順序給我講講，究竟是甚麼事情讓您頭髮不梳鬍子不刮、短靴和馬甲也不扣整齊，就這麼跑來尋求我的建議和幫助。」

我們的主顧低頭看了看自己不太正統的模樣，神色十分懊惱。

「當然嘍，我眼下的模樣肯定是很不像話，福爾摩斯先生，可我真是不記得，我這輩子還有過同樣的疏忽。好了，我這就把我的古怪經歷從頭到尾地告訴您，而我可以肯定，聽完之後，您一定會覺得，我這副模樣也是情有可原的。」

沒想到，他的故事尚未萌芽即已夭折。只聽得外面一陣忙亂，哈德森太太推開房門，把兩名官員模樣的壯漢讓了進來。其中之一正是我們大家耳熟能詳的蘇格蘭場督察 * 格雷森，一名幹勁十足、英勇豪邁、按自身天分來說也算能幹的警官。跟福爾摩斯握過手之後，格雷森介紹說，跟他一起來的這位同僚是薩里 † 警局的貝恩斯督察。

「我們倆一起追蹤獵物，福爾摩斯先生，結果就追到這個方向來了。」他那雙好似牛頭犬的眼睛轉向了我們的客人。「您是家住李鎮 ‡ 波帕姆宅邸的約翰·斯科特·埃克爾斯先生嗎？」

「是的。」

「我們追了您整整一個上午呢。」

「毫無疑問，你們是通過電報追到這兒來的，」福爾摩斯說道。

---

* 蘇格蘭場 (Scotland Yard) 是倫敦警察廳的代稱，按照蘇格蘭場官網的說法，這是因為它原來的辦公地點有一道開在「大蘇格蘭場街」(Great Scotland Yard Street) 的後門；英國的警銜系統與香港大致相同，故書中警銜譯名比照香港警銜，由低到高包括警員、警長、督察、警司等等級別。

† 薩里 (Surrey) 為英格蘭東南部的一個郡，與倫敦接壤。

‡ 「李鎮」英文是「Lee」，是當時屬於肯特郡的一個行政區域，該行政區自 1900 年起不復存在，《翻唇男子》當中的聖克萊爾也住在這附近；肯特郡 (Kent) 是倫敦東南方向的一個郡。

「沒錯，福爾摩斯先生。我們在查林十字郵局找到了線索，跟着就上這兒來了。」

「可是，你們幹嗎要追我呢？你們想幹甚麼？」

「我們想要您的口供，斯科特·埃克爾斯先生，想要您說一說，昨天夜裏，家住伊謝爾村＊附近威斯特里亞別墅的阿洛伊修斯·加西亞先生是怎麼死的。」

我們的主顧坐直了身子，大瞪着眼睛，驚恐得面無血色。

「死？你是說他死了嗎？」

「是的，先生，他死了。」

「怎麼死的呢？出了事故嗎？」

「謀殺，明顯得不能再明顯的謀殺。」

「上帝啊！這可真是太可怕啦！您該不是說──您該不是說我有嫌疑吧？」

「我們在死者的衣兜裏找到了一封您寫給他的信，還有啊，我們從信裏知道，昨天您打算去他家裏過夜。」

「我確實去了。」

「噢，您確實去了，真的嗎？」

督察把辦案專用的記事本掏了出來。

「等一等，格雷森，」歇洛克·福爾摩斯說道。「你們要的不過是一份清清楚楚的口供，對吧？」

「我還有責任警告斯科特·埃克爾斯先生，口供有可能會成為指控他的證據。」

「你們進門的時候，埃克爾斯先生剛準備給我們講這

＊　伊謝爾村 (Esher) 是薩里郡的一個村子，緊鄰倫敦。

件事情呢。依我看，華生，你不妨倒一杯白蘭地加蘇打水給他。好了，先生，我建議您不要把這兩位新來的聽眾放在心上，就按您原來的思路把您的故事講出來，要做得跟沒有受到打擾一樣。」

我們的客人將白蘭地一飲而盡，臉上又有了一點兒血色。他惶惑不安地瞥了一眼督察的記事本，跟着就展開了他那段非同尋常的陳述。

「我是個單身漢，」他說道，「可我天生喜好交際，因此結識了一大堆的朋友，其中就有梅爾維爾一家。梅爾維爾是個退休的釀酒商，住在肯辛頓街區的阿貝馬爾公館。幾個星期之前，我在他家的飯桌上認識了一個名叫加西亞的小伙子。據我所知，他擁有西班牙血統，而且跟西班牙使館有點兒關係。他英語說得很好，舉止討人喜歡，長相也不輸給我這輩子見過的任何男人。

「不知道甚麼原因，我跟這個小伙子一見如故。看樣子，他從一開始就對我產生了好感。他第一次跑到李鎮去看我的時候，我倆相識還不到兩天呢。一來二去，他就請我到他那裏去住幾天，他住在威斯特里亞別墅，地方在伊謝爾村和奧克肖特村 * 之間。這麼着，昨天傍晚，我如約趕到了伊謝爾村。

「我去之前，他已經跟我講過他家裏的情況。他跟一名忠心耿耿的僕人住在一起，僕人是他的同胞，負責照應他的日常起居。那個傢伙也會說英語，還替他料理家務。

---

* 　奧克肖特村 (Oxshott) 也是薩里郡的一個村子，在伊謝爾村南邊不遠的地方。

他跟我說，他家裏還有一個非常不錯的混血廚子，做得一手好菜，是他在旅途當中僱來的。我還記得，他曾經跟我念叨，在薩里郡的心臟地帶，像他那樣的人家可算是非常古怪。當時我就覺得他說得沒錯，只不過，事實已經證明，他那戶人家比我想像的還要古怪得多。

「我坐着馬車去了他家，他家在伊謝爾村往南大概兩英里*，房子相當大，跟大路之間隔着一點兒距離，庭院裏有一條彎彎曲曲的馬車道，馬車道兩邊都是高高的常綠灌木。那是座搖搖欲墜的老建築，嚴重缺乏修繕，看着都讓人害怕。等到我的輕便馬車停下來的時候，我看了看腳下那條野草叢生的馬車道，又看了看面前那道斑駁變色的門，心裏不由得犯起了嘀咕，覺得自己不應該貿然拜訪這麼一個沒多少交情的人。不過，他親自來給我開了門，招呼我的時候也顯得極其熱情。接下來，他把我交給了他的僕人。那是個愁眉苦臉、黑不溜秋的傢伙，替我拎着提包，領着我去了我的臥室。整座房子都讓人心情壓抑。晚餐桌上只有我們兩個人，主人一方面是竭盡全力地營造歡樂氣氛，一方面又不停地走神，說起話來含含糊糊、顛三倒四，弄得我莫名其妙。他沒完沒了地用手指敲打桌子，啃自個兒的指甲，此外還有其他一些緊張焦躁的表現。飯食本身談不上豐盛，也談不上甚麼烹飪技巧，那個苦臉僕人無聲無息地站在一旁，更起不到甚麼助興的作用。不怕告訴你們，昨天晚上，好多次我都在暗自祈禱，希望自己能編出一個回李鎮去的藉口。

---

*　1 英里約等於 1.6 公里。

「説到這兒，我想起了一件事情，興許跟你們兩位的調查工作有點兒關係。這事情發生的時候，我倒是一點兒也沒在意。晚餐將要結束的時候，僕人把一張便條交到了主人手裏。據我看，讀完便條之後，主人似乎更加心不在焉，舉止也更加古怪。他徹底放棄了假模假式的談話，坐在那裏一支接一支地抽煙，沉浸在自個兒的思緒之中。不過，他始終沒有說起便條的內容。十一點左右，我如逢大赦似的回房就寢。過了一陣，加西亞把腦袋伸進我的房門看了看，問我有沒有拉喚人鈴。房間裏當時一片漆黑。我說我沒有拉鈴，他就跟我賠了個不是，說時間已經快一點了，他不該這麼晚跑來打擾我。他走了之後，我倒頭就睡，安安穩穩地睡了一夜。

「好了，我這就要講到故事裏最驚人的部分了。我醒來的時候，天色已經大亮。我看了看錶，時間已經將近九點。我特意關照過他們八點鐘叫我起床，可他們居然忘了，實在讓我驚詫莫名。我從床上跳了起來，拉響了喚人鈴，結果是無人應答。我拉了一次又一次，始終都是同樣的結果。我斷定鈴鐺已經壞了，只好胡亂穿上衣服，懷着極其惡劣的心情衝到樓下去要熱水。沒想到，樓下一個人也沒有，你們可以想像，當時我是多麼地驚訝。我在大廳裏嚷了一陣，沒有聽到任何應答，於是就開始一個房間一個房間地找，所有的房間都是空無一人。頭天晚上，主人曾經把他的臥室指給我看，這時我跑去敲了敲門，仍然是沒有應答。我轉動門把走了進去，發現他的臥室空空如也，他的床也沒有人睡過。這樣看來，他也跟其他的人一

起消失了。外國主人、外國僕人、外國廚師，全都在一夜之間無蹤無影！我這次威斯特里亞別墅之行，到這兒就算是壽終正寢。」

眼看自己的離奇事件收藏之中又多了這麼一件匪夷所思的異聞，歇洛克・福爾摩斯搓着雙手，吃吃地笑了起來。

「據我所知，您的經歷絕對算得上獨一無二，」他如是評論。「我能不能問一問，先生，接下來您又是怎麼做的呢？」

「接下來我火冒三丈，第一個念頭就是有人跟我開了個荒唐透頂的玩笑。我收拾好東西，『咣』一聲摔上大門，拎着提包去了伊謝爾村。我跑進了艾倫兄弟公司，那是村子裏最大的房產中介，然後就發現，那座別墅正好是從他們手裏租出去的。這時我突然想到，他們這麼大費周章，不可能只是為了捉弄我，主要的目的一定是賴掉房租，因為眼下是三月下旬，季度日＊馬上就要到了。沒想到，我這種猜測並不符合事實。房產中介感謝我好心警告他們，同時又告訴我，別墅的房租已經預先付清。這之後我來了倫敦，到西班牙使館去了一趟，可他們並不知道加西亞這麼個人。接着我又去找梅爾維爾，因為我是在他家認識加西亞的，結果卻發現，他對加西亞的了解還不如我呢。最後我收到了您的回電，於是就跑來找您，因為我聽說，您

＊　季度日 (quarter-day) 是西方傳統中新季節或者新季度開始的日子，大致與二分二至相當，這幾個日子通常也是結算租金的日子。在當時的英格蘭，四個季度日分別是天使報喜節 (3 月 25 日)、施洗約翰節 (6 月 24 日)、聖米迦勒節 (9 月 29 日) 和聖誕節。

專門幫別人解決難題。好了，督察先生，聽了您剛進屋的時候說的那些話，我知道您可以把這個故事接着往下講，還知道那裏發生了慘劇。我可以跟您保證，我的話句句屬實，除了我已經說過的事情之外，我對那個人的遭遇一無所知。還有啊，我百分之百地願意全力配合你們執法。」

「這一點我完全相信，斯科特·埃克爾斯先生——完全相信，」格雷森督察的口氣十分和藹。「而且我必須承認，您所說的一切都跟我們看到的事實非常接近。舉例說吧，您提到了席間送來的那張便條，那張便條後來到哪裏去了，您有沒有碰巧注意到呢？」

「是的，我注意到了。加西亞把它團起來扔到了火裏。」

「你有沒有甚麼要補充的呢，貝恩斯先生？」

這名鄉下探員又肥又壯，膚色紅潤，雙眼雖然差一點兒就消失在了臉頰和眉弓之間的深深皺褶裏面，但卻顯得格外有神，好歹是讓他那張臉逃離了粗鄙的境地。這時候，他慢吞吞地笑了笑，從口袋裏掏出了一張皺折變色的紙片。

「壁爐裏支着一個柴架，福爾摩斯先生，他扔紙團的時候扔過了頭，所以我就在柴架背後找到了這張沒有燒過的紙片。」

福爾摩斯讚許地笑了笑。

「能把這麼小的一個紙團找出來，您搜查房子的時候一定是十分仔細。」

「的確如此，福爾摩斯先生，我辦事就是這麼個風格。我可以把它念出來嗎，格雷森先生？」

倫敦探員點了點頭。

「便條用的是一張普通的米色壓紋紙，不帶水印。這張紙是一整頁紙的四分之一，用一把短刃的剪子兩刀剪下來的。寫便條的人把紙折疊了三次，加上了紫色的蠟封，加蠟封的時候動作非常匆忙，用來壓實蠟封的則是某種扁平的橢圓形物件。收件人寫的是威斯特里亞別墅的加西亞先生，內容如下：

我們自己的顏色，綠與白。綠色開，白色關。主樓梯，第一條走廊，右手第七，綠呢門帷。祝順利。D

「便條出自女人的手筆，用的是筆尖很細的水筆，收件人姓名地址則是另外一種筆跡，要麼是換了筆，要麼就是換了人。你們也看見了，這種筆跡更粗也更醒目。」

「這張便條很不一般，」福爾摩斯一邊說，一邊掃視那張便條。「貝恩斯先生，您看便條的時候非常注意細節，我真得誇誇您才是。要我說，我還可以補充幾點微不足道的情況。壓實蠟封的橢圓形物件無疑是一枚素面的袖扣，這樣的輪廓還能是甚麼別的呢？那人用的是一把曲刃的指甲剪，剪出來的兩道刀痕雖然短，可你還是可以清清楚楚地看到，兩道刀痕都呈現出了一模一樣的輕微弧度。」

鄉下探員格格地笑了起來。

「我還以為我已經把便條裏的汁水榨乾了哩，現在看來，我終歸還是落了幾滴，」他說道。「我必須承認，我沒能從便條當中得到任何收穫，只知道它意味着某件事情即將發生，還意味着這件案子跟平常的許多案子一樣，根子是一個女人。」

偵探們交談的時候，斯科特·埃克爾斯先生一直在自個兒的座位上扭來扭去。

「真高興你們找到了這張便條，因為它可以證明我沒說假話，」他說道。「不過，容我冒昧地提一句，到現在為止，我還是沒聽到加西亞先生的遭遇，也沒聽到他家裏那些人的下落。」

「要問加西亞嘛，」格雷森說道，「答案非常簡單。今天早上，有人發現他死在了奧克肖特公地 * 上，地點離他家將近一英里。他的腦袋被人用沙袋之類的玩意兒砸成了肉醬，不能叫做受了傷，只能說是實實在在地變成了一攤爛泥。發現屍體的地方非常偏僻，方圓四分之一英里之內都沒有房屋。兇手顯然是從背後把他放倒的，不僅如此，在他死了之後，兇手還接着打了很長的時間，手段狂暴到了極點。現場沒有腳印，也沒有可以追查兇手的任何線索。」

「他遭到搶劫了嗎？」

「沒有，兇手沒有實施搶劫。」

「這事情非常讓人痛心──非常痛心、非常恐怖，」斯科特·埃克爾斯先生忿忿不平地說道，「不過，說實在的，它對我的打擊格外沉重。我的主人夜裏出去蹓躂，後來又遇上了如此悲慘的厄運，可我跟這些事情一點兒關係都沒有，怎麼會被你們扯進這件案子呢？」

「原因非常簡單，先生，」貝恩斯督察回答道。「死

---

* 公地是指由某個地方的村鎮居民共用或共同擁有的一片土地，通常位於某一片區域的中央。

者身上的唯一一份文件就是您寫的信，信裏說您會在他那裏過夜，時間又剛好是他死亡當晚。就是通過這封信的信封，我們才知道了死者的姓名和地址。今天早上九點多的時候，我們趕到了他的家裏，既沒找到您，也沒找到別的甚麼人。於是我發電報讓格雷森先生在倫敦追查您的下落，自己則把威斯特里亞別墅搜了一遍。接下來，我進城找到了格雷森先生，然後就上這兒來了。」

「按我看，」格雷森一邊説，一邊站了起來，「我們最好還是照官方的規矩來辦。斯科特·埃克爾斯先生，您得跟我們去一趟局裏，給我們寫一份書面的口供。」

「沒問題，我這就跟你們去。不過，我還是要請您幫忙，福爾摩斯先生，希望您幫我查明真相，不要怕花錢，也不要吝惜力氣。」

我朋友轉向了那位鄉下督察。

「依我看，您應該不反對我跟您合作吧，貝恩斯先生？」

「榮幸之至，先生，絕對是榮幸之至。」

「根據您之前的種種舉措來看，您辦事似乎非常利落、非常有條理。我能不能問一問，關於那個人死亡的確切時間，你們有沒有甚麼線索呢？」

「從夜裏一點開始，他已經躺在了那裏。一點鐘左右下起了雨，他的死肯定是下雨之前的事情。」

「可這根本不可能啊，貝恩斯先生，」我們的主顧叫道。「他的聲音我是不會聽錯的。我可以發誓，在您說的那個時間，跑到我房間裏來叫我的確實是他。」

「確實不合常理，但卻絕對不是不可能，」福爾摩斯笑着說道。

「你有線索了嗎？」格雷森問道。

「表面看來，這件案子算不上非常複雜，當然嘍，它的確帶有一些新奇有趣的特徵。我還得多了解一些事實，然後才能斗膽拿出一個明確的最終看法。對了，貝恩斯先生，除了這張便條以外，您有沒有在房子裏找到其他甚麼不一般的東西呢？」

探員用古怪的眼神看了看我的朋友。

「有的，」他說道，「有一兩件**非常**不一般的東西。要我說，等我在局裏辦完事情之後，您不妨跟我一起去看一看，然後再跟我說說您的看法。」

「樂意從命，」歇洛克·福爾摩斯一邊說，一邊拉響了喚人鈴。「哈德森太太，送這幾位先生出去吧，還有，麻煩你叫小聽差把這封電報發出去，預付五個先令 * 的回電費。」

客人走了之後，我倆默不作聲地坐了一會兒。福爾摩斯使勁兒地抽煙，緊鎖的眉頭低低地壓住了銳利的眼睛，腦袋也支棱在身前，正是他緊張思考之時的慣常表現。

「呃，華生，」他突然轉頭問我，「這件事情你怎麼看呢？」

「斯科特·埃克爾斯的說法簡直是莫名其妙，我完全看不明白。」

---

*　先令為英國舊幣，1 先令等於 12 便士，20 先令等於 1 英鎊。1971 年之後英國貨幣改為十進制，1 英鎊等於 100 便士，不再有先令這一貨幣單位。

「那麼，這樁罪行呢？」

「呃，既然死者屋裏的人都不見了，我認為他們跟兇案脫不了關係，逃跑是為了躲避法律的制裁。」

「當然嘍，你這種推測也是有可能的。可你必須承認，單從表面的事實來看，兩個僕人竟然合謀殺害主子，偏偏還選在主子家裏有客人的時候下手，實在是非常不合情理。上個星期他一直是獨自一人，他倆隨便哪個晚上都可以下手啊。」

「那他倆幹嗎要跑呢？」

「問得好，他倆幹嗎要跑呢？這個事實大有文章。此外還有一個大有文章的事實，那就是咱們主顧斯科特‧埃克爾斯的離奇經歷。好了，親愛的華生，找出一個合理的假設來同時涵蓋這兩個大有文章的事實，算不算一件超出人類智力範圍的事情呢？如果某種假設不光能涵蓋這兩個事實，還能涵蓋那張措辭十分古怪的便條，那麼，咱們總可以把它用作一個暫時可行的演繹基礎吧。說不定，如果接下來了解到的事實都跟假設沒甚麼衝突的話，咱們的假設還可以漸漸地變成定論哩。」

「可是，咱們的假設到底是甚麼呢？」

福爾摩斯仰到椅子背上，眼睛半睜半閉。

「你必須承認，親愛的華生，這件事情絕對不可能是一場玩笑。從事情的後果來看，它牽涉到一些十分重大的圖謀，這人之所以要把斯科特‧埃克爾斯騙到威斯特里亞別墅，原因也跟這些圖謀脫不了干係。」

「可是，究竟能有甚麼關係呢？」

「咱們不妨一環一環地逐步分析。表面看來，這個西班牙小伙子突如其來地跟斯科特‧埃克爾斯建立了一種奇怪的友情，這件事情本身就不正常。推着友情飛速發展的是這個小伙子，他在兩人相識的第二天就跑到倫敦的另一頭去拜訪埃克爾斯*，後來又跟埃克爾斯頻繁往來，最終就把埃克爾斯請到了伊謝爾村。好了，他想從埃克爾斯身上得到甚麼呢？埃克爾斯能提供的又是甚麼呢？依我看，埃克爾斯這個人甚麼魅力也沒有，腦子也算不上特別聰明，不可能讓一個頭腦靈活的拉丁人引為知己。既然如此，加西亞從那麼多熟人當中挑出他來，究竟是看中了他哪一點呢？他身上有甚麼過人之處嗎？要我說還是有的。他是那些循規蹈矩的英國正人君子當中的一個樣版，最適合用來充當取信於其他英國人的人證。剛才你不是看見了嘛，他那些說辭如此離奇，兩位督察卻連提出質疑的念頭都不曾有過。」

「那麼，加西亞到底想讓他見證甚麼呢？」

「照眼下的情形來看，他當然是甚麼也見證不了，不過，換一種情形的話，他就可以見證一切。這就是我對這件事情的判斷。」

「我明白了，他本來是可以為加西亞提供不在場證明的。」

「沒錯，親愛的華生，他本來是可以提供不在場證明的。先不管對不對，咱們不妨假設，威斯特里亞別墅的這幫人合起來謀劃了一件事情。不管他們謀劃的到底是甚麼

---

* 伊謝爾村在倫敦西南，李鎮在倫敦東南，故有此說。

事情，總而言之，咱們這麼說吧，下手的時間是夜裏一點之前。只需要在鐘上面做點兒手腳，他們完全可以讓斯科特·埃克爾斯產生錯覺，把自己上床睡覺的時間想得比實際的要晚。不管他們到底是怎麼做的，總而言之，在加西亞特意跑去告訴他時間是一點鐘的時候，真正的時間可能還不到十二點。顯而易見，加西亞接着就可以去幹他打算幹的任何事情，只要能在一點鐘之前回到家裏，他就可以對任何指控提出一個有力的反證。這不，他手裏有一個品格無可挑剔的英國人證，可以到任何法庭上去宣誓作證，證明他一直都待在自己家裏。這是他為最壞的情況預備的一條後路。」

「沒錯，沒錯，這一點我懂了。不過，其他人都不見了的事情又怎麼解釋呢？」

「我還沒拿到所有的事實呢，當然嘍，我並不覺得這當中會有甚麼無法破解的難題。話說回來，咱們絕不能不等材料齊全就下結論。那樣的話，你就會不自覺地扭曲事實來迎合自己的看法。」

「還有啊，那張便條該怎麼解釋呢？」

「便條是怎麼寫的來着？『我們自己的顏色，綠與白。』乍一聽跟賽馬似的。『綠色開，白色關。』這顯然是一種信號。『主樓梯，第一條走廊，右手第七，綠呢門帷。』這是在指示約會的地點。查到最後，咱們沒準兒會刨出一個醋意大發的丈夫來呢。便條裏說的事情顯然是非常危險，如其不然，她就不會加上一句『祝順利』。最後這個"D"嘛——應該能給咱們提供一點兒線索。」

「這個男的既然是西班牙人，我估計"D"應該代表Dolores（多蘿蕾絲），西班牙女人有很多都叫這個名字。」

「很好，華生，非常好——只可惜完全不能成立。兩個西班牙人相互通信，肯定會用西班牙文。所以呢，寫便條的一定是個英國人。好了，眼下咱們只能耐心等待，等那位非常能幹的督察回頭來找咱們。與此同時，咱們應該感謝命運垂青，給咱們提供了短短幾個小時的充實時間，可以暫時擺脫這種勞神得讓人無法消受的閒暇生活。」

薩里郡的警官還沒回來，福爾摩斯的電報已經有了回音。看過回電之後，福爾摩斯剛打算把它夾進自己的記事本，轉頭卻瞥見了我充滿期待的臉色，於是就笑了笑，把它扔到了我的面前。

「咱們這是在上流圈子當中打轉哩，」他如是說道。

電報的內容是一連串人名和住址：

哈靈比勳爵，幽谷宅邸；喬治·弗略特爵士，奧克肖特大廈；地方法官海恩斯·海恩斯先生，帕德利公館；詹姆斯·貝克·威廉姆斯先生，福同老宅；亨德森先生，海蓋博宅邸；約書亞·斯通牧師，內瑟瓦斯靈宅邸。

「這種縮小搜索範圍的方法非常明顯，」福爾摩斯說道。「貝恩斯這個人既然條理分明，肯定也用上了與此相似的手段。」

「我不太明白你的意思。」

「是這樣，親愛的伙計，咱們剛才不是有結論了嘛，加西亞晚餐期間收到的便條意味着一次見面，或者是一場

幽會。好了，如果便條的意思跟表面上一致的話，他赴約的時候就得爬上一段主樓梯，到一條走廊裏去找第七道門，由此看來，他的目的地肯定是一座非常大的房子。同樣可以肯定的是，那座房子跟奧克肖特之間的距離最多也只有一兩英里，因為加西亞是朝那個方向走的，而且，按我對事實的判斷，他還打算趕在一點鐘之前跑回威斯特里亞別墅，免得不在場證明失去效力。奧克肖特左近的大房子想必為數不多，於是我就用上了這種顯而易見的方法，給斯科特・埃克爾斯剛才提到的那家房產中介發了封電報，問他們要那些房子的名單。這不，那些房子都在這封電報上，咱們眼前的這團亂麻，另一頭肯定是藏在其中的一座裏面。」

當天傍晚將近六點的時候，我們才跟貝恩斯督察一起來到了風光旖旎的薩里郡伊謝爾村。

我和福爾摩斯都帶了過夜用的物品，並且在「公牛」旅館找到了舒適的住處，接着就在探員的陪同之下啟程前往威斯特里亞別墅。這是個寒冷陰暗的三月夜晚，風聲淒厲、雨絲拂面，不光將我們路過的那片荒蕪公地襯托得格外淒涼，也與我們前方那個厄運纏繞的目的地相得益彰。

第二部分
聖佩德羅之虎

一兩英里陰冷慘淡的路程之後，我們眼前出現了一道高大的木門，木門裏面是一條栗樹成蔭的昏暗道路。我們順着這條暗影幢幢的蜿蜒道路往前走，盡頭是一座黑黢黢的低矮房屋，漆黑的剪影矗立在鉛灰色的夜空之下。屋門左邊的窗子裏透出了一點暗淡的微光。

「有一名警員在裏面值班，」貝恩斯說道。「我去敲敲窗子好了。」說完之後，他穿過草坪，舉手敲了敲窗子玻璃。透過灰濛濛的玻璃，我依稀看見一個男人從爐火旁邊的一把椅子上一躍而起，同時聽見一聲尖叫從那個房間裏傳了出來。片刻之後，一名臉色慘白、氣喘吁吁的警察給我們開了門，一支蠟燭在他顫抖的手裏晃個不停。

「你這是怎麼回事，沃特斯？」貝恩斯厲聲問道。

警員用手帕擦了擦自己的額頭，如釋重負地長出了一口氣。

「真高興您能來，先生。今天晚上可真是長得難熬，要我說，我的膽子可不像原來那麼大啦。」

「你的膽子，沃特斯？依我看，你身上壓根兒就沒長膽子。」

「呃，先生，怪就怪這座荒涼寂靜的房子，還有廚房裏那個稀奇古怪的玩意兒。然後呢，您又跑來敲我的窗子，我還以為那個東西又來了呢。」

「甚麼東西又來了？」

「惡魔啊，先生，我想不出還能是甚麼別的。之前它就到窗子邊上來過。」

「甚麼東西到窗子邊上來過，甚麼時間？」

「差不多是整整兩個鐘頭之前，天剛剛開始黑的時候。我坐在椅子上看報，不知怎麼的抬頭看了一眼，結果就看見一張臉正在透過最下邊的那格窗子窺視我。天哪，先生，那張臉可真嚇人！我做夢都會看見它的。」

「嘖，嘖，沃特斯，這可不是警察該說的話啊。」

「這我明白，先生，我明白。可它真的把我嚇得夠嗆，先生，不承認也沒有用啊。那張臉不黑，先生，同時也不白，說不上來該叫甚麼，總之是一種非常古怪的顏色，就像是濺上了牛奶的粘土。然後呢，那張臉非常大，比您的臉大一倍，先生。還有啊，它的樣子也非常可怕，眼睛瞪得跟銅鈴似的，白森森的牙齒像飢餓的野獸一樣露在外面。跟您說吧，先生，當時我連一根指頭都動不了，氣兒也喘不上來，直到那東西『嗖』的一聲消失為止。我跑了出來，一直跑到了灌木叢外面，感謝上帝，那裏甚麼惡魔也沒有。」

「沃特斯，要不是我知道你這個人還不錯的話，這件事情我就得給你記上一筆。就算是撞見了魔王本人，值班的警員也絕不應該為自己抓不到他而感謝上帝。要我說，整件事情該不會都是你神經過敏的幻覺吧？」

「不管怎麼說，這個問題倒是非常容易回答，」福爾摩斯一邊說，一邊點亮了自己的袖珍提燈。「沒錯，」他匆匆地檢查了一下草地，跟着就得出了結論，「依我看，

那人穿的是十二號鞋*。如果他的身量跟腳板成比例的話，那他肯定是個巨人。」

「他後來到哪裏去了呢？」

「好像是穿過灌木叢到大路上去了。」

「呃，」督察神情嚴峻，若有所思，「不管他是誰，也不管他有甚麼企圖，總歸他已經跑了，咱們還是先處理更加緊急的事情吧。好了，福爾摩斯先生，您不反對的話，我這就帶您參觀一下這座房子。」

警方已經對所有的臥室和起居室進行過仔細的檢查，結果是一無所獲。顯而易見，搬進別墅的時候，租客幾乎沒帶任何東西，就連那些最小件的傢具也是跟別墅一起租來的。租客把一大堆衣服落在了別墅裏，衣服上打着霍爾伯恩主路馬克斯商行的戳記。警方已經通過電報進行了查詢，結果表明馬克斯商行只知道這個主顧付錢爽快，其他則一無所知。除此之外，警方還在別墅裏找到了一些零零星星的個人物品，其中包括幾個煙斗、一把過時的針發式左輪手槍、一把吉他和幾本小說，其中兩本是西班牙文的。

「這些房間都沒有甚麼可看的，」貝恩斯擎着一支蠟燭，高視闊步地走過一個又一個房間。「現在呢，福爾摩斯先生，我想請您好好看看廚房裏的光景。」

光線幽暗的廚房位於別墅背面，天花板很高，角落裏鋪着一堆稻草，顯然是廚師睡覺的地方。桌子上堆着一些殘羹冷炙，還有幾隻用過的盤子，正是昨天那頓晚飯的遺跡。

---

* 英國的 12 號鞋大約長 31.3 厘米，約等於我國的 52 碼。

「瞧瞧這個，」貝恩斯說道。「您覺得這是甚麼東西呢？」

他舉起蠟燭，照出了立在碗櫥背後的一件古怪東西。這東西皺縮得非常厲害，讓人很難辨認它原來的模樣，只能看出它是黑色的，具有皮革的質地，形狀有點兒像一個矮小的人。剛開始我覺得它是個被人製成了木乃伊的黑人小孩，接着又覺得它像是一隻徹底變了形的老猴子，看到最後，我還是確定不了它到底是人是獸。除此之外，這東西的中段還繞着兩串白色的貝殼。

「非常有趣——非常有趣，千真萬確！」福爾摩斯一邊說，一邊仔細地打量這件邪惡的古物。「還有別的嗎？」

貝恩斯不言不語地領着我倆走到了水槽跟前，把手裏的蠟燭伸向前方。水槽裏到處都是殘缺的肢體，來自一隻白色的大鳥，毛都沒拔就被人撕扯得七零八落。鳥頭已經跟身子分了家，福爾摩斯指了指鳥頭上的垂肉。

「一隻白公雞，」他說道。「有趣極了！這件案子真有意思。」

事情到這兒還不算完，因為貝恩斯先生把他那件最為邪惡的展品留到了最後。他先是從水槽下面拽出一隻鋅桶，桶裏盛着一些血，又從桌子上取來了一個又大又淺的盤子，盤子裏堆着一些燒焦了的小塊骨頭。

「他們殺死了某種東西，又燒掉了某種東西。這些骨頭都是我們從爐膛裏扒出來的。今天早上，我們叫來了一個醫生，他跟我們說，這些並不是人的骨頭。」

福爾摩斯笑了笑，搓起手來。

「督察，我真得恭喜您一句，恭喜您有機會處理這麼一件與眾不同、富於教益的案子。容我冒昧地說一句，您現在的位置似乎有點兒屈才啊。」

貝恩斯督察的小眼睛閃出了欣喜的光芒。

「您說得對，福爾摩斯先生。我們這種鄉下地方沒甚麼前途，這樣的案子可以算是一個機會，我也希望自己能把握住這個機會。按您看，這是甚麼動物的骨頭呢？」

「我看是小綿羊，要不就是小山羊。」

「那隻白公雞又是怎麼回事呢？」

「怪事，貝恩斯先生，咄咄怪事。要我說，差不多可以算是獨一無二啦。」

「是啊，先生，住在這裏的一定是一些非常古怪的人，有一些非常古怪的生活習慣。其中一個已經死了，難道說，是他那些同伴跟過去殺死了他嗎？如果是的話，咱們肯定能抓到他們，因為所有的港口都有人監視。不過，我自個兒倒有一些不同的看法。沒錯，先生，我自個兒有一些大不相同的看法。」

「這麼說的話，您已經有一套推論了嗎？」

「是的，而且我打算獨自去驗證我的推論，福爾摩斯先生。我這麼做，僅僅是為了我自個兒的榮譽。您已經名揚四海，我還得努力揚名。我的希望是，事後我可以說，我靠自個兒的本事破了案，沒有借重您的幫助。」

福爾摩斯和藹地笑了笑。

「好啦，好啦，督察，」他說道。「您儘管按您自個兒的思路去查吧，我也會按我的思路去查。只要您願意開

口動問，我隨時樂意跟您分享我的成果。我覺得，這座房子裏已經沒甚麼可看的了，接下來，我應該把時間用到別的地方去。再見，祝您好運！」

通過無數個興許只有我才看得出來的細微跡象，我意識到福爾摩斯正在急不可耐地追蹤一條線索。不仔細看的話，他還是跟平常一樣冷漠淡然，可他的眼睛閃閃發亮、動作也格外輕快，訴説着強自壓抑的興奮和緊張，讓我確信好戲已經開場。他一如既往地甚麼也不説，我也一如既往地甚麼也不問。只要有機會參與追獵行動、盡我的綿薄之力去幫助他捕獲獵物，我已經心滿意足，並不需要拿一些無謂的問題去擾亂他專注的心神。時機成熟的時候，一切自然會呈現在我的眼前。

於是我一等再等，結果卻甚麼也沒有等到，心裏的失望與日俱增。一天過了又是一天，我朋友始終沒有採取進一步的行動。其間他回倫敦去待了一個上午，而我從他偶然的話語當中知道，他去的是大英博物館。除了這次旅途之外，這些天裏他要麼是長時間地外出散步，往往還是獨自一人，要麼就跟村裏的一幫閒話簍子談天説地，因為他已經跟那些人攀上了交情。

「我敢保證，華生，為期一週的鄉間生活會讓你受益匪淺，」他如是説道。「再次看到樹籬上的初綻綠芽，還有榛樹枝頭的串串花朵，實在是一件賞心悅目的事情。帶上一把小鋤頭和一個馬口鐵 * 盒子，再拿上一本植物學入

---

* 　馬口鐵 (tin) 即經過鍍錫防鏽處理的薄鋼板或鐵板，常用於製造各種容器。這種材料的確切名稱應為「鍍錫薄板」，考慮此書時代，

門書籍，你就可以打發好些個大開眼界的日子。」他自個兒就帶着這麼一套裝備滿處亂跑，傍晚帶回來的植物卻只能說是乏善可陳。

四處閒逛的時候，我倆偶爾會碰上貝恩斯督察。招呼我同伴的時候，他那張肥胖的紅臉總是堆滿笑容，那對小眼睛也總是閃閃發光。說到這件案子的時候，他總是語焉不詳，可他語焉不詳的言論已經告訴我倆，他也對事情的進展感到相當滿意。即便如此，我還是必須承認，案發大概五天之後，我確實是小小地吃了一驚，因為我打開當天的晨報，赫然看到了這樣的一個大字標題：

奧克肖特謎案告破

疑兇落網

我把這個標題念了一遍，福爾摩斯立刻從椅子上跳了起來，就跟被蜜蜂螫了一樣。

「天哪！」他大叫一聲。「你該不是說，貝恩斯已經抓到他了吧？」

「看樣子是抓到了，」我應了一句，跟着就把以下的報道念了出來：

昨日深夜，喜訊傳來，奧克肖特兇案疑犯之一業已落網。獲悉此訊，伊謝爾村及鄰近地區無不驚喜萬分。讀者諸君諒可記得，寓居威斯特里亞別墅之加西亞先生日前陳屍奧克肖特公地，屍身並有極端暴力所致傷痕。死者之僕人及廚師於事發當夜逃去無蹤，足證二人涉嫌參與罪行。曾有傳言稱死者將貴重物品存放別

仍採「馬口鐵」之舊名。

墅之中，以致兇手因財起意，此傳言迄今未獲確證。負責偵辦此案之貝恩斯督察曾百計追查逃犯藏身之地，並有充分理由相信，逃犯並未遠遁他鄉，但借預先備妥之窩巢隱匿形跡而已。雖則如此，警方自案發之時即已斷定，逃犯行藏終將敗露，此因一二商販曾隔窗窺見前述廚師，指稱此人狀貌特異、極易辨識。此人為黑白混血，體軀龐大，猙獰可怖，面色黃褐，五官顯具黑人特徵。案發之後亦曾有人目擊此人，皆緣此人膽大妄為，竟於同日晚間返回威斯特里亞別墅，值守該處之沃特斯警員由是發覺此人，並曾展開追捕。貝恩斯督察深信此人返回別墅必有緣由，此後或將復來，故而撤去別墅看守，另於灌木叢中設下伏兵。昨日夜間，疑犯入彀成擒，其間曾有打鬥，此兇悍野人更以利齒重創唐寧警員。據悉警方擬將人犯解送地方法庭，並擬申請將人犯暫時收監，此人既已落網，本案當有重大進展。

「説真的，咱們得立刻去找貝恩斯，」福爾摩斯大聲説道，拿起了自己的帽子。「應該可以趕在他出發之前把他截住。」我倆急匆匆地穿過村裏的街道，趕到督察住處的時候，果然發現他正要出門。

「報上的消息您讀到了嗎，福爾摩斯先生？」督察一邊問，一邊把一張報紙遞了過來。

「是的，貝恩斯，我已經讀到了。我有句善意的告誡，您聽了可不要見怪。」

「『告誡』是甚麼意思，福爾摩斯先生？」

「我對這件案子多少作過一點兒研究，眼下就覺得您的路子不一定對。除非您有十足的把握，我希望您不要在這條路上下太多的工夫。」

「您真是太好心了，福爾摩斯先生。」

「我可以跟您保證，這句話完全是替您着想。」

我彷彿看到，貝恩斯先生那雙微小的眼睛起了一點兒變化，有一隻眼睛輕輕地抖了一抖，好像是眨巴了一下。

「咱倆説好了各走各的路，福爾摩斯先生。我只是在履行咱倆的約定而已。」

「是嗎，很好，」福爾摩斯説道。「您可別怪我不提醒您。」

「不會怪您的，先生。我知道您這是一番好意，不過呢，誰都會有他自個兒的一套方法，福爾摩斯先生。您有一套，我沒準兒也有一套。」

「咱們不説這個了吧。」

「我這邊的消息，歡迎您隨時取用。那傢伙是個地地道道的野人，壯得像一匹拉大車的馬，兇猛得跟惡魔一樣。他們制服他之前，他差一點兒就把唐寧的拇指生生地咬了下來。他幾乎一句英語都不會説，光知道哼哼唧唧，我們甚麼也問不出來。」

「可您還是認為，您可以證明他謀殺了自個兒的主人，對嗎？」

「我可沒這麼説，福爾摩斯先生，確實沒這麼説。咱倆各有各的小小辦法，您按您的辦，我也按我的辦，這可是説好了的。」

福爾摩斯聳了聳肩，我倆就此離去。「我搞不懂這個人是怎麼回事，看樣子，他似乎是故意要這麼蠻幹。好吧，就按他說的辦，咱們不妨各走各路，看看結果會怎麼樣。話說回來，貝恩斯督察真讓我有點兒琢磨不透。」

「你坐那把椅子好了，華生，」我倆回到「公牛」旅館的房間之後，歇洛克·福爾摩斯說道。「我想給你講講眼前的形勢，因為今晚我可能會需要你的幫助。我這就告訴你，到目前為止，我對這件案子的來龍去脈有了一些甚麼樣的了解。案情的主幹十分簡單，緝拿嫌犯的難度卻大得讓人驚訝。即便到了現在，咱們仍然沒有足夠的證據，沒法對嫌犯實施逮捕。

「咱們就從加西亞死亡當晚收到的那張便條說起吧。貝恩斯認為加西亞的僕人跟他的死亡有關，這種說法咱們用不着理會，原因在於，是**加西亞**把斯科特·埃克爾斯騙進了別墅，目的則只可能是製造一個不在場證明。由此看來，案發當晚，正是加西亞本人有所圖謀，而且是圖謀不軌，後來又在實施圖謀的過程當中死於非命。我用了『不軌』這個字眼兒，是因為只有圖謀不軌的人才會努力製造不在場證明。既然如此，誰才是最有可能奪去他性命的人呢？當然是他那個不軌圖謀所針對的目標。按我看，到這裏為止，咱們的推測都可以說是十拿九穩。

「看清了這些情況，咱們就知道加西亞屋裏的人為甚麼會消失了。他們**都**參與了這個未知的不軌圖謀，如果加西亞安然回去的話，他們自然是萬事大吉，因為那個英國人的證詞可以幫他們洗脫所有的嫌疑。不過，他們的圖

謀風險很大，如果加西亞到某個時間仍然**沒有**回去的話，那就說明他多半是送掉了自個兒的性命。這樣一來，他們肯定是事先商量好了，如果加西亞沒有回去，他的兩個爪牙就會轉移到某個預先安排的地方，既可以躲過警方的追查，事後又可以再次實施他們的圖謀。這樣的解釋應該可以涵蓋所有的事實，對吧？」

霎時間，我眼前這團毫無頭緒的亂麻一下子變得條理分明。跟往常一樣，我禁不住暗自嘀咕，這麼明顯的事情，以前我怎麼會看不出來呢？

「可是，其中的一個僕人幹嗎要跑回去呢？」

「咱們不妨設想，他逃跑的時候非常慌張，因此就落下了一件珍貴的東西、一件他無論如何也不能失去的東西。這樣就可以解釋他為甚麼那麼執着，對吧？」

「好吧，下一個環節是甚麼呢？」

「下一個環節就是加西亞晚餐期間收到的那張便條。那張便條說明，他們在另一頭也有一個同伙。好了，另一頭究竟在哪裏呢？之前我已經告訴過你，另一頭只可能是一座大房子，與此同時，大房子的數目並不算多。來到這個村的頭幾天，我的行動無非是一次又一次的散步，其間我不光完成了一些植物學研究，而且抽空偵察了所有的大房子，還對那些住戶的家史進行了一番調查。其中的一座房子，也只有那座房子，牢牢地攫住了我的注意。它就是海蓋博宅邸，一座建於詹姆斯一世時代 * 的著名老宅，

---

* 詹姆斯一世時代即英王詹姆斯一世在位的時代，亦即 1603 至 1625 年。

離奧克肖特邊緣只有一英里，離慘劇現場更是不到半英里。其他的大房子住的都是些規規矩矩的普通人，他們的生活壓根兒就跟戲劇性事件扯不上關係。反過來，人人都說海蓋博宅邸的亨德森先生是個不一般的人物，完全有可能趕上不一般的事情。這一來，我就把注意力集中到了他和他屋裏的人身上。

「他屋裏住的是一幫怪人，華生，最怪的一個就是他本人。我設法跟他見了次面，編造的理由也算是說得過去，不過，他那雙深陷的黑眼睛若有所思，讓我覺得他已經看穿了我的真實意圖。他年紀五十上下，強壯矯健，頭髮是鐵灰色的，黑色的濃眉攢在一起，步伐輕快得像隻小鹿，神態則威嚴得如同帝王。總而言之，他是個性情剛猛、專橫跋扈的傢伙，羊皮紙一般的面孔後面藏着一顆熾烈如火的心。他要麼是個外國人，要麼就是在熱帶地區待過很長的時間，因為他的皮膚蠟黃枯槁，同時又堅韌得跟馬褲呢一樣。他的朋友兼秘書盧卡斯先生則是個如假包換的外國人，膚色如同巧克力，神情又狡詐又殷勤，像貓兒一樣鬼鬼祟祟，說起話來綿裏藏針。你瞧，華生，咱們面前已經有了兩幫子外國人，一幫住在威斯特里亞別墅，另一幫住在海蓋博宅邸，由此看來，案情之中的缺口正在慢慢合攏。

「這兩個親密朋友是這戶人家的核心，不過，就咱們的眼前目的而言，另一個人興許更為重要。亨德森沒有兒子，只有兩個女兒，一個十一歲，另一個十三歲，她倆的家庭教師是一個四十歲左右的英國女人，大家稱之為

伯尼特小姐。除此之外，亨德森還有一名忠誠可靠的貼身男僕。這一小群人算得上一個名副其實的家庭，因為他們連旅行的時候都在一起，而亨德森又是個經常外出的旅途常客。此前他在外面跑了一年，幾個星期之前才回到海蓋博宅邸。我還得補充一點，他這個人極其富有，不費吹灰之力就可以把自己的一時興致變成現實。至於其他的情況嘛，他的房子裏充滿了管事、跟班和女傭，還跟一般的英格蘭鄉間大宅一樣，養着一幫子吃得多做得少的雜工。

「以上這些情況一部分來自我跟村裏人的閒談，一部分來自我自己的觀察。遭到辭退的懷恨僕人是這類情報的最佳來源，而我非常幸運地找到了一個。說是說幸運，其實也是我刻意尋找的結果，並不是從天上掉下來的餡餅。就像貝恩斯說的那樣，所有人都有自個兒的一套辦法。正是靠着我自個兒的方法，我才找到了約翰·沃納。他曾經是海蓋博宅邸的花匠，遭到辭退的原因是他那個頤指氣使的主子一時之間的怒氣。他自己在那裏當過花匠，同時又在那些宅內僕役當中有一些朋友，那些人都對主子又恨又怕，彼此之間聲氣相通。這一來，我就拿到了解開這戶人家秘密的鑰匙。

「怪人哪，華生！我不敢說我已經徹底弄清了這家人的情況，可他們是一幫非常古怪的人，這一點是錯不了的。海蓋博宅邸有兩廂，家裏的人和僕人各住一廂。兩廂之間沒有聯繫，來往其間的只有亨德森的貼身男僕，他負責給這家人送飯。這家人的一應所需都是通過某一道門送進去的，這道門由此變成了兩廂之間唯一的一條通道。家

庭教師和孩子幾乎從不出門，充其量也只是在花園裏走一走。亨德森在任何情形之下都不會獨自散步，他那個膚色黝黑的秘書跟他如影隨形。僕人們都在議論，說他們的主子肯定是懷着某種非常巨大的恐懼。『他肯定是拿自個兒的靈魂去跟惡魔換了錢，』沃納是這麼說的，『眼下是害怕他那個債主找上門來要賬。』誰都不知道這家人來自甚麼地方，也不知道他們的身份。這家人非常兇暴，亨德森曾經兩次拿他的打狗鞭子抽人，靠着鼓脹的腰包和巨額的賠償才沒有吃上官司。

「好了，華生，咱們不妨根據這些新情況來判斷一下眼前的形勢。可以肯定，便條來自這戶古怪的人家，目的是召喚加西亞去實施某種預先計劃好的行動。便條是誰寫的呢？是這座堡壘內部的某個人，而且是一個女人。如此說來，這個人只能是家庭教師伯尼特小姐，要不然又是誰呢？咱們所有的演繹似乎都指着這個方向。不管怎麼樣，咱們可以暫時這麼假定，看看結果會怎麼樣。我得補充一句，從伯尼特小姐的年紀和個性來看，我那種關於風流韻事的最初推測肯定是站不住腳的。

「便條既然是她寫的，可想而知，她一定是加西亞的朋友和同伙。那麼，聽到加西亞的死訊之後，她會怎麼做呢？如果他是為某種歹毒的圖謀賠上了性命，她多半是甚麼話也不會說。即便如此，她肯定會對那些殺死加西亞的人懷恨在心，想必也會盡力幫助咱們，以便對那些人實行報復。那麼，咱們能不能見見她，設法獲得她的幫助呢？這就是我想到的第一個辦法。可是，到了這一步，咱們就

碰上了一個兇險的事實。從兇案發生的那個晚上開始，再也沒有人看見過伯尼特小姐。打那天傍晚開始，她消失得無影無蹤。她還活着嗎？難道說，她跟她那個奉召前去的朋友一樣，已經在同一個晚上死於非命嗎？再不然，她只是遭到了別人的拘禁嗎？即便到了現在，這仍然是一個懸而未決的問題。

「華生，你應該看得出來，眼前的形勢是多麼地艱難。咱們沒有任何可以用來申請搜查令的憑據，地方法官肯定會覺得咱們的推測全都是異想天開。伯尼特小姐失蹤的事情甚麼也說明不了，因為這是戶非同一般的人家，隨便哪個成員都有可能整整一個星期不露面。另一方面，此時此刻，她很可能面臨着生命危險。眼下我能做的只是監視這座房子，同時讓我的情報員沃納蹲守在大門旁邊。不過，咱們絕不能任由這樣的形勢持續下去，法律既然無能為力，咱們就只能以身犯險。」

「你打算怎麼做呢？」

「我知道伯尼特小姐住的是哪個房間，那個房間可以從庭院裏一座小屋的屋頂爬進去。我是這麼打算的，今天晚上，咱倆可以一起上那兒去，看看能不能直搗這件謎案的核心。」

說老實話，當時我並不覺得這樣的前景十分誘人。那座老宅籠罩着兇案的陰雲，宅子裏的住客既古怪又可怕，我們的方法蘊含着種種無法預知的危險，我們的行動又與法律有所抵觸，所有這些因素都對我參與其中的熱情造成了打擊。然而，福爾摩斯的演繹像堅冰一樣無懈可擊，讓

人無法逃避他提議的任何一種冒險行動。誰都知道，這樣就可以找到答案，與此同時，只有這樣才能夠找到答案。這麼着，我默默地握住了他的手，行動的計劃就此敲定、無法逆轉。

沒想到，我倆的調查注定不會以如此驚險的一種方式收場。下午五點左右，三月的暮色剛剛降臨，一個鄉下人激動不已地衝進了我倆的房間。

「他們走了，福爾摩斯先生。他們坐末班火車走了。那位女士擺脫了他們，我把她帶來了，眼下她就在樓下的出租馬車裏面。」

「好極了，沃納！」福爾摩斯大聲誇了一句，一躍而起。「華生，案情的缺口合攏得真快啊。」

馬車裏坐着一個女人，精神已經衰弱到了接近崩潰的地步。她那張鷹隼一般的憔悴臉龐殘留着新罹慘禍的痕跡，腦袋也有氣無力地耷拉在胸前。這會兒她抬起頭來，用暗淡無神的眼睛看了看我們，我立刻發現她眼睛不小，瞳孔卻收縮得非常厲害，已經變成了灰色虹膜中央的兩個小黑點，顯然是鴉片中毒的症狀。

「按您的吩咐，我一直在大門旁邊觀察動靜，福爾摩斯先生，」前來報信的失業花匠說道。「他們的馬車出來之後，我跟着他們去了車站。她看着就像個夢遊人一樣，不過，等他們想把她架上火車的時候，她突然清醒過來，拼命掙扎。他們把她推進車廂，可她又掙扎着跑了出來。我帶着她離開那裏，把她攙進一輛出租馬車，跟着就來了這兒。領她走的時候，我瞧見了車窗裏面的那張臉，那張

臉我一輩子也忘不了。那個黑眼睛的黃臉惡魔正在惡狠狠地瞪我呢，事情都由着他的話，我的命可長不了。」

我們攙着女士上了樓，把她安置在一張沙發上，給她喝了兩杯最為濃烈的咖啡，很快就驅散了毒品留在她腦子裏的迷霧。福爾摩斯已經把貝恩斯叫了過來，並且三言兩語地跟他講清了眼前的形勢。

「咳，先生，您找到的正是我最需要的人證啊，」督察握着我朋友的手，激動萬分地説道。「我也在追查這條線索，從一開始就是這樣。」

「甚麼！您也在追查亨德森嗎？」

「可不是嘛，福爾摩斯先生，您在海蓋博宅邸的灌木叢裏匍匐前進的時候，我正在庭院裏的一棵樹上看着您呢。問題不過是誰先找到證據而已。」

「既然如此，您幹嗎要逮捕那個黑白混血兒呢？」

貝恩斯格格地笑了起來。

「當時我完全肯定，這個自稱亨德森的傢伙已經意識到自己惹上了嫌疑，肯定會一動不動地潛伏起來，直到他覺得危險已經過去為止。我把那個無辜的人抓起來，正是為了讓他相信，我們的目標並不是他。我算定他接着就會逃離此地，給咱們留下找到伯尼特小姐的機會。」

福爾摩斯拍了拍督察的肩膀。

「您的天賦和直覺都很不錯，肯定能成為同行之中的佼佼者，」他説道。

貝恩斯喜不自勝，滿面紅光。

「我派了一名便衣在車站蹲守，這個星期他一直都在

那裏。不管海蓋博宅邸那幫人去了哪裏，他都不會讓他們離開自己的視線。不過，伯尼特小姐擺脫那幫人的時候，他一定是覺得左右為難，不知道該怎麼辦了。還好，您的人接上了伯尼特小姐，事情總算是圓滿結束。顯而易見，沒有這位小姐的證詞，我們是不能動手抓人的，所以啊，咱們得趕緊取得她的口供，越快越好。」

「她很快就會緩過來了，」福爾摩斯一邊說，一邊瞥了一眼那個女家庭教師。「對了，貝恩斯，告訴我，亨德森這個傢伙到底是甚麼人物呢？」

「亨德森，」督察回答道，「就是曾經號稱『聖佩德羅之虎』的穆里羅閣下。」

「聖佩德羅之虎」*！電光石火之間，這個傢伙的全部生平從我眼前一閃而過。人所共知，在古往今來所有那些借文明之名行暴政之實的君主當中，他是最荒淫、最嗜血的一個。他強壯勇猛、精力充沛，由此得以用種種令人作嘔的暴行凌虐他那些軟弱畏怯的國民，時間長達十至十二年。整個中美洲都對他談虎色變。在他執政的末期，全體國民開始奮起反抗。可他狡獪的程度跟他的殘忍不相上下，剛聽到一點兒風吹草動，他就悄悄地把自己的財寶裝上了一艘輪船，開船的都是些死心塌地的走狗。起義者第二天就衝進了他的宮殿，看到的卻是人去樓空的景象。獨裁者逃脫了起義者的懲罰，一起跑掉的還有他的兩個孩

---

* 聖佩德羅 (San Pedro) 是作者杜撰的一個中美洲國家。中美洲絕大部分地方都曾經是西班牙的殖民地，書中一些人物的西班牙淵源由此而來。

子、他的秘書和他的財富。從那個時候開始，他就在世間銷聲匿跡，歐洲的新聞界經常都在議論，眼下他用的到底是甚麼身份。

「沒錯，先生，他就是穆里羅閣下，也就是『聖佩德羅之虎』，」貝恩斯接着說道。「隨便查一查，福爾摩斯先生，您就會發現聖佩德羅的國旗正是綠白二色，跟便條裏說的一模一樣。他管自個兒叫做『亨德森』，可我已經查清了他過去的行蹤，可以從巴黎、羅馬、馬德里一直倒推到巴塞羅那，一八八六年，他的船就是在那兒上的岸。這些年來，他們一直在找他報仇，只不過，他們到現在才打聽出他的下落。」

「一年之前，他們就找到了他，」伯尼特小姐已經坐了起來，之前一直在專注地傾聽我們的談話，聽到這兒便開了口。「之前他們已經試過一次，想要結果他的性命，只可惜他得到了某種邪靈的庇護。眼下呢，事情又跟上次一樣，高貴俠義的加西亞慘遭不幸，這個惡魔卻安然無恙。不過，會有人接着幹的，不成的話還會有別人，正義總有一天會得到伸張，就跟太陽會在明天照常升起一樣。」說到這裏，她纖瘦的雙手握成了拳頭，刻骨的仇恨把她憔悴的臉龐變得一片煞白。

「可是，您怎麼會跟這件事情扯上關係呢，伯尼特小姐？」福爾摩斯問道。「身為一位英國女士，您怎麼會加入這樣的謀殺行動呢？」

「我之所以加入，是因為這世上沒有別的辦法可以討還公道。英格蘭的法律管得了聖佩德羅多年之前的道道血

河，管得了這個傢伙竊取的滿船財寶嗎？對你們來說，那些罪行簡直就是天外奇譚。可是，**我們**是知道的，我們所知的真相是我們用悲痛和苦難換來的。對我們來說，地獄裏的任何惡魔也沒有胡安‧穆里羅兇惡，受害者的冤仇一天不報，我們就一天不能心安理得。」

「毫無疑問，」福爾摩斯說道，「他的確跟您形容的一樣，我也聽說過他的暴行。可是，他怎麼會影響到您呢？」

「我這就把所有的事情告訴你們。一旦看到一個有朝一日會對自己構成威脅的對手，這個惡棍只有一種應對的方法，那就是用這樣那樣的借口把這個對手殺掉。我丈夫——是的，我真正的名號是維克多‧杜蘭多太太 * ——是聖佩德羅駐倫敦的公使，世上從來不曾有過比他更高貴的人。我倆在倫敦相識，又在倫敦結了婚。不幸的是，穆里羅聽到了他的卓著聲名，於是就找了個借口召他回國，並且槍決了他。他預感到了自己的命運，所以沒有帶我一起回去。他的財產充了公，我失去了一切，只剩下一點兒微薄的收入和一顆破碎的心。

「到後來，這個暴君倒了台。就像你們剛才說的那樣，他跑掉了。可是，許多人的生活都葬送在了他的手裏，許多人的至愛親朋都遭到了他的折磨和殺害，這些人絕不會就此罷休。他們合力創建了一個組織，復仇的事業一

---

* 　「杜蘭多」的英文是 Durando，首字母就是前文便條落款的「D」。這位女士原來用的是未婚女性名號「Miss」（小姐），所以在這裏補上了一句解釋。

天沒有完成，這個組織就一天不會解散。發現亨德森就是那個改頭換面的倒台暴君之後，他們交給我一項任務，讓我混進他家，隨時向其他人通報他的動向。我完成了這項任務，成功地當上了他的家庭教師。當初他迫不及待地殺害了我的丈夫，可他怎麼也想不到，天天都坐在他餐桌上的這個女人正是那個人的妻子。我在他面前強裝笑臉，盡職盡責地照管他的孩子，等待着合適的時機。在巴黎的時候，他們嘗試過一次，只可惜沒有成功。為了擺脫他們的追蹤，穆里羅帶着我們在歐洲各地馬不停蹄地東跑西顛，最後才回到了海蓋博宅邸，這是他第一次到英國的時候買下的房子。

「不過，這裏也有正義的使者在等待他。知道他要回來之後，加西亞就帶着兩個可靠的同伴等在了這裏。加西亞是聖佩德羅前教會首領的兒子，兩個同伴則出身卑微，三個人的心裏卻燃燒着同樣的復仇火焰。白天的時候，加西亞沒法下手，因為穆里羅十分小心，外出的時候總是帶着他的跟班盧卡斯，或者說是洛佩斯，在他那段春風得意的日子裏，他用的就是『洛佩斯』這個名字。不過，穆里羅夜裏總是一個人睡，報仇的人可以趁這個時候去找他。選好日子之後，我就會在當天傍晚向我的朋友提供最新的情報，因為穆里羅從不放鬆警惕，睡覺的房間總是變來變去。我會確保房門處於開啟狀態，並且在朝着馬車道的一個窗口打出燈光信號，綠光表示一切正常，白光則表示情況有變、行動時間最好押後。

「可是，所有的事情都出了岔子。不知道為甚麼，那

個名叫洛佩斯的秘書對我起了疑心。他偷偷摸摸地走到了我的身後，我剛剛寫完便條，他就朝我撲了過來。他和他的主子把我拖進我的房間，宣佈我是個罪證確鑿的叛徒，要是能想出辦法來逃脫法律制裁的話，他倆肯定會用手裏的刀子把我當場捅死。他倆商量了半天，最後還是覺得不能殺我，原因是風險太大。與此同時，他倆決意永遠擺脫加西亞的追蹤。這之前，他倆已經堵上了我的嘴，商量完之後，穆里羅就把我的胳膊反擰過去，直到我把加西亞的地址告訴他為止。我可以發誓，如果我知道這對加西亞來說意味着甚麼的話，即便他擰斷我的胳膊我也不會說。接下來，洛佩斯給我寫的那張便條加上了地址，用他的袖扣封好便條，然後就讓那個名叫何塞的僕人送了出去。我不知道他們是怎麼殺害他的，可我知道下手的人肯定是穆里羅，因為洛佩斯一直都在房間裏看守我。按我看，穆里羅肯定是埋伏在小路兩邊的荊豆叢裏，等加西亞路過的時候就下了手。剛開始的時候，他倆的打算是等他進了屋再動手，這樣就可以說他是個入室搶劫的匪徒；後來呢，他倆又商量了一下，結論是他倆由此就不得不接受調查，真實的身份將會立刻公之於眾，類似的襲擊也會接踵而來。按他倆的看法，加西亞死了之後，追蹤行動多半會就此終結，因為他的慘死多半會嚇住他的同伴，讓他們放棄這樣的打算。

「到這會兒，他倆真可以說是事事如意，唯一的不足就是讓我知道了他倆的罪行。我敢肯定，我已經在生死邊緣徘徊了好幾次。他們把我關在我的房間裏，用最可怕的

言辭來恐嚇我，還用殘忍的虐待來摧毀我的意志。瞧瞧我肩上的這道刀口，再瞧瞧我這兩隻青一塊紫一塊的胳膊。有一次我跑到窗口去呼救，他們就把我的嘴給堵了起來。這樣的非人監禁一直持續了五天，食物也少得讓人活不下去。今天下午，他們送來了一頓豐盛的午餐，剛剛吃完，我就知道自己中了毒。我記得，接下來我就像做夢一樣，先是被人半牽半拽地弄上了馬車，後來又被人半牽半拽地塞進了火車。直到火車即將開動的那個瞬間，我才突然意識到，我的自由就在我自己的手裏。我衝出火車，他們拼命地把我往回拽，要不是這位好心人帶我坐上馬車的話，我是怎麼也逃不掉的。謝天謝地，我終於徹底地擺脫了他們的魔掌。」

大家都全神貫注地傾聽着這番非同尋常的陳述，到最後，福爾摩斯打破了沉默。

「咱們的難題還沒做完呢，」他搖着頭說道。「偵破工作可以說已經結束，法律方面的工作卻只是剛剛開始。」

「是啊，」我說道。「花言巧語的律師完全可以把這一次的事情說成是自衛。與此同時，儘管他們身上背負着千百件罪行，能讓他們受審的卻只有這一件。」

「好啦，好啦，」貝恩斯樂呵呵地說道，「我覺得法律沒有那麼差勁。自衛是一回事，冷酷無情地引誘對方走進謀殺陷阱卻是另一回事，不管你認為對方給你造成了甚麼樣的威脅。不，不會那麼糟糕，等咱們在吉爾福德的下

一次巡回法庭 * 上見到那些海蓋博房客的時候，咱們的努力都會有回報的。」

然而，歷史的真實是，還要多等那麼一小會兒，「聖佩德羅之虎」才會得到應有的懲罰。他和他的同伴詭計多端、膽大妄為，先是走進了埃德蒙頓大街的一座寄宿公寓，又從公寓的後門溜進柯曾廣場†，就這麼甩掉了跟蹤他們的便衣。打那以後，他們就從英格蘭銷聲匿跡。又過了大概六個月，蒙塔爾瓦侯爵和侯爵秘書魯利先生在馬德里的埃斯庫列旅館遇刺，死在了各自的房間裏。當地警方將這樁罪行歸咎於無政府主義分子，但卻始終沒有抓到兇手。這之後，貝恩斯督察到貝克街來拜訪我倆，隨身帶來了一張關於受害者長相的文字描述，其中説到了秘書的黝黑面孔，還説到了他主子那副專橫跋扈的面容、那雙富於磁力的黑眼睛以及那兩道濃重的眉毛。我們由此斷定，正義雖然姍姍來遲，終歸還是大駕光臨。

「這件案子雜亂無章，親愛的華生，」傍晚時分，福爾摩斯抽着煙斗説道。「你根本沒法按你喜歡的那種緊湊方式把它敍述出來。它橫跨兩個大洲，牽涉到兩幫神秘莫測的人物，讓案情更加複雜的則是咱們那位朋友、極其可敬的斯科特·埃克爾斯，他的出場讓我意識到，已故的加

---

* 吉爾福德 (Guildford) 為薩里郡郡首府；巡回法庭 (Azzizes) 為當時英格蘭和威爾士負責審理重大案件的定期巡回法庭，1972 年廢止，職責由皇家法庭 (Crown Courts) 取代。

† 埃德蒙頓大街 (Edmonton Street) 和柯曾廣場 (Curzon Square) 都是虛構地名，根據故事情節來看，這裏説的應該是穆里羅坐火車到倫敦之後的行動。

西亞先生可謂足智多謀，自我保護的本能也發展得相當完備。值得稱道的只有一點，也就是說，面對這麼一團隱藏着無數可能性的亂麻，咱們，還有咱們那位可敬的督察同事，始終都牢牢地把握住了關鍵的事實，由此才在這條七拐八彎的道路上找到了方向。這件案子當中，還有甚麼你不清楚的地方嗎？」

「那個黑白混血的廚師幹嗎要跑回去呢？」

「依我看，廚房裏的那件古怪玩意兒可以回答你這個問題。那個傢伙來自聖佩德羅的深山老林，完全是個沒有開化的野人，那件東西就是他崇拜的神靈。出事的時候，他跟同伴一起逃往預先安排的窩巢——毫無疑問，另有一名同伙在那裏替他們打前站。動身之前，同伴勸說他扔下了那件東西，因為那件東西特別容易引起別人的懷疑。可是，那件東西連着那個混血兒的心，迫使他第二天就跑回去取。不巧的是，隔着窗子偵察動靜的時候，他發現沃特斯警員在屋裏值守。於是他等了三天，然後又在虔誠或者迷信的驅使之下再一次進行嘗試。憑借慣有的機靈勁兒，貝恩斯督察在我面前裝得滿不在乎，沒把那個傢伙窺伺別墅的舉動當回事，暗地裏卻看清了這件事情的重大意義，並且設下了一個陷阱，讓那個傢伙掉了進去。還有別的問題嗎，華生？」

「那個詭異廚房裏的種種古怪，那隻撕裂的家禽、那桶血、還有那些燒焦的骨頭，到底是怎麼回事呢？」

福爾摩斯笑了起來，從他的記事本裏翻出了一個條目。

「之前我在大英博物館讀了一上午的書，研究了一下

這個問題，外加其他的一些問題。喏，這段話是從埃克爾曼的《伏都教義與黑人宗教》* 當中抄來的：

> 凡有重要事情待辦，真正的伏都教徒無不獻上祭品，以此向他們那些穢惡的神靈邀寵。極端情形之下，獻祭典禮甚至會採取殺人食肉的形式。更為常見的祭品則是一隻活活扯成碎片的白公雞，或者是一頭割喉焚屍的黑山羊。

「你瞧，對於自個兒的儀式，咱們的野人朋友還是一絲不苟的。這件事情確實怪誕，華生，」福爾摩斯補充道，慢慢地合上了手裏的記事本，「話又說回來，正像我有感而發的那樣，從『怪誕』到『恐怖』，僅僅只有一步的距離†。」

---

* 伏都教 (Voodoo) 是海地黑奴創造的一種宗教，是西非黑人信仰、南美土著信仰和天主教的混合體。

† 《諾伍德的建築商》當中曾經提及一件「前總統穆里羅文件案」，但卻與這個故事不相吻合，因為這個故事並不牽涉「文件」，與此同時，按《諾伍德的建築商》當中的敘述，「前總統穆里羅文件案」是福爾摩斯 1894 年回歸之後的事情。

紙盒子

　　為了反映我朋友歇洛克・福爾摩斯的非凡才智，我一直在盡力挑選一些具有代表性的案例。按我的初衷，理想的案例應該將聳人聽聞的成份減到了最低的限度，同時又為我朋友的稟賦提供了足夠廣闊的用武之地。不幸的是，罪案免不了會有聳人聽聞的成份，兩者不可能截然分開。這樣一來，記述故事的人就陷入了一種兩難的處境，要麼得犧牲那些對敘事來說不可或缺的細節，致使讀者對案情產生錯誤的印象，要麼就只能有甚麼寫甚麼，不加上主觀的選擇。說了這麼一段簡短的開場白，我這就翻開我為某一根事件鏈條寫下的筆記，事實已經證明，這根事件鏈條雖然說極其恐怖，但卻稱得上匪夷所思。

　　八月裏一個赤日炎炎的日子，貝克街熱得像一個火爐，街對面的黃色磚牆反射着熾烈的陽光，刺得人眼睛生疼，讓人不敢相信，眼前的依然是那些曾經被冬日的煙霧遮得昏暗朦朧的磚牆。我們的百葉窗簾只拉了一半 *，福

---

* 這篇故事首次發表於 1893 年 1 月的《斯特蘭雜誌》。從「我們的百葉窗簾只拉了一半」直到「我是不會拿這些事情來耗費你的精神的」為止的大段文字最初出現在這個故事當中，後來又出現在了《福爾摩斯回憶錄》當中《住家病人》的開頭，原因在於亞瑟・柯南・道爾長期禁止《紙盒子》以書籍形式出版（緣由可能與他的個人生活有關），這個故事因此就沒有出現在首版的《福爾摩斯回憶錄》(1894 年) 當中，多年之後才被收入首版的《福爾摩斯謝

爾摩斯蜷在沙發上，一遍又一遍地讀着早班郵差送來的一封信件。至於我嘛，溫度計上的讀數雖然達到了華氏九十度*，我也並不覺得特別難受，因為我在印度當過兵，養成了怕冷不怕熱的脾性。不過，這天的報紙實在是非常無趣。議會已經休會，大家都出城度假去了，我自己也對新弗里斯特的綠蔭和南海的石灘†充滿了嚮往。然而，空空如也的銀行賬戶迫使我不得不推遲自己的假期，與此同時，無論是田園還是海灘，都不能讓我的室友產生絲毫興趣。他喜歡的是待在五百萬人口的正中央，將自己的觸角伸展到他們當中，探尋關於未決罪案的每一個小小傳聞、每一縷蛛絲馬跡。他雖然擁有許多非凡的稟賦，其中卻並不包括欣賞自然美景的能力，他的生活只有一種調劑，那就是他偶爾會扔下城裏的惡棍不管，轉頭去追蹤他們那些身在鄉下的同行。

我發現福爾摩斯心無旁騖，沒工夫跟我說話，只好把索然無味的報紙扔到一邊，往椅子背上一靠，自個兒在那裏沉思默想。突然之間，我室友的聲音打斷了我的思緒。

「你想得沒錯，華生，」他說道。「用這種方式來解決爭端，確實是顯得非常荒謬。」

幕演出》合集 (1917 年)。首版的《福爾摩斯回憶錄》雖然沒有收錄這個故事，編者卻將故事之中的這段文字植入了《住家病人》的開篇部分，由是沿襲至今。不過，有一些版本已將這段文字從《住家病人》當中剔除。

* 華氏 90 度大致相當於攝氏 32 度。

† 新弗里斯特 (New Forest) 是英格蘭南部的一大片綠地，今為國家公園，是亞瑟‧柯南‧道爾本人非常喜愛的地方；南海 (Southsea) 是英格蘭南端樸茨茅斯附近的一個海濱度假勝地，柯南‧道爾曾在南海行醫。

「應該說是荒謬至極！」我大喊一聲，跟着才突然意識到，他剛才雖然是對我的看法表示贊同，贊同的卻是我內心深處的思緒。於是我坐直了身子，直勾勾地盯着他，腦子裏一片茫然。

「你這是唱的哪一齣，福爾摩斯？」我大聲說道。「這可真叫我完全沒法想像。」

看到我大惑不解的樣子，他笑得很是開心。

「你應該記得，」他說道，「沒多久之前，我給你念了一段愛倫·坡小說裏的文字，裏面說一個眼光敏銳的推理者成功地讀出了他同伴那些未曾形諸言語的思緒*。當時你認為，這多半只是作家編出來的一個噱頭。於是我跟你說，我自己也經常這麼做，你還表示懷疑哩。」

「不對，我沒有表示懷疑！」

「你嘴裏也許是沒有表示，我親愛的華生，眉頭卻絕對是有所表示。所以呢，看到你扔下報紙，展開了一連串的思緒，我趕緊如獲至寶地用上了這個解讀你思緒的機會，最終還打斷了你的思緒，借此證明，我確實可以跟你同情共感。」

按我的感覺，他這番解釋遠遠夠不上清晰明瞭的標準。「在你念給我聽的那個例子當中，」我說道，「那個推理者的結論是根據觀察對象的動作得來的。如果我沒記

---

* 埃德加·愛倫·坡 (Edgar Allan Poe, 1809–1849) 為美國小說家及詩人，以偵探小說和恐怖小說聞名。福爾摩斯在此提及的情節出自愛倫·坡的短篇小說《莫爾格街兇殺案》(The Murders in the Rue Morgue, 1841)，該小說素有「歷史上第一部推理小說」之稱，「眼光敏銳的推理者」指的是小說的主人公偵探杜平。

錯的話，他的觀察對象絆在了一堆石頭上，然後又抬頭看了看星星，如此等等。可是，剛才我一直踏踏實實地坐在自己的椅子上，能給你甚麼提示呢？」

「你說你沒給我提示，對你自己可不太公道啊。上天把表情賜給了人類，為的就是讓人類借此表達自己的心緒。就這個方面來說，你的表情可算是十分忠實的僕役。」

「你難道是說，我剛才的一連串思緒，你是通過我的表情讀出來的嗎？」

「通過你的表情，尤其是你的眼睛。你這一連串思緒是怎麼起頭的，興許你自個兒也想不起來了吧？」

「是啊，我確實想不起來。」

「那就讓我來告訴你好了。你先是扔下報紙，就是這個動作引起了我的注意。接下來，你一臉茫然地坐了半分鐘，然後就自然而然地把目光定在了你新近裝框的戈登將軍 * 畫像上。這時候，你臉上的表情開始不停變化，於是我意識到，你的思維列車已經開動。不過，這趟列車並沒有開出去多遠，因為你的眼睛轉向了亨利·瓦德·比徹 † 的畫像，那張畫像沒有裝框，就那麼立在你那些書的頂上。再下來，你抬眼看了看牆，用意呢，當然是十分明顯。你當時想的是，如果給那張畫像裝上框，剛好就可以填補

---

* 戈登將軍即查爾斯·戈登 (Charles Gordon, 1833–1885)，英軍將領，曾參與第二次鴉片戰爭及鎮壓太平天國的戰爭。

† 亨利·瓦德·比徹 (Henry Ward Beecher, 1813–1887) 是十九世紀中晚期美國著名的宗教活動家、社會改革家、廢奴主義者及演說家。南北戰爭時期，比徹積極支持北方政府，並曾到英國舉辦巡回演講，為北方政府爭取支持。《湯姆叔叔的小屋》的作者斯陀夫人 (Harriet Beecher Stowe, 1811–1896) 是比徹的姐姐。

牆上的那塊空白，跟另一邊的戈登畫像形成對稱。」

「你可真是一步一步地跟上了我的思路！」我大叫一聲。

「到剛才為止，我不可能跟錯了方向。緊接着，你的思緒又回到了比徹身上。你死死地盯着他的畫像，似乎是打算通過長相來分析他的性格。然後呢，你雖然不再眯縫着眼睛，但卻還是在看那張畫像，臉上則浮現出了若有所思的表情，顯然是想到了比徹生平的種種事跡。我非常清楚，想到他生平的時候，你必然會想到，他曾在南北戰爭時期代表北方政府訪問我國，因為我記得，對於我國一些比較狂躁的民眾接待他的方式，你曾經表示過強烈的憤慨。這事情既然讓你產生了如此激烈的反應，可想而知，一想到比徹，你免不了就會想到它。片刻之後，我發現你的眼睛慢慢地離開了比徹的畫像，於是就推測你的心思已經轉向了南北戰爭本身。再看到你嘴唇緊抿，眼睛閃閃發亮，雙手也握成了拳頭，我的推測就得到了證實，你的確是想到了那場你死我活的惡戰，想到了戰爭雙方的英雄氣概。可是，接下來，你的面容變得更加哀傷，腦袋也開始搖晃，因為你想到了戰爭的悲哀與恐怖，想到了虛擲沙場的千萬條生命。不知不覺之中，你把一隻手伸向自己身上的舊傷，唇邊露出一抹顫抖的苦笑，於是我知道，你已經不由自主地想到，用這種方式來解決國際爭端*，實在是一件非常荒謬的事情。到這個節骨眼兒上，我開口附和你

---

* 南北戰爭雖然是美國內戰，華生身上的傷卻來自英國和阿富汗之間的戰爭，參見《暗紅習作》。

的意見，承認這確實荒謬，然後就非常高興地發現，我所有的演繹都是正確無誤。」

「絕對是正確無誤！」我說道。「說老實話，即便是聽過了你的解釋，我的感覺仍然跟剛才一樣驚奇。」

「皮毛而已，親愛的華生，真的只是皮毛而已。要不是你前些日子表示過懷疑的話，我是不會拿這些事情來耗費你的精神的。不過，我手頭剛好有一個小小的問題，難度興許會比我這番解讀思緒的淺薄嘗試大一些。報紙上有一篇簡短的報道，說的是克羅伊登鎮*十字街的庫欣小姐收到了一個內容奇特的郵寄包裹，你注意到了嗎？」

「沒有，我完全沒有留意。」

「哈！那你一定是看漏了。把報紙扔給我好了。喏，報道就在這兒，就在金融專欄下面。麻煩你把它念出來吧。」

我撿起他扔回來的報紙，把他說的那篇報道念了出來，報道的標題是「恐怖包裹」。

> 蘇珊‧庫欣小姐家住克羅伊登鎮十字街，日前遭逢不幸事件，此一事件即無更為兇險邪惡之內涵，亦屬極度令人反感之惡謔。昨日午後二時，庫欣小姐自郵差手中收得裹有褐紙之小件包裹，中有紙盒一隻，盒中填滿粗鹽。傾出盒中粗鹽之後，庫欣小姐駭然發現人耳二隻，顯係新鮮割下。紙盒為前日晨間自貝爾法斯特†寄出，寄送方式為郵政包裹，寄件人身份則

---

* 克羅伊登 (Croydon) 是倫敦南郊的一個鎮子，當時屬於薩里郡。

† 貝爾法斯特 (Belfast) 為愛爾蘭島東北部海港城市，為今日英國北愛爾蘭地區首府及最大港口。

無可查考。彌令此事難解者，則庫欣小姐終身未嫁，年已五十，素日深居簡出，相識及通信筆友均屬寥寥無幾，極少收得任何信件。然則數年之前，庫欣小姐家於彭吉*，其間曾將寓所房間租與三名青年醫科學生，復因彼等喧嘩吵鬧、作息無常，不得不令彼等另擇居所。警方由是推測，此次惡行或即彼等所為，彼等心懷怨恨，遂將此等解剖室殘骸寄至庫欣小姐家中，意在驚嚇事主。此種推測已得些許佐證，因三名學生之中確有一人來自愛爾蘭北部，另據庫欣小姐回憶，該學生原籍恰係貝爾法斯特。負責此案之雷斯垂德先生為我市探員翹楚，相關調查正在積極進行。

「《每日紀事報》就說了這麼多，」聽我念完之後，福爾摩斯說道。「好了，來看看咱們的朋友雷斯垂德是怎麼說的吧。今天早上我收到了他的一封短箋，內容是這樣的：

按我看，這件案子非常符合你的口味。我們對澄清這個問題很有信心，只可惜遇上了一點兒小小的困難，暫時找不到任何突破口。當然，我們已經給貝爾法斯特郵局發了電報，可他們當天收寄了大量包裹，完全記不得這個涉案包裹，也想不起寄件人的模樣。包裹所用的紙盒原本是半磅†裝蜜煉煙草的盒子，沒有給我們提供任何線索。到目前為止，我仍然覺得關於醫科學生的那個推測最合情理，不過，如果你有那麼幾

---

* 彭吉 (Penge) 是倫敦南郊的一片區域。
† 1 磅約等於 450 克。

個小時空閒的話，我倒是非常樂意在這邊見到你。今天一天我都在這座房子裏，要不然就在警局。

「你意如何，華生？為了這麼點兒拿到新鮮案例的渺茫希望，你願意頂着酷暑跟我去一趟克羅伊登嗎？」

「我巴不得能有點兒事情做呢。」

「那你可算是如願以償啦。你拉一下鈴鐺，叫他們把咱們的靴子送來，再吩咐他們去僱一輛出租馬車。我去換掉睡袍，再把雪茄盒子裝滿，馬上就來。」

我倆上了火車之後，天上下了一陣雨，與此同時，克羅伊登的暑熱遠遠不像城裏這麼讓人窒息。福爾摩斯提前發了電報，我倆就在車站見到了前來迎候的雷斯垂德，他還是那麼短小精悍，還是那麼衣冠楚楚，偵探的派頭也還是那麼成色十足。步行五分鐘之後，我們走進了庫欣小姐居住的十字街。

十字街非常長，兩邊都是簡潔整飭的兩層磚房，帶有年久發白的石頭台階，好些人家的門口都聚着三三兩兩的婦人，穿着圍裙在那裏數說家長里短。走到街道中段的時候，雷斯垂德停住腳步，敲響了一戶人家的房門。一名身材瘦小的女僕給我們開了門，領我們走進了庫欣小姐所在的前屋。庫欣小姐面容平靜，大大的眼睛溫和友善，花白的捲髮從兩邊的鬢角耷拉下來。她的膝蓋上攤着一隻繡了花的椅套，身邊的凳子上擺着一籃彩色的絲線。

「它們就在院子當中的小屋裏，我是說那些可怕的東西，」雷斯垂德剛一進門，庫欣小姐開口就說。「希望您趕緊把它們通通拿走。」

「我會拿走的，庫欣小姐。我把它們留在這兒，只是為了等我的朋友福爾摩斯先生，好讓他可以趁您在場的時候看一看。」

「為甚麼要趁我在場的時候看呢，先生？」

「因為他沒準兒會有問題要問您。」

「我已經跟您說了，我完全不知道這是怎麼回事，問我又有甚麼用呢？」

「您說得對，夫人，」福爾摩斯用安撫的口吻說道。「我敢肯定，您為這件事情遭的罪已經是夠多的了。」

「是啊，確實是這樣，先生。我這個人喜歡安靜，很少跟人打交道。我的名字上了報，家裏又來了警察，這還是破天荒的第一遭。我不想在這間屋子裏看到那些東西，雷斯垂德先生，你們要看的話，那就上小屋去好了。」

屋子後面是一個窄小的花園，她說的小屋則是搭在花園裏的一個小棚子。雷斯垂德走進小屋，從裏面拿出了一個黃色的紙盒子，外加一張褐色的紙和一截繩子。花園小徑的盡頭有一張長椅，我們三個都坐了下來，福爾摩斯把雷斯垂德遞給他的東西逐個檢查了一遍。

「這截繩子特別有趣，」他一邊說，一邊把繩子舉到亮處，還聞了聞繩子的味道。「你對它有甚麼看法呢，雷斯垂德？」

「繩子上塗過焦油。」

「一點兒不錯，這是一截塗過焦油的麻繩。毫無疑問，你肯定注意到了這麼一個事實，庫欣小姐是用剪刀把繩子剪斷的，繩子兩頭的痕跡都是證明。這一點相當重要。」

「我可看不出它重要在哪裏，」雷斯垂德説道。

「重要就重要在繩結完好無損，而且非常特別。」

「繩結打得非常漂亮，這一點我早就記到本子上啦，」雷斯垂德洋洋自得地説道。

「好吧，繩子的事情就説到這裏，」福爾摩斯笑着説道，「現在來看這張包裝紙。紙是褐色的，帶有明顯的咖啡氣味。甚麼，你沒留意到這一點？要我説，這一點絕對不會有任何疑問。紙上的地址寫得十分潦草：『克羅伊登鎮十字街，S.庫欣＊小姐收』。書寫工具是一支寬尖水筆，興許是J型筆†，墨水的質量十分低劣。『Croydon』（克羅伊登）這個詞當中的『y』原本寫成了『i』，之後才改了過來。如此説來，寄包裹的是個男人，因為這顯然是男人的筆跡，這個人文化程度不高，對克羅伊登鎮也不怎麼熟悉。截至目前，一切順利！這是個半磅裝蜜煉煙草的盒子，顏色是黃的，沒有甚麼特徵，只是左下角有兩個拇指印。盒子裏裝滿了劣質的粗鹽，本來應該用於皮革防腐，或者是服務於其他一些不太入流的行當。好了，嵌在鹽堆裏的就是這兩樣十分特別的郵寄物品。」

他一邊説，一邊把盒子裏的兩隻耳朵拿了出來，放到他擱在膝頭的一塊板子上，仔仔細細地看了起來。我和雷斯垂德分坐在他的兩邊，此時都探過身去，一會兒看看那兩件可怕的殘骸，一會兒又看看福爾摩斯那張若有所思的

＊　「蘇珊」的英文是「Susan」，首字母為「S」。

†　J型筆是維多利亞時代的英國常見的一種寬尖蘸水筆，「J」是刻在筆尖上的字母。

熱切臉龐。到最後，福爾摩斯把耳朵放回了盒子裏，坐在那裏沉思了一會兒。

「當然嘍，你們肯定都注意到了，」他終於開了口，「這兩隻耳朵並不是一對。」

「沒錯，我注意到了這一點。不過，如果這確實是醫科學生在搞惡作劇的話，他們很容易就可以從解剖室里弄到兩隻耳朵，成不成對都是一樣。」

「一點兒不錯。不過，這可不是甚麼惡作劇。」

「你肯定嗎？」

「眼前的情形完全不支持惡作劇的説法。解剖室裏的屍體都注射過防腐劑，這兩隻耳朵卻完全沒有這樣的痕跡。再者説，它們都是剛割下來沒多久。割耳朵的人用的是一把很鈍的刀具，醫科學生可不會用這種東西。還有啊，學過醫的人打算進行防腐處理，首先想到的自然是苯酚或者精餾酒精，絕不會用上粗鹽。我重覆一遍，咱們正在調查的絕對不是甚麼惡作劇，而是一起重大罪案。」

聽着我同伴的話語，看着他那副嚴峻凝重的面容，我心裏湧起了一陣莫名的寒意。從他這個冷酷無情的初步論斷來看，案子當中必然埋藏着某種詭異難解的恐怖內情。可是，雷斯垂德卻開始大搖其頭，似乎是對福爾摩斯的話半信半疑。

「毫無疑問，惡作劇的説法確實存在一些破綻，」他説道，「可是，另一種説法的破綻比這還要大得多哩。咱們都知道，前面這二十年，不管是在彭吉還是在這裏，這個女人的生活一直都是極其安靜、極其正派。二十年當

中，她幾乎一天也沒有離開過自己的家。更何況，她如果不是一名演技出神入化的演員，那就是跟咱們一樣，對這件事情一無所知，既然如此，哪個罪犯會想到要把自個兒的罪證寄給她呢？」

「這正是咱們必須解決的問題，」福爾摩斯回答道，「還有啊，不管你怎麼看，我反正會假定自己的演繹沒有錯、假定咱們面對的是一起雙重謀殺，在這個基礎上展開調查。這兩隻耳朵當中，有一隻是女人的，小巧玲瓏，穿了一個耳洞，另一隻則屬於男人，曬得黝黑，變了顏色，也穿了一個耳洞。這兩個人多半是死了，如其不然，關於他們的消息應該已經傳到了咱們的耳朵裏。今天是星期五，包裹是星期四早上寄出來的*，由此看來，慘劇應該發生在星期三或者星期二，沒準兒還更早。既然這兩個人死於謀殺，把謀殺成果寄給庫欣小姐的就只能是兇手本人，要不然會是誰呢？咱們只管假定，寄包裹的人就是咱們的緝拿對象。不過，他把包裹寄給庫欣小姐，一定得有十分充足的理由。那麼，究竟是甚麼理由呢？一定是為了告訴她，事情已經辦了！要不就是為了折磨她，沒準兒。可是，照這麼說的話，她應該知道寄包裹的人是誰才對啊。她知道嗎？我看未必。她要是知道的話，幹嗎還要叫警察呢？把耳朵埋掉不就完了嗎，誰也不會知道這件事情。如果她打算包庇兇手的話，那就肯定會這麼幹。反過

---

* 原文如此，不過，根據前文引述的當天報紙，包裹是昨天下午收到、前天早上寄出的，當天如果是星期五，包裹就應該是星期三寄出的（文中並未言明報紙日期，按理則應該是當天報紙，若是往期報紙，時間更成問題）。

來，如果她不想包庇兇手，那就會把兇手的名字說出來。案子的症結就在這兒，必須得把它理清楚。」他噼里啪啦地說了這麼一大通，眼睛始終直勾勾地盯着花園籬笆的上方。到這會兒，他乾脆利落地跳了起來，開始往大屋裏走。

「我要問庫欣小姐幾個問題，」他說道。

「這樣的話，我可陪不了你們了，」雷斯垂德說道，「因為我手頭還有一件小事要辦。按我看，我已經不需要再跟庫欣小姐打聽甚麼了。要找我的話，你們可以上警局去。」

「去車站的時候，我們會順道過去看看你的，」福爾摩斯回答道。片刻之後，我倆已經再次走進了前屋，那位神情恬淡的女士仍然在那裏不聲不響地繡着椅套。我倆進屋的時候，她把椅套擱在自己的膝頭，抬起頭來，用她那雙坦率而又敏銳的藍眼睛打量着我倆。

「我可以肯定，先生，」她說道，「這件事情一定是搞錯了，包裹壓根兒就不是寄給我的。這一點我已經跟那位蘇格蘭場的先生說過好幾次了，可他就知道衝我笑。據我所知，我在這世上一個冤家也沒有，既然如此，哪裏會有人跟我開這種玩笑呢？」

「我正要得出同樣的結論呢，庫欣小姐，」福爾摩斯一邊說，一邊在她身旁的椅子上坐了下來。「依我看，十有八九——」說到這裏，他突然停了下來。轉眼一看，我不由得吃了一驚，因為我發現他異常專注地盯着那位女士的側臉，熱切的臉龐又驚又喜。不過，等到庫欣小姐轉頭

看他因何沉默的時候，他立刻恢復了一本正經的模樣。我自己也使勁兒地看了看庫欣小姐光滑熨帖的花白頭髮、整潔的便帽、小小的金色耳環，還有她平靜安詳的面容，但卻怎麼也看不明白，我同伴那種顯而易見的興奮勁兒從何而來。

「我有一兩個問題——」

「噢，問題我已經聽厭了！」庫欣小姐不勝其煩地叫道。

「按我看，您有兩個妹妹。」

「這您是怎麼知道的呢？」

「剛進房間的時候，我就看見壁爐台上擺着三位女士的一張合影，其中的一個顯然是您，另外兩個則跟您非常相像，她倆跟您的關係可以說是一目瞭然。」

「是的，您說得對。她倆都是我的妹妹，一個叫薩拉，一個叫瑪麗。」

「還有啊，您看我旁邊的這張相片，是您妹妹在利物浦照的。看身上的制服，跟她合影的這位男士似乎是船上的乘務員。照我看，當時她還沒結婚呢。」

「您還真是挺會看的。」

「這正是我的行當。」

「好吧，您說得對。不過，那之後沒幾天，她就跟布朗納先生結了婚。照那張相片的時候，布朗納先生還在跑南美航線，可他對我妹妹非常依戀，捨不得長時間離開她，所以就換到了利物浦和倫敦之間的班輪上。」

「哦，是『征服者號』班輪，對嗎？」

「不對，是『五朔節＊號』，反正我上次是這麼聽說的。吉姆†到這兒來看過我一次，那時他還沒開酒戒。後來呢，他一下船就會抱上酒瓶子，喝幾口就會變成徹頭徹尾的酒瘋子。唉！從他再一次拿起酒杯的時候開始，我們家就沒有好日子過了。他先是跟我斷絕了往來，跟着又開始跟薩拉吵嘴，還有啊，連瑪麗也不寫信來了，我們根本就不知道他們過得怎麼樣。」

顯而易見，庫欣小姐已經遇上了一個讓她深有感觸的話題。跟大多數過慣了孤獨日子的人一樣，她一開始表現得腼腆內向，最後卻變得十分健談。她跟我們講了她那個乘務員妹夫的許多瑣事，接着又沒頭沒腦地講起了那些醫科學生，也就是她以前的房客。她在我們面前數說了他們的一大堆不是，還說了他們叫甚麼名字，分別屬於哪家醫院。福爾摩斯自始至終都聽得專心致志，其間還時不時地開口發問。

「說到您的二妹，也就是薩拉，」他說道。「我有點兒不太明白，既然你們倆都沒結婚，幹嗎不住在一起呐。」

「唉！您這是不知道薩拉的脾氣，知道您就不會不明白了。剛來克羅伊登的時候，我也不是沒試過。我倆一直住在一起，兩個月之前才分開，原因是實在沒法一起過了。我並不想說自己妹妹的不是，可她總喜歡多管閒事，特別地不好伺候，薩拉就是這麼個人。」

＊　五朔節 (May Day) 是北半球一些國家慶祝春天來臨的傳統節日，日期為每年的 5 月 1 日。

†　「吉姆」是布朗納的名字。

「您剛才説了，她還跟您那位利物浦的親戚吵過嘴哩。」

「是啊，可他倆還曾經是特別要好的朋友呢。咳，她跑到那邊去住，本來是想跟他們親近親近，現在可好，她怎麼數落吉姆‧布朗納都不解氣。在我這兒住的最後半年裏，她嘴裏沒有別的，全都是布朗納如何如何酗酒成性、如何如何滿身惡習。要我説，布朗納肯定是逮到了她多管閒事的舉動，還把自個兒的看法説給她聽了，事情就是這麼起的頭。」

「謝謝您，庫欣小姐，」福爾摩斯一邊説，一邊站了起來、躬身告退。「我記得您剛才説了，您的妹妹薩拉住在沃靈頓* 的新街，對吧？再見。就像您説的那樣，這件案子跟您一點兒關係也沒有，您竟然為此受到攪擾，我覺得非常抱歉。」

我倆一出門就看到了一輛路過的出租馬車，福爾摩斯叫住了它。

「這兒離沃靈頓有多遠？」他問道。

「只有一英里左右，先生。」

「很好。上來吧，華生，咱們必須趁熱打鐵。這件案子雖然簡單，倒也附帶着一兩個非常富於教益的細節。車夫，看到有電報局的時候，你給我停一停。」

福爾摩斯發了一封簡短的電報，接下來的旅途當中就自顧自地仰在車裏，帽子扣在鼻梁上，免得太陽曬到他的臉。車夫在一座房子跟前勒住了韁繩，這座房子跟我們剛

---

* 沃靈頓 (Wallington) 是倫敦南郊的一個鎮子，當時屬於薩里郡。

剛離開的那一座大同小異。我同伴吩咐車夫原地等候，剛剛把手伸到門環上，房門卻突然開啟，一個神色肅穆的年輕紳士出現在了台階上，一身黑衣，禮帽閃閃發亮。

「庫欣小姐在家嗎？」福爾摩斯問道。

「薩拉・庫欣小姐病得很厲害，」那人說道。「從昨天開始，她的腦子出現了極其嚴重的病狀。作為她的醫療顧問，我絕不會允許任何人去見她，那樣的風險我可擔待不起。我建議你們十天之後再來。」說完之後，他戴上手套、關上房門，順着大街揚長而去。

「呃，不見就不見，」福爾摩斯興高采烈地說道。

「興許她說不出甚麼名堂，說得出也不一定願意說。」

「我沒打算讓她說甚麼，只是想去瞧瞧她。不管怎麼說，我覺得我已經拿到了我需要的一切材料。車夫，送我們去一家像樣的旅館。咱們可以在旅館裏吃頓午飯，然後就到警局去看看咱們的朋友雷斯垂德。」

我倆簡簡單單地吃了一頓愉快的午餐，其間福爾摩斯談的都是小提琴，別的就甚麼也不肯說。他欣喜若狂地講述他如何給自己弄了一把斯特拉底瓦里小提琴*，琴是從托特納姆宮廷路的一個猶太舊貨商手裏買的，至少值五百幾尼†，可他只花了五十五先令。以此為契機，他接着講起了帕格尼尼‡，於是乎，就着一瓶波爾多紅酒，他說我

---

* 斯特拉底瓦里小提琴 (Stradivarius) 為意大利同名製琴世家製造的世界名琴，《暗紅習作》亦曾提及。

† 幾尼為英國舊幣，1 幾尼等於 21 先令，即 1.05 英鎊。

‡ 帕格尼尼 (Nicolo Paganini, 1782–1840)，意大利小提琴家及作曲家，

聽，我倆在這個非凡人物的一件又一件軼事當中消磨了一個鐘頭。一直到下午將盡，熾烈的陽光變成了柔和的落暉，我倆才走到警局跟前，見到了等在門口的雷斯垂德。

「你有一封電報，福爾摩斯先生，」雷斯垂德說道。

「哈！回電來啦！」福爾摩斯拆開電報，掃了一眼，跟着就把它揉成一團，塞進了自己的口袋。「這就對了，」他說道。

「你查到甚麼了嗎？」

「我查到了所有的一切！」

「甚麼！」雷斯垂德驚愕地盯着他。「你這是開玩笑吧。」

「我這輩子都沒有這麼認真過。有人製造了一起駭人聽聞的罪案，與此同時，依我看，我已經掌握了這起罪案的所有細節。」

「那麼，罪犯是誰呢？」

福爾摩斯拿出自己的一張名片，在名片背面潦草地寫了幾個字，跟着就把它扔給了雷斯垂德。

「我給你的就是罪犯的姓名，」福爾摩斯說道。「你最早也要到明天夜裏才能抓到他。說到這件案子的時候，你最好徹底隱去我的名字，因為我只想讓自個兒的名字出現在那些多少有點兒難度的罪案裏面。走吧，華生。」我倆大步走向車站，留下雷斯垂德一個人站在那裏，笑逐顏開地盯着福爾摩斯扔給他的那張名片。

為歷史上聲名最著、最富傳奇色彩的小提琴大師之一。

「這件案子，」歇洛克‧福爾摩斯說道。說話的時候已經是當天晚上，我倆正在貝克街的寓所裏一邊抽煙一邊閒聊。「跟你以『暗紅習作』和『四簽名』為題發表的那兩件案子一樣，也要求咱們從結果逆推原因。我已經給雷斯垂德寫了信，讓他把那些尚待補充的細節告訴咱們，當然嘍，他得等抓到犯人之後才能弄來那些細節。抓犯人的事情倒是可以包在他的身上，因為他雖然完全沒有腦子，終歸也有一個優點，一旦認清了自己該幹的事情，他就會像牛頭犬一樣死不鬆口。說老實話，就是憑着這股執拗勁兒，他才成為了蘇格蘭場的精英人物。」

　　「這麼說的話，眼下你還沒有把這件案子完全理清，對嗎？」我問道。

　　「主要的事實基本上算是理清了。其中一個受害者的身份雖然還不清楚，可咱們已經知道，這樁令人髮指的罪行究竟是出自誰的手筆。當然嘍，你肯定也形成了自己的結論。」

　　「按我看，你的懷疑對象是利物浦班輪上的那個乘務員，也就是吉姆‧布朗納，對吧？」

　　「噢！不只是懷疑而已。」

　　「可是，我看到的只是一些非常模糊的跡象，並沒有甚麼明確的證據。」

　　「恰恰相反，依我看，再沒有比這更明確的事情啦。這樣吧，我來把主要的演繹步驟捋一遍好了。你肯定記得，剛剛接到這件案子的時候，咱們完全沒有任何頭緒。這樣的狀態通常都是有利無弊，因為咱們沒有先入為主之

見，僅僅是以觀察者的身份趕到現場、根據觀察所得來進行演繹。咱們首先看到的是甚麼呢？一位十分平和、十分體面的女士，不像是藏着甚麼秘密，再加上一張合影，讓我知道她有兩個妹妹。當時我立刻想到，盒子真正的收件人興許是兩個妹妹當中的一個。我把這個設想暫時放在一邊，準備等有了工夫再來檢驗它的真偽。然後呢，你想必記得，咱們走進花園，看到了那個黃色的小盒子，還有盒子裏那些十分奇特的東西。

「盒子上捆的是船員們用來縫帆的那種繩子，頃刻之間，一縷海風吹進了咱們的調查。接下來，我注意到繩結用的是水手當中的流行樣式，包裹來自一個海港，屬於男性的那隻耳朵又穿了通常只有水手才穿的耳洞 *，於是乎，我已經十拿九穩，這樁慘劇當中的所有男角都來自那個在海上討生活的階層。

「檢查包裹地址的時候，我發現收件人寫的是『S. 庫欣小姐』。好了，三姐妹當中的老大當然可以稱為『庫欣小姐』，還有呢，儘管她名字的首字母縮寫確實是『S』，這個縮寫仍然可能屬於姐妹當中的另一個人。果真如此的話，咱們就得從一個全新的起點展開調查。這麼着，我轉身走進屋子，打算澄清這個疑點。你應該記得，我剛要告訴庫欣小姐，我確信這件事情是弄錯了，突然之間卻打住了話頭。原因嘛，當時我正好看見了一樣東西，那樣東西

---

*　按照當代英國人類學家戴斯蒙德‧莫里斯 (Desmond Morris) 在人類學著作《裸男》(*The Naked Man*, 2008) 當中的描述，從十六世紀下半葉開始，佩戴耳環就成了水手和海盜當中的時尚，「幾乎讓人們在水手和戴耳環的男人之間劃上了等號」。

不光讓我十分驚訝，而且大大地縮小了咱們的調查範圍。

「華生，你是個醫生，肯定知道耳朵是人體之中形態最為多樣的部位。一般說來，每個人的耳朵都有鮮明的特徵，跟其他所有人的耳朵不一樣。你可以去翻翻去年的《人類學雜誌》，我在上面發表了兩篇關於這個問題的短小論文。這麼着，進屋之前，我已經以專家的眼光檢查過盒子裏的兩隻耳朵，仔細地研究了它們的解剖學特徵。所以呢，你可以想像一下，當時我是多麼地驚訝，因為我看到，庫欣小姐的耳朵竟然跟我剛剛檢查過的那隻屬於女性的耳朵一模一樣。這樣的事情絕對不是巧合。兩隻耳朵的耳廓都比較短，耳垂上緣的弧度都很大，內側軟骨的渦旋形狀也相同。從所有的主要特徵來看，你完全可以說它們是同一個人的耳朵。

「當然，我立刻認清了這個發現的巨大意義。顯而易見，受害者是庫欣小姐的親屬，多半還是非常近的親屬。於是我跟她聊起了她的家人，而你肯定記得，她馬上就給咱們提供了一些極有價值的情況。

「首先，她有個名叫『薩拉』的妹妹，這個妹妹的地址一直到不久之前都還跟她一樣，這一來，咱們就清清楚楚地看到了包裹寄錯的原因，看到了誰才是真正的收件人 *。接下來，咱們又聽到了那個乘務員的事情，知道他娶了三妹，一度還跟薩拉小姐非常要好，以致薩拉小姐實實在在地搬到利物浦去跟布朗納夫婦親近。後來呢，因為

---

* 福爾摩斯這麼說，是因為「薩拉」的英文是「Sarah」，首字母也是「S」。薩拉沒有結婚，名號也可以寫為「S. 庫欣小姐」。

一場爭執，薩拉小姐又跟他們分道揚鑣。這場爭執使他們的聯繫中斷了幾個月的時間，這樣一來，如果需要給薩拉小姐寄個包裹的話，布朗納肯定會把包裹寄到她原先的地址。

「到這會兒，咱們欣喜地看到，事情已經漸漸明朗。咱們已經知道案子當中有這麼一名乘務員，又知道他是個感情強烈的急性子，因為你肯定記得，為了離自己的妻子近一點兒，他扔掉了一份興許是好得多的差事。與此同時，咱們還知道他時不時會犯狂飲無度的毛病。然後呢，咱們有理由相信他的妻子遭到了謀殺，同時遇害的還有一個多半是海員的男人。當然嘍，一望而知，犯罪的動機必然是嫉妒。那麼，兇手幹嗎要把罪證寄給薩拉·庫欣小姐呢？多半是因為她在利物浦的時候做了甚麼手腳，在導致慘劇的那些事件當中充當了煽風點火的角色。你得知道，布朗納那條航線的班輪會在貝爾法斯特、都柏林和沃特福德* 停靠，這樣的話，假設作案的人是布朗納，並且在作案之後立刻登上了他那艘『五朔節號』汽船，貝爾法斯特就是他有機會寄出那個恐怖包裹的第一個地點。

「調查進行到這個階段，事情顯然還有另外一種解釋，儘管我覺得它非常不合情理，可我還是決定先檢驗一下它的真偽，然後再進行下面的事情。另一種解釋就是，一個失意的追求者謀殺了布朗納夫婦，屬於男性的那隻耳

---

* 都柏林 (Dublin) 為愛爾蘭海港，今天是愛爾蘭的首都，沃特福德 (Waterford) 是愛爾蘭東南部的港口。自北而南，貝爾法斯特、都柏林和沃特福德都與利物浦隔愛爾蘭海相望；1922 年之前，愛爾蘭島全境都在英國統治之下。

朵來自那個做丈夫的人。這種解釋雖然有許多難以彌補的破綻，終歸也不是完全不可能的事情。於是我就給我在利物浦警局的朋友埃爾加發了一封電報，讓他去查一查，布朗納太太在不在家、布朗納有沒有登上『五朔節號』。接下來，咱倆就一起到沃靈頓拜望薩拉小姐去了。

「我去拜望薩拉小姐，首先是因為我非常好奇，想看看她的耳朵跟她的家人相似到了甚麼程度。其次嘛，當然，她興許會給咱們提供一些非常重要的情況，話又說回來，我並不指望她真的會這麼做。她肯定是昨天就聽說了這起罪案，因為克羅伊登已經是滿城風雨，與此同時，只有她一個人心知肚明，包裹到底是寄給誰的。她要是願意仗義執言的話，多半是早就跟警方取得了聯繫。即便如此，咱們顯然有責任去看看她，所以咱們就去了。結果呢，咱們發現包裹到達的消息對她造成了十分沉重的打擊，竟至於讓她腦炎發作，之所以這麼說，是因為她的病剛好可以追溯到消息傳來的時候。這一來，事情就變得更加清楚，她確實知道那個包裹的全部含義，只不過，同樣清楚的是，咱們得等上一陣才能指望她的任何協助。

「事實上，咱們並沒有依靠她的協助。咱們趕到警局的時候，埃爾加已經按我的要求把回電發到了那裏。再沒有比他的回電更能說明問題的東西了。三天多的時間裏面，布朗納太太的家門始終是關着的，鄰居們都以為她是到南邊串親戚去了*。與此同時，航運公司確認布朗納登上了『五朔節號』，按照我的估算，那艘船應該會在明天

---

* 克羅伊登在利物浦的南邊，距離相當遙遠。

福爾摩斯謝幕演出｜紙盒子

· 73 ·

夜裏駛入泰晤士河。船到碼頭的時候，他就會見到遲鈍而不失果決的雷斯垂德，而我絕不懷疑，咱們缺少的細節也會悉數補全。」

歇洛克·福爾摩斯的希望沒有落空，兩天之後，他收到了一封厚厚的信件，裏面不光有那位探員寫來的一張短箋，還有一份用去了好幾頁富士紙*的打字文件。

「雷斯垂德順利地逮到了他，」福爾摩斯說道，抬起頭瞥了我一眼。「說不定，你會有興趣聽聽他的說法。

親愛的福爾摩斯先生：

按照咱們用來驗證咱們假設的那個計劃，(「華生啊，他這個『咱們』用得相當巧妙，你說呢？」)我在昨晚六點趕到阿爾伯特碼頭†，登上了利物浦－都柏林－倫敦班輪公司旗下的「五朔節號」汽輪。經過一番訊問，我發現船上有一個名為詹姆斯·布朗納‡的乘務員，此人在這次航程之中的表現極不正常，船長不得不停了他的職。下到他的艙房之後，我發現他坐在一隻箱子上，雙手撐着腦袋、身子來回搖晃。這傢伙身材高大，孔武有力，臉刮得很乾淨，皮膚非常黑，長得有點兒像艾爾德里奇，就是在「冒牌洗衣店案」當中幫過咱們的那個傢伙。聽明白我的來意之

---

* 富士紙 (foolscap) 是一種規格約為 13X16 英寸的書寫紙，略大於 A3 紙。

† 阿爾伯特碼頭 (Albert Dock) 不止一座，這是指位於倫敦泰晤士河濱的那一座，全稱為皇家阿爾伯特碼頭，當時是一座大碼頭，現已廢棄。

‡ 前文說是「吉姆」，因為「吉姆」(Jim) 是「詹姆斯」(James)的暱稱。

後，他跳了起來，於是我把警笛舉到了嘴邊，打算把守在拐角處的兩名水警叫過來，可他似乎無心反抗，反倒是非常平靜地把雙手伸了出來，讓我給他戴上手銬。我們把他送進了牢房，還帶上了他的儲物箱，希望能在裏面找到一點兒定罪的證據。不過，折騰了這麼半天，我們只找到了一把大多數水手都有的大號尖刀，別的就甚麼也沒找到。還好，我們已經發現，根本就用不着更多的證據，因為我們剛把他帶到局裏的值班督察跟前，他就主動要求供認罪行。當然，我們的速記員把他的口供一字一句地記了下來。口供我們一共打了三份，隨信附來的就是其中一份。正如我一直以來的預料，這件案子極其簡單，即便如此，我仍然要感謝你協助我進行調查。祝好。

你忠實的朋友，

G. 雷斯垂德

「哼！這次的調查確實是非常簡單，」福爾摩斯說道，「可我並不覺得，他請咱們去的時候就是這麼想的。好啦，咱們來看看吉姆·布朗納自個兒是怎麼說的吧。喏，這就是他在夏德維爾*警局蒙哥馬利督察面前陳述的供詞，好就好在是逐字逐句的忠實記錄。」

我有沒有甚麼要說的？有啊，我要說的多得很，不說個清清楚楚還不痛快呢。你們吊死我也行，不管我也行，愛怎麼着就怎麼着，我一丁點兒也不在乎。跟你們說吧，自從幹完那件事情之後，我再也沒有合過

---

* 夏德維爾 (Shadwell) 是倫敦東部的一片區域，離阿爾伯特碼頭不遠。

眼，依我看也合不上啦，除非是到了我再也醒不過來
的那一天。有時候我看見的是他的臉，大多數時候看
見的還是她的，不是他的就是她的，總有一張臉在我
眼前晃悠。他總是皺着個眉頭黑着個臉，她的臉卻顯
得有點兒驚奇。可不是嘛，看到一張總是充滿憐愛的
面孔突然間變得殺氣騰騰，我那隻小白羊當然會覺得
驚奇。

可是，這都是薩拉幹的好事，但願我這個斷腸人的詛
咒能叫她禍事纏身、叫她的血在她的血管裏發臭！我
倒不是想撇清自個兒的責任，我知道我不該撿起酒
瓶，變回以前的畜生模樣。可是，要不是這個女人把
晦氣帶到我家裏來的話，我妻子本來是可以原諒我
的，本來會繼續跟我黏在一起，就像繞在滑輪上的繩
子一樣。薩拉‧庫欣愛上了我，所有的事情就是這麼
起的頭。她愛上了我，可她的愛最後都變成了刻毒的
仇恨，因為她發現，在我的心目當中，她整個兒的身
體和靈魂也比不上我妻子踩在泥地裏的一個腳印。

她家一共是三姐妹，老大是個普普通通的正派女人，
老二是個惡魔，老三卻是個天使。我和瑪麗結婚的時
候，薩拉三十三歲，瑪麗則是二十九。我倆一起安下
家來的時候，日子真是快活得沒法説，整個利物浦也
沒有哪個女人能比得上我的瑪麗。接下來，我倆請薩
拉去住一個星期，結果呢，一個星期變成了一個月，
事情一件趕着一件，到最後，她實實在在地變成了我
家裏的一個成員。

當時我佩上了藍帶子＊，還攢了一點兒錢，一切都像嶄新的硬幣一樣閃閃發光。我的老天，誰能想到事情會落到今天這步田地呢？誰能想得到呢？

週末我通常都是在家裏過，趕上船等着裝貨的時候，我還會一口氣在家裏待上一個星期。這一來，我經常都會見到我的二姨子，也就是薩拉。她長得不錯，身材高挑，成天悶悶不樂，性子急，脾氣暴躁，總是高傲地揚着腦袋，眼裏的光芒就像從打火石上迸出來的火星一樣。不過，我的小瑪麗在我身邊的時候，我壓根兒就不會想到她，我說的要不是實情的話，老天爺也不饒我。

有些時候，我確實覺得她喜歡跟我單獨相處，喜歡哄着我陪她出去散步，可我從來沒有往那方面去想。後來的一天傍晚，我終於看清了這件事情。那天我剛剛下船，發現我妻子出了門，薩拉倒是在家，於是我問她，「瑪麗上哪兒去了呢？」「哦，她到外面還甚麼賬去了。」我等得非常着急，在房間裏走來走去。「雖說瑪麗不在，可你就不能高高興興地待五分鐘嗎，吉姆？」她這麼說。「這麼短的一點兒時間，你都不能滿足於我的陪伴，我可真是太沒面子啦。」「別這麼想，我的姑娘，」我一邊說，一邊和和氣氣地衝她伸過手去，可她一下子就用雙手抓住了我的手，那雙

＊　「佩上了藍帶子」的意思就是戒了酒，愛爾蘭裔美國人弗朗西斯·墨菲 (Francis Murphy, 1836–1907) 於十九世紀七十年代發起的戒酒運動以藍帶子為標誌，這場運動在英國也產生了很大的影響。

手燙得跟發了燒一樣。看到她的眼神，我立刻恍然大悟。事情到了這種地步，她甚麼也用不着說，我也是一樣。我皺了皺眉，把手抽了回來，她不聲不響地在我身邊站了一小會兒，然後就拍了拍我的肩膀。「好一個忠誠可靠的老吉姆！」她這麼説了一句，嘲諷地笑了一聲，跟着就跑出了房間。

這麼着，從那天開始，薩拉就對我恨之入骨，還有啊，她確實懂得恨人該怎麼恨。我可真是個傻子，真是個鬼迷心竅的傻子，居然還允許她繼續跟我倆住在一起，可我從沒在瑪麗面前提過半句，因為我知道瑪麗肯定會覺得傷心。接下來的日子似乎跟以前差不多。可是，過了一段時間，我發現瑪麗身上起了一點兒變化。她本來是那麼地信任我、那麼地天真無邪，眼下卻變得怪裏怪氣、疑神疑鬼，總想知道我去了哪兒、幹了些甚麼、我的信都是誰寫來的、我的兜裏裝着些甚麼東西，此外還有千百個諸如此類的愚蠢問題。她一天比一天怪，脾氣也一天比一天大，我倆成天都在為雞毛蒜皮的事情吵嘴，弄得我莫名其妙。這個時候，薩拉對我是能躲就躲，但卻跟瑪麗黏在一起，拿刀子都分不開。現在我算是回過味兒來了，她是在暗中使壞，挑唆我妻子跟我作對，可我當時卻像個瞎子一樣，根本看不明白這是怎麼回事。然後呢，我扯掉了我的藍帶子，又一次抱起了酒瓶，可是我知道，如果瑪麗還跟原來一樣的話，我是不會開戒的。這下可好，她更有理由嫌棄我了，我倆之間的裂痕自然是越

來越大。再往後，那個亞歷克‧費爾班又跑來插了一
槓子，事情就比以前還要糟糕一萬倍。

第一次來我家的時候，他是來看薩拉的，沒過多久，
他拜訪的對象就變成了我們仨，因為他這個人很有魅
力，到哪兒都能交到朋友。他是個打扮時髦、神氣活
現的傢伙，風度翩翩，頂着一頭捲髮，見過大半個世
界，見的都能夠說得出來。他這樣的伙伴確實招人
喜歡，這一點我絕不否認，還有啊，他那種周全的禮
數可不是一般水手能有的，所以我覺得，他肯定在高
級船員的位置上待過。有那麼一個月的時間，他在我
家裏進進出出，可我從來都沒覺得，他那種又斯文又
機靈的作派會有甚麼害處。到最後，終於有一件事情
引起了我的懷疑，從那一天開始，我的生活就再也沒
有片刻的安寧。

當然嘍，那也只是件小事情。我沒打招呼就進了客
廳，走到門邊的時候，我看見我妻子歡喜得滿臉放
光。可是，看明白來的是誰之後，她馬上就臉色一沉，
帶着失望的表情背過了身。這一幕已經足夠讓我醒悟
過來，她一定是把我的腳步聲聽成了別人的，那個人
只能是亞歷克‧費爾班。如果費爾班在場的話，我一
定會當場把他殺死，因為我這個人總是這樣，發起火
來就跟瘋子沒有區別。瑪麗看到了我眼睛裏的兇光，
趕緊跑了過來，拉着我的胳膊對我說，「別這樣，吉
姆，別這樣！」我問她，「薩拉在哪兒？」她說，「在
廚房裏。」於是我走進廚房說了一句，「薩拉，再別

讓費爾班這個傢伙上門來了。」薩拉說，「為甚麼不讓？」「因為這是我的命令。」「噢！」她說，「要是我的朋友配不上你這座房子的話，那我肯定也配不上嘍。」「你愛怎麼着就怎麼着吧，」我說，「可我告訴你，費爾班再在這兒露面的話，我就把他的一隻耳朵送給你當紀念品。」按我看，她肯定是被我的臉色嚇得夠戧，因為她再沒說一句話，當天晚上就離開了我的家。

呃，到現在我還是不明白，這個女人這麼幹，究竟是純粹因為心腸歹毒，還是因為她覺得，只要她慫恿我妻子去幹壞事，最終就可以讓我跟我妻子反目成仇。不管是甚麼原因吧，她反正是在跟我家只隔兩條街的地方找了座房子，向水手們提供租房服務。費爾班經常住在那裏，瑪麗也會跑去跟他倆一起喝茶。瑪麗去得有多勤我不知道，可我跟在她後面去了一次。我剛剛闖進房門，費爾班就翻過後花園的牆跑了，他這個無賴就是這麼沒種。我跟我妻子放了狠話，再看到她跟費爾班混在一起的話，我就要殺了她。接下來，我領着她回了家，她哭哭啼啼、抖抖索索，臉色跟白紙一樣。從此以後，我倆之間再也沒有絲毫愛意。我看得出來，她對我又恨又怕，等我為這些傷心事借酒澆愁的時候，她就不光是恨我怕我，還會瞧不起我。

到後來，眼看在利物浦沒有生計，薩拉就離開了，據我所知是回到了克羅伊登，跟她姐姐住在一起。我家裏的日子還跟以前一樣湊合着過，再往後，最後的這

個星期到了，所有的痛苦和災禍也到了。

事情是這樣的，我們已經登上了「五朔節號」，準備展開一次為期七天的完整航程，沒想到裝在船上的一隻大桶掉了下來，砸鬆了一塊船板，所以我們只好退回港口，十二個小時之後才能出發。於是我下了船，開始往家裏趕，心想這肯定會讓我妻子非常意外，同時也暗自希望，看到我回去得這麼快，她興許會覺得高興。轉進我家那條街的時候，我就是這麼想的。剛好是在那個時刻，一輛出租馬車從我身邊跑了過去。她坐在車裏，坐在費爾班的身邊，兩個人有說有笑，完全忘記了我的存在，可我就站在人行道上，正在看着他倆呢。

我可以告訴你們，還可以跟你們發誓，從那一刻開始，我就不再是自個兒的主人，現在回頭去想，整件事情都像是一個模模糊糊的夢。那段時間我喝酒喝得很厲害，當時又看到了那樣的一個場面，兩件事情加在一起，搞得我頓時暈頭轉向。現在我只是覺得腦子裏丁零當啷，好像是有人用碼頭工人的大錘在裏面敲打，那天早上呢，整座尼亞加拉大瀑布的水似乎一齊湧進了我的耳朵，在裏面轟轟作響。

這麼着，我拔腿就跑，緊緊地跟在馬車後面。我手裏正好有一根沉重的橡木手杖，還有啊，跟你們說吧，我從一開始就火冒三丈。跑着跑着，我又多長了一個心眼兒，於是就跟馬車拉開了一點兒距離，既可以看見他倆，又不會被他倆看見。沒過一會兒，他倆就在

火車站停了下來。售票處周圍人很多，所以我雖然跟得很緊，他倆還是看不見我。他倆買了兩張去新布萊頓 * 的車票，我也買了一張，只不過我的座位在他倆後面，跟他倆隔了三節車廂。到了新布萊頓之後，他倆順着廣場往前走，我緊緊地跟在後面，距離始終不超過一百碼†。到最後，我看見他倆租了一條小船，劃到了水面上。那天天氣很熱，他倆肯定是覺得，水裏會涼快一點兒。

當時的情形就像是老天爺要把他倆交給我處置一樣。水面上有點兒霧，幾百碼之外就看不見東西。我自己也租上一條小船，跟在了他倆後面。我可以隱隱約約地看到他倆的船，可他倆劃得幾乎跟我一樣快，等到我追上去的時候，他倆跟岸邊的距離怎麼也得有一英里。薄霧像簾子一樣圍在四周，簾子中央只有我們三個人。老天爺，看清越來越近的小船上坐的是誰的時候，他倆臉上的那種表情，我怎麼能忘得掉呢？她開始大聲尖叫，而他肯定是看到了我眼睛裏的殺氣，於是就像瘋子一樣破口大罵，還拿他的船槳來戳我。我躲過他的船槳，掄起我的手杖，像砸雞蛋一樣把他的腦袋砸開了花。當時我雖然瘋瘋癲癲，興許也還是會饒過瑪麗，可她伸出雙臂抱住了費爾班，大聲地喊他，喊的還是「亞歷克」。於是我再一次掄起手杖，

---

* 　英國有不止一個名為新布萊頓 (New Brighton) 的地方，此處應該是指利物浦附近的那個海濱度假勝地。
† 　1 碼約等於 0.9 米。

她四仰八叉地倒在了他的身邊。那時的我已經變成了一頭嘗到了血腥味兒的野獸，如果薩拉在場的話，老天作證，她的下場也會跟他倆一樣。我拔出了我的刀子，然後呢——行啦，打住吧！我不想再往下說了。看到這樣的標記，知道了自己惹是生非的後果，不知道薩拉作何感想，想到這一點，我心裏湧起了一陣血淋淋的痛快感覺。接下來，我把兩具屍體綁在船上，砸掉一塊船板，然後就等在旁邊，直到船沉了才離開。我心裏非常清楚，船主多半會認為他倆在霧裏迷失了方向，漂到深海裏去了。我把自己收拾乾淨，回到岸上，隨後又上了我那艘船，誰也沒對之前的事情起過半點疑心。當天夜裏，我替薩拉‧庫欣準備好了那個包裹，第二天就從貝爾法斯特寄了出去。

好了，這些就是全部的真相。你們可以吊死我，愛怎麼處置就怎麼處置，只不過，你們的懲罰再厲害，總歸也厲害不過我已經受到的懲罰。我不能合眼，一合眼就看見那兩張臉在盯着我——盯着我，神情跟他倆看到我的小船鑽出霧氣的時候一模一樣。我讓他倆死了個痛快，他倆卻把我零剮碎割。再來這麼一個晚上的話，我等不到天亮就會發瘋，不瘋也只有死路一條。你們該不會把我單獨關起來吧，先生？行行好吧，千萬別這麼幹，眼下你們怎麼待我，到你們受苦受難的時候，別人也會怎麼待你們。

「這件事情到底有甚麼意義，華生？」福爾摩斯放下手裏的供詞，語氣沉重地說道。「這樣一個痛苦、暴力

與恐懼的循環，究竟達到了甚麼目的？它肯定得有某種目的，如其不然，只能說明咱們的宇宙全憑偶然作主，那樣的情形完全無法想像。如果有目的，目的又在哪裏呢？面對這個亙古長存的巨大謎題，人類的理性依然一籌莫展，找不到任何答案。」

紅圈會

一

「呃，沃倫太太，我看您並沒有甚麼非擔心不可的理由，而我也看不出來，我這麼個時間也算寶貴的人幹嗎要摻和這件事情。不瞞您說，我真的還有其他事情要辦。」說到這裏，歇洛克·福爾摩斯回過頭去，繼續整理他那本碩大的剪貼簿，為他新近收集的各種材料編製索引。

不過，這位女房東不光是性子執拗，而且不欠缺女性特有的巧妙手腕。她頑強地堅守着自己的陣地。

「去年的時候，您還幫我的一個房客辦過事呢，」她說道──「我說的是法爾戴爾·霍布斯先生。」

「是的，沒錯──小事而已。」

「可他總把那件事情掛在嘴上──說您的心腸多麼多麼地好，先生，又說您掃清迷霧的本領多麼多麼地高超。所以啊，等到我自個兒陷進迷霧的時候，我就想起了他的話。我知道您肯定有辦法幫我，只要您願意就成。」

福爾摩斯架不住恭維，還有呢，替他說句公道話，也架不住別人好聲好氣的央求。兩種力量合在一起，他無可奈何地嘆了一聲，放下手裏的膠水刷子，把自個兒的椅子往後挪了挪。

「好啦，好啦，沃倫太太，把您的事情說來聽聽吧。按我看，您應該不反對我抽煙吧？麻煩你，華生——火柴！我沒理解錯的話，您之所以擔心，是因為您的新房客一直待在自己的房間裏，您看不見他。咳，上帝保佑您，沃倫太太，您那個房客要是跟我一樣的話，一連幾個星期不露面也是常事。」

「那是當然，先生，不過，這一回的情形可不一樣。這事情把我嚇得夠歲，福爾摩斯先生，嚇得我夜裏睡不着覺。我光是聽見他在房裏急急忙忙地走來走去，從清早走到深夜，但卻連他的影子也瞧不見——這樣的情形真讓我受不了。我丈夫跟我一樣，也被這件事情弄得非常緊張，可他白天好歹要去外面上班，我卻得一刻不停地遭受折磨。他到底在躲甚麼？他幹過些甚麼事情？除了那個幫忙的小姑娘之外，整座屋子裏就只有他跟我，這樣的情形真讓我吃不消啦。」

福爾摩斯探身向前，把瘦長的手搭在了這個女人的肩頭。只要他想，他總是能夠施放幾近催眠的安撫力量。這麼着，女人眼裏的驚恐神色漸漸消失，緊張的面容也放鬆下來，恢復了素日裏的平凡模樣。緊接着，她在福爾摩斯指給她的那把椅子上坐了下來。

「既然接下了這件事情，我就得知道所有的細節，」福爾摩斯說道。「您不用着急，想好了再說。最細小的事情興許就是最關鍵的地方。您剛才說，這個人是十天之前來的，預付了兩個星期的食宿費，對嗎？」

「他問我房錢怎麼算，先生，於是我跟他說，每週

五十先令，出租的是頂樓的一間臥房，帶一個小小的起居室，所有東西都齊。」

「然後呢？」

「他說，『我可以給你每週五鎊，可你得按我的規矩來辦。』我是個窮苦女人，先生，沃倫先生掙得也很少，這筆租金對我來說很重要。緊接着，他掏出一張十鎊的票子，當場遞到了我的面前。『只要你遵守我的規矩，接下來的很長一段時間裏面，你每兩個星期就能有這麼一張，』他說。『不行的話，咱們就不用打交道了。』」

「他的規矩是甚麼呢？」

「呃，先生，規矩就是他要有屋子大門的鑰匙，這倒是沒甚麼，別的房客也經常這樣。除此之外，他要求絕對的清靜，我們不能在任何時候以任何理由去打擾他。」

「這也沒甚麼古怪啊，不是嗎？」

「按常理說，確實是沒甚麼古怪，先生。只不過，接下來的事情完全不合常理。他已經在我們那兒住了十天，與此同時，不管是我、沃倫先生，還是那個小姑娘，都沒有瞧見過他，一次都沒有。光聽見他急急忙忙地走來走去，走來走去，晚上走，早上走，中午也走。可是，除了第一天晚上之外，他從來沒有離開過屋子。」

「噢，第一天晚上他出去過，對嗎？」

「是的，先生，而且很晚才回來，回來的時候我們都已經睡下了。租下房間之後，他跟我說了他要出去，還叫我不要閂上屋門。過了十二點，我才聽見了他上樓的腳步聲。」

「他怎麼吃飯呢？」

「他特意交代過，聽到他拉鈴才能送飯，還得把飯擺在他門外的一把椅子上。吃完之後，他會把杯盤放在椅子上，拉鈴叫我們去取。需要其他東西的時候，他會用印刷體寫在紙片上，然後就把紙片放在門外。」

「印刷體？」

「是的，先生，用鉛筆寫的印刷體。紙片上沒有別的內容，只有物品的名稱。喏，我帶了一張來給您看——『Soap』（肥皂）。這又是一張——『Match』（火柴）。這兒還有一張，是他剛搬來的第一天早上放在門外的——『Daily Gazette』（《每日公報》）。每天早上，我都會把他要的那份報紙跟早餐一起送上去。」

「天哪，華生，」福爾摩斯說道，驚奇不已地盯着女房東遞給他的那幾張富士紙，「這確實有點兒不同尋常。閉門謝客我還可以理解，可他幹嗎要用印刷體呢？印刷體寫起來很費工夫啊。為甚麼不用手寫體呢？這會是甚麼意思呢，華生？」

「意思就是他想隱藏自己的筆跡。」

「可他幹嗎要隱藏呢？他的房東太太看到了他手寫的一兩個單詞，對他又能有甚麼妨害呢？當然嘍，沒準兒你說得對。那麼，還有一個問題，他幹嗎總是把條子寫得這麼簡短呢？」

「我想不出來。」

「這些紙片給咱們留下了充分的演繹空間。他用的是一支普通鉛筆，筆芯很粗、色調發紫。你瞧，他把這張紙片的邊緣部分撕掉了，而且是寫完之後才撕的，所以把

『Soap』（肥皂）當中的『S』撕掉了一部分。挺耐人尋味的吧，華生，你說呢？」

「是因為謹慎嗎？」

「沒錯。顯而易見，被他撕掉的部分沾上了指紋之類的痕跡，興許會暴露他的身份[*]。好了，沃倫太太，您剛才說這個人中等身材、膚色黝黑、蓄着大鬍子。他大概是多大年紀呢？」

「挺年輕的，先生——最多不過三十歲。」

「好的，還有別的特徵嗎？」

「他的英語說得很好，先生，不過，聽他的口音，我覺得他是外國人。」

「他穿得講究嗎？」

「穿得非常講究，先生，很有紳士派頭。他穿一身黑衣服，沒有甚麼異常的地方。」

「他沒說自己的名字嗎？」

「沒有，先生。」

「他沒有信件或者訪客嗎？」

「沒有。」

「不過，早上的時候，您或者那個小姑娘肯定會替他收拾房間吧？」

「不是這樣的，先生，他都是自己收拾。」

「天哪！這一點確實值得注意。他帶了些甚麼行李呢？」

---

[*] 這篇故事首次發表於 1911 年 3 月至 4 月，分兩部分連載；指紋鑑證方法最初由英國人弗朗西斯・加爾頓 (Francis Galton, 1822–1911) 於 1888 年提出，蘇格蘭場正式採用這種方法的時間是 1901 年。

「他帶了個棕色的大包，別的就沒了。」

「呃，看樣子，能供咱們參考的情況並不多嘛。您說他從來不往門外扔任何東西———一樣都沒有嗎？」

女房東從自己的手提包裏掏出一個信封，抖了一抖，兩根燒過的火柴和一個煙頭掉在了桌子上。

「這些都是他今天早上放在盤子裏的東西。我帶着它們來，是因為我聽人說，您可以通過細小的東西看出重要的事情。」

福爾摩斯聳了聳肩。

「這上面沒甚麼可看的，」他說道。「當然嘍，他用火柴顯然是為了點香煙，因為燒過的部分非常短，如果是點煙斗或者雪茄的話，火柴一定得燒掉一半。不過，天哪！這個煙頭確實值得注意。您剛才說這位先生是個大鬍子，而且蓄着髭鬚，對吧？」

「是的，先生。」

「那我就想不明白了。依我看，只有臉刮得非常乾淨的人才能把煙抽成這樣。不是嗎，華生，儘管你的髭鬚並不是特別地濃密，可你要是把煙抽成這樣的話，髭鬚肯定會被烤焦的。」

「他用了煙嘴吧？」我如是推測。

「不，不對，因為煙頭的頂端已經被含得變了形。要我說，您那個房間裏該不會住了兩個人吧，沃倫太太？」

「不會的，先生。他吃得非常少，我經常都擔心那點兒東西不夠養活一個人哩。」

「好吧，按我看，咱們只能等一等，等資料充足一點

兒的時候再說。不管怎麼樣，您並沒有甚麼抱怨的理由，因為您收到了應得的租金，而他也沒有給您添甚麼麻煩，儘管他確實是個不同尋常的房客。他付給您的租金相當豐厚，如果他打定主意要躲起來不露面的話，跟您也沒有直接的關係。我們無權干涉他的隱私，除非我們有理由認為，他這種隱秘生活是為了掩蓋罪惡。我既然接下了這件事情，自然會時刻保持關注。有甚麼新情況的話，您一定要隨時通知我，我保證會向您提供必要的幫助。」

「毫無疑問，華生，這件案子包含着一些很有意思的細節，」女房東離開之後，福爾摩斯如是說道。「當然嘍，這件事情興許無足輕重，僅僅是個人的怪癖而已。如其不然，情況就有可能比表面上的樣子嚴重得多。面對這樣的事情，你首先就會想到一種顯而易見的解釋，也就是說，眼下住在那個房間裏的人多半不是當初來租房的那個人，而且跟那個人很不一樣。」

「你為甚麼會這麼想呢？」

「呃，拋開煙頭的事情不說，房客僅有的一次外出恰好是在租下房間的當天晚上，這一點難道不值得推敲嗎？他回來的時候，或者說是某個人回來的時候，所有能夠充當見證的人都不在現場。咱們沒有證據，沒法斷定回來的人就是當初出去的那個人。還有啊，租房的人英語說得很好，住在裏面的人卻把『matches』寫成了『match』。據我看，這個詞他多半是從字典裏查來的，字典裏有這個詞，但卻沒有這個詞的複數形式＊。條子寫得這麼簡短，

＊　福爾摩斯這麼說，是因為要火柴不可能只要一根，寫條子的人如

正是為了掩蓋他不懂英文的事實。沒錯，華生，咱們有充分的理由推測，房客已經掉了包。」

「可是，掉包的目的在哪裏呢？」

「哈！這正是咱們必須解決的問題。要解決這個問題，咱們有一條相當明顯的線索。」説到這裏，他把架子上的一個大本子拿了下來。他每天都會對倫敦各家報紙刊載的私人啟事進行整理，整理的成果就在那個本子裏面。「我的天！」他一邊翻閲那個本子，一邊感嘆，「這真是一部呻吟、哭號與哀鳴交織而成的大合唱！真是一盤無奇不有的大雜燴！不過，對於研究奇特事件的學者來説，它無疑是古往今來最為難得的狩獵場！這個人獨居一室，又想保持絕對的隱秘狀態，因此就不能接收信件。既然如此，外面的人怎麼才能把消息或者音信傳遞給他呢？顯然得通過報上的啟事，別的方法似乎都行不通。幸運的是，需要咱們研究的報紙只有一份。找到了，這就是從前面兩週的《每日公報》上摘來的啟事。『一位圍着黑色毛皮披肩的女士在王子溜冰俱樂部』——這個不用咱們來管。『吉米肯定不會讓他的媽媽傷心的』——好像跟咱們不相干。『如果那位暈倒在布萊克斯頓公共馬車上的女士』——我對她不感興趣。『我的心天天都在盼望——』矯情啊，華生——矯情得無可救藥！哈，這一則還有點兒像。你聽聽：『請耐心等待。必將找到可靠通訊方式。目前請繼續留意此專欄。G.』這則啟事見報的時間是沃倫太太的房客入住兩天之後。聽起來挺像那麼回事的，對吧？

果熟悉英文，就應該使用「match」(火柴) 的複數形式「matches」。

看樣子，這個神秘人物雖然不會寫英文，閱讀還是沒問題的。咱們接着往下看，看看能不能再次找到他們的蛛絲馬跡。有了，這兒又有一則——時間是三天之後。『正在進行妥善安排。請保持耐心，謹慎行事。烏雲終將消散。G.』這之後，連着一個星期都沒有新的，再下來就是一條格外明確的訊息：『道路即將掃清。如有機會將發信號，屆時請記住我們約定的暗號——一次代表 A，兩次代表 B，以此類推。很快就會與你聯繫。G.』這則啟事登在昨天的報紙上，今天的報紙上甚麼也沒有*。這些啟事都跟沃倫太太那個房客的情況非常吻合。咱們只需要稍微等一等，華生，情況肯定會變得更加清楚的。」

事實果然如他所料。第二天早晨，我發現我朋友站在壁爐跟前的小地毯上，背對爐火，臉上帶着再滿意不過的微笑。

「你覺得這一則怎麼樣，華生？」他高聲説道，把桌上的報紙拿了起來。「『紅色高樓，白石貼面。四樓。左數第二扇窗子。天黑之後。G.』這已經説得非常明確了。依我看，吃過早飯之後，咱們得在沃倫太太的房子周圍稍微偵察一下。啊，沃倫太太！今天早上的消息又是甚麼呢？」

我們的主顧已經突然衝進了房間，瞧她那副火急火燎的模樣，肯定是出了甚麼不得了的事情。

「得讓警察來管管啦，福爾摩斯先生，」她嚷嚷了一

---

* 此處所説各條啟事的間隔時間已經超過了十二天，與前文中沃倫太太所説的「他已經在我們那兒住了十天」略有出入。

句。「我再也忍不下去了，一定得讓他捲鋪蓋走人。我本打算直接衝上樓去打發他走，可我又覺得，我應該先聽聽您的意見，要不就對不住您。反正啊，我的耐性已經到了盡頭，更何況，老頭子還挨了打——」

「沃倫先生挨了打？」

「起碼是遭到了粗暴的對待吧。」

「可是，到底是誰對他動了粗呢？」

「唉！我們要問的就是這個問題！事情出在今天早晨，先生。沃倫先生是莫頓－維萊特商行的考勤員，商行在托特納姆宮廷路上，他七點之前就得出門上班。今天早上呢，他在路上剛走沒幾步，兩個男的就從背後趕上去，用一件大衣罩住他的腦袋，把他塞進了路邊的一輛馬車。他們載着他兜了一個鐘頭，最後才打開車門把他推了出去。他躺在大路上，駭得暈頭轉向，完全沒留意馬車的去向。爬起來之後，他發現自己是在漢普斯蒂德荒地＊，於是就搭公共馬車回了家。眼下他正在沙發上躺着呢，而我趕緊跑了過來，好把這件事情告訴您。」

「真有意思，」福爾摩斯說道。「他有沒有留意到那些人的長相——有沒有聽到他們說話呢？」

「沒有，他完全嚇糊塗了。他只記得自己被人塞進馬車，後來又被人推下馬車，從頭到尾都跟變戲法一樣。馬車裏至少有兩個人，也可能是三個。」

＊ 漢普斯蒂德荒地 (Hampstead Heath) 為倫敦西北部的一個歷史悠久的大公園。參見《查爾斯‧奧古斯都‧米爾沃頓》。

「按你們的看法，這一次的襲擊跟你們的房客有關，對嗎？」

「怎麼説呢，我們在那裏住了十五年，從來都沒遇上過這樣的事情。我已經受夠他啦。錢可不能代表一切。不等今天天黑，我就要把他趕出我的房子。」

「先等一等，沃倫太太，甚麼事情都不能着急。眼下我漸漸覺得，這件事情可能比乍看起來嚴重得多。事情已經非常清楚，您的房客面臨着某種危險。同樣清楚的是，他那些敵人埋伏在您的家門口，本來是為了對付他，結果卻在霧濛濛的晨光之中把您的丈夫認成了他。發現自己認錯了人，他們就把您的丈夫給放了。要是沒認錯的話，天知道他們會幹出些甚麼來呢。」

「那麼，我應該怎麼做呢，福爾摩斯先生？」

「我特別想見見您這位房客，沃倫太太。」

「我看您沒法見到他，除非您破門而入，因為他成天都鎖着門。放好盤子往樓下走的時候，我總是能聽見他開鎖的聲音。」

「他總得把盤子拿進去吧，我們肯定可以躲在某個地方，趁他拿盤子的時候看看他。」

女房東想了想。

「是這樣，先生，他的房間正對着儲藏室。興許我可以擺上一面鏡子，如果您躲在儲藏室的門後面的話——」

「好極了！」福爾摩斯説道。「他甚麼時候吃午飯呢？」

「大概一點鐘，先生。」

「好的，我和華生醫生肯定會準時趕到。那麼，沃倫太太，再見吧。」

十二點半，我倆已經來到了沃倫太太的家門口。沃倫太太的房子是一座又高又窄的黃色磚房，所在的大奧姆街是大英博物館東北邊的一條狹窄通衢。房子貼近街角，從這裏可以看到屋宇更為氣派的霍維街*。霍維街上有一排十分顯眼的住宅，福爾摩斯指了指其中的一座，吃吃地笑了起來。

「瞧，華生！」他說道。「『紅色高樓，石頭貼面。』他們的信號台就在那裏，錯不了。咱們知道他們發信號的地方，又知道他們的暗號，由此看來，這一次的任務肯定是輕而易舉。那扇窗子上貼着『出租』的告示，顯然是一套空着的公寓，正好給他的同夥提供了方便。好了，沃倫太太，情況怎麼樣呢？」

「我都替你們安排好了。你們倆上來吧，把靴子脫在樓梯轉角的平台上，我這就領你們去。」

沃倫太太替我倆安排了一個絕佳的藏身之處，鏡子也擺得非常巧妙，這樣一來，我倆坐在暗處就可以清清楚楚地看到對面的房門。我倆剛剛安頓好，沃倫太太剛剛離開，遠遠的地方就傳來了叮叮噹噹的聲響，説明那個神秘的房客已經拉響了鈴鐺。不一會兒，女房東端着盤子再次現身，把盤子放在那道緊閉房門旁邊的一把椅子上，然後就踏着重重的步子再次離開。我倆蜷縮在門背後的角落

---

* 大奧姆街 (Great Orme Street) 和霍維街 (Howe Street) 都是作者杜撰。

裏，眼睛緊緊地盯着鏡子。女房東的腳步聲漸漸消失，突然之間，我倆的耳邊傳來了鑰匙轉動門鎖的咔嗒聲響，門把轉了一轉，兩隻纖瘦的手猛然伸到門外，把椅子上的盤子端了起來。一眨眼的工夫，那雙手已經急匆匆地縮了回去，而我瞬間瞥見了一張膚色黝黑的美麗臉龐，正在驚恐萬狀地看着房門略微敞開的儲藏室、看着那道窄窄的門縫。緊接着，對面的房門重重地關了起來，鑰匙再次轉動，一切歸於沉寂。這時候，福爾摩斯拽了拽我的衣袖，我倆輕手輕腳地下了樓。

「晚上我還會來，」他對滿懷期望的女房東說了一句。「依我看，華生，這件事情嘛，咱們還是回家商量比較好。」

「剛才你已經看見了，事實正如我的預料，」說這話的時候，他已經窩進了他那把安樂椅。「房客已經掉了包。可我沒有料到，華生，咱們看到的竟然是個女人，還是個不一般的女人。」

「她肯定是看見咱們了。」

「話應該這麼說，她看見了某種值得警惕的情況。這一點可以肯定。整件事情的大致脈絡已經是相當清晰了，對吧？一對愛侶跑到倫敦來逃難，為的是躲避某種迫在眉睫的可怕威脅。這種威脅有多可怕，瞧瞧他們有多小心就知道了。男的有一些不得不辦的事情，因此就想把女的安置在一個絕對安全的地方，自己好去辦事。要做到這一點並不容易，可他想出了一個別出心裁的辦法，效果也非常之好，連房東都不知道那個女的住在自己家裏，儘管

她還得給那個女的供應伙食。現在看來，那個女的之所以要用印刷體寫條子，顯然是害怕別人通過筆跡看出自己的性別。那個男的不敢接近女的，怕的是把敵人引到她的身邊。他沒法直接跟她聯繫，所以就用上了報紙的私人啟事欄。到這個地方為止，所有的事情都可以說是一目瞭然。」

「可是，這件事情的根由是甚麼呢？」

「噢，可不是嘛，華生——你的問題可真是務實，跟往常一樣！這一切的根由是甚麼呢？這個問題起初只是沃倫太太的大驚小怪，但卻在咱們調查的過程當中漸漸放大，呈現出了一種更為險惡的面目。最低限度，咱們也可以這麼說：這絕對不是普普通通的私奔事件。你自己也看見了，發現危險徵兆的時候，那個女的是一種甚麼樣的表情。不僅如此，咱們還聽到了房東先生遭到襲擊的事情，那次襲擊的真正目標無疑是那個房客。這些危險訊號，還有那對男女竭力隱瞞身份的舉動，全都意味着這是件生死攸關的事情。此外，針對沃倫先生的襲擊還可以說明，不管那對男女的敵人究竟是何方神聖，總而言之，他們並不知道房客已經從男的換成了女的。華生啊，這可是一件非常離奇、非常複雜的事情哩。」

「那你幹嗎還要接着往下查呢？查下去對你有甚麼好處呢？」

「真是啊，有甚麼好處呢？這就叫『為藝術而藝術』，華生。依我看，行醫的時候，你也是光想病例不想診費吧？」

「我那是為了長學問啊，福爾摩斯。」

「學問是沒有止境的，華生。學問是一堂又一堂的課程，最精彩的課程總在最後。這是件富於教益的案子，雖然說無名無利，可你還是想把它弄個水落石出。天黑的時候，咱們的調查就會有新的進展。」

我倆回到沃倫太太家裏的時候，倫敦冬日的暮色已經凝成了一道灰色的簾幕，全無變化的色彩籠罩一切，打破單調的只有一扇扇黃光閃耀、輪廓清晰的方形窗子，以及煤氣路燈泛出的一團團模糊光暈。我倆從寄宿公寓裏那間光線昏暗的起居室向外張望，朦朧暮色之中，又一點暗淡的燈火在高高的地方亮了起來。

「有人在那間屋子裏走動，」福爾摩斯低聲說道，瘦削的臉龐急切地湊到了窗玻璃跟前。「沒錯，我看見他的影子啦。他又出現了！他手裏拿着一支蠟燭，眼下正在朝咱們這邊張望，肯定是想確定她正在朝他那邊看。好了，他開始晃蠟燭了。你也留意一下他發的信號吧，華生，咱們可以互相核對。他晃了一下——這就代表"A"，錯不了。很好，接着來。這一次你數出來多少下呢？二十。跟我數的一樣。這就代表"T"，連起來是"at"，意思很清楚嘛！又一個"T"，毫無疑問，這是第二個單詞的開頭。好的，繼續——"TENTA"。他徹底停住了。該不會就這麼完了吧，華生？"ATTENTA"這串字母沒有意義啊，就算把它拆成"AT"、"TEN"和"TA"這三個部分，還是沒有甚麼意義，除非"TA"是某個人的姓名縮寫。信號又來了！這一回是甚麼呢？"ATTE"——怎麼回事，這一次的訊息跟上一次一模一樣啊。怪事，華生，

咄咄怪事！他又停住啦！"AT"——瞧這意思，他還要重覆第三次哩。接連三次都是"ATTENTA"！他到底要重覆多少次呢？不對，他好像是不打算再重覆了，因為他已經離開了窗口。你覺得這是甚麼意思呢，華生？」

「應該是一條密碼訊息吧，福爾摩斯。」

我同伴突然心領神會，吃吃地笑了一聲。「而且是一種不太難懂的密碼，華生，」他説道。「咳，當然嘍，他用的是意大利文！結尾的"A"是因為他説話的對象是個女人。如此説來，他的意思就是『當心！當心！當心！』*你覺得怎麼樣，華生？」

「我覺得你説得對。」

「絕對錯不了。這是條十萬火急的訊息，更何況還重覆了三次。不過，他要她當心甚麼呢？等等啊，他又到窗子邊上來了。」

我倆又一次看到那個男人伏在窗邊的黯黑身影，又一次看到那個小小的火苗在窗子裏來回搖晃，代表着新的信號。火苗搖晃的速度比之前快了一些，快得幾乎讓人數不過來。

---

* 上文中福爾摩斯把燭光代表的字母序列按英文來理解，所以看不出其中的意義。「attenta」是意大利語形容詞「attento」的陰性單數形式，意思是「小心的」；不過，意大利文字母表跟英文字母表有所不同，按燈光閃動次數推出來的字母也不盡相同。比如説，燭光閃二十下在英文字母表當中代表「T」，因為「T」排在第二十位，然而，意大利文字母表當中只有二十一個字母 (沒有「J」、「K」、「W」、「X」和「Y」，這五個字母只用於外來詞)，排在第二十位的字母應該是「V」。這裏的情形可以理解為這對男女事先商定，發信號的時候同時使用意大利文的詞彙和英文的字母表。即便如此，可想而知，這種發信號的方法不但耗時費力，而且容易出錯。

「"PERICOLO"──"pericolo"* ──呃，這是甚麼意思呢，華生？『危險』，對嗎？沒錯，老天作證，這個信號的意思是『危險』。他又開始了！"PERI"。嘿，到底是怎麼──」

燭光已經突然熄滅，微微發亮的方形窗口不見了，那座高聳建築的四樓也變成了一條黑黢黢的帶子，夾在那些燈光明亮的樓層之間。最後這句示警的呼叫陡然中斷，究竟是怎麼中斷的，又是被誰打斷的呢？我倆的腦子裏立刻閃出了同樣的疑問。福爾摩斯原本伏在窗邊，此時便一躍而起。

「這可就嚴重了，華生，」他高聲說道。「一定是發生了甚麼十分兇險的事情！這樣的訊息怎麼會以這樣的方式中斷呢？我得向蘇格蘭場通報這件事情──可是，眼前的形勢實在是太過危急，容不得咱們離開。」

「需要我去報警嗎？」

「咱們應該先把情況摸得更清楚一點兒才是。說不定，事情的真相也沒有那麼兇險。走吧，華生，咱們這就趕過去，親眼看看到底是怎麼回事。」

---

* 「pericolo」是意大利語，意思是「危險」。

二

　　我倆飛快地順着霍維街往前趕，我回頭看了看我倆剛剛離開的那座房子。頂樓的窗子裏隱約可以看見一個女人的頭部剪影，她正在一瞬不瞬地凝望窗外的夜色，等待着中斷的信號再次出現，心裏裝滿了令人窒息的焦灼與疑慮。霍維街那座公寓門口的欄杆上倚着一個男人，全身都被圍巾和大衣包裹得嚴嚴實實。公寓門廳的燈光照到了我倆的臉上，那個男人一下子驚跳起來。

　　「福爾摩斯！」他大叫一聲。

　　「是你啊，格雷森！」我同伴一邊説，一邊跟這名蘇格蘭場探員握起手來。「情人既已相見，旅路便是終點 *。甚麼風把你給吹來了呢？」

　　「依我看，就是把你吹來的那陣風，」格雷森説道。「可我想不出來，你是怎麼趕上那陣風的。」

　　「線頭雖然不一樣，連着的卻是同一團亂麻。我這是在追蹤那些信號。」

　　「信號？」

　　「是啊，信號是從那扇窗子裏發出來的。剛才它突然斷了，所以我們才跑過來查找原因。不過，既然你們已經穩穩地控制住了局面，我看我沒必要再往下查了。」

　　「等一等！」格雷森連忙叫道。「我得替你説句公道話，福爾摩斯先生，有你幫着我辦案的時候，我總是會覺

---

* 　這句話出自莎士比亞戲劇《第十二夜》第二幕第三場，英文字句　與劇中原文略有差異。《空屋子》當中也引用了這句話。

得信心百倍。這座公寓只有這麼一個出口，咱們可以穩穩地逮到他。」

「他是誰啊？」

「妙啊，妙啊，我們總算是贏了你一次，福爾摩斯先生。這一次，你不認輸也不行了吧。」他用手杖重重地敲了敲地面，聽到這個聲音，一個車夫從街對面的一輛四輪馬車旁邊踱了過來，手裏還拿着馬鞭。「我來替你向歇洛克‧福爾摩斯先生作個介紹，可以吧？」他衝車夫說了一句。「這位是勒維頓先生，來自美國的平克頓偵探事務所＊。」

「長島山洞謎案就是您破的吧？」福爾摩斯說道。「幸會，先生。」

這個美國人年紀輕輕，瘦削的臉龐刮得乾乾淨淨，看起來又沉靜又精明。聽了福爾摩斯的誇獎，他頓時滿臉通紅。「這一回我可是拼上了老命，福爾摩斯先生，」他說道。「要是能抓到喬治亞諾——」

「甚麼！您說的是紅圈會的那個喬治亞諾嗎？」

「嗬，他在歐洲也是個響當當的人物，對嗎？這麼說吧，我們美國那邊的人對他可是一清二楚。我們**知道**他是五十單謀殺案的幕後主使，只可惜沒有確鑿的證據，沒法把他抓起來。我從紐約追到了這裏，又在倫敦跟了他一個星期，等待着一個抓他的名目。格雷森先生和我把他堵在

＊　平克頓全國偵探事務所 (Pinkerton National Detective Agency) 為美國著名安保公司，由蘇格蘭裔美國人阿蘭‧平克頓 (Allan Pinkerton, 1819–1884) 於 1850 年創立，曾經是全世界最大的私立執法機構。

了這座大公寓裏面，公寓只有這麼一道門，他肯定是溜不掉的。從他進去之後，一共有三個人從裏面出來，我可以打包票，那三個人都不是他。」

「福爾摩斯先生剛才説到了信號的事情，」格雷森説道。「依我看，這次的情形又跟往常一樣，他知道很多我們不知道的事情。」

福爾摩斯三言兩語地講明了我倆掌握的情況。美國人兩手一拍，顯得很是氣惱。

「他發現咱們啦！」他大叫一聲。

「您為甚麼這麼想呢？」

「咳，這不是明擺着的嗎？他跑到這裏來，開始給某個同伙發信號——他那個幫會在倫敦也有幾個爪牙。然後呢，就像您剛才説的那樣，他正在警告同伙有危險，突然之間卻停了下來。由此看來，他還在窗口的時候，一定是突然瞥見了咱們在街上，或者是通過其他某種方式意識到危險迫在眉睫，自己必須立刻逃跑，他的舉動只能是這個意思，要不然又是甚麼意思呢？您覺得咱們應該怎麼辦呢，福爾摩斯先生？」

「咱們應該立刻上樓，親眼瞧瞧這是怎麼回事。」

「可是，咱們手裏沒有逮捕令啊。」

「他待在一間空屋裏，形跡又非常可疑，」格雷森説道。「暫時説來，咱們是有理由拘捕他的。把他逮起來之後，咱們可以問問紐約警方，看他們能不能提供一些繼續關押他的理由。咱們現在就去逮捕他，有甚麼責任都由我來擔着。」

需要智力的時候，我們的各位官方探員常常會出岔子，到了需要勇氣的時候，他們卻從來不會含糊。這不，格雷森一馬當先地順着樓梯往上爬，打算去逮捕那個殺人如麻的亡命兇徒，神態無比從容、無比幹練，就跟他走的是蘇格蘭場的辦公室樓梯似的。平克頓的偵探想要搶到格雷森的頭裏，格雷森卻用胳膊肘毅然決然地把他擋在了身後。應對倫敦的危險，自然是倫敦警方的特權。

　　到了四樓的樓梯口，我們發現左手邊的那套公寓房門虛掩。格雷森推開房門，裏面漆黑一片、鴉雀無聲。我劃燃一根火柴，點亮了格雷森的提燈。提燈的火苗突突地躥成了火焰，這時候，我們都驚訝得倒吸了一口涼氣。沒鋪地毯的松木地板上有兩行帶血的新鮮足跡，紅色的腳印從一間關着門的內室延伸到了我們的面前。格雷森一把推開內室的門，把火光熊熊的提燈伸向自己的前方，我們都湊了過去，隔着他的肩膀急切地窺視房裏的情形。

　　眼前這間空屋的中央蜷着一個五大三粗的男人，躺在白木地板上一個濕漉漉的大圓圈裏面，光溜溜的黝黑臉龐擰成了怪異可怖的模樣，腦袋周圍是一攤怵目驚心的殷紅血泊。他的雙膝支棱着，攤開的雙手訴說着巨大的痛苦，仰着的脖子又粗又黑，脖子中央戳着一把刀子，刀子整個兒地刺進了他的身體，只有白色的刀柄還留在外面。這個人雖然身材魁梧，遭到如此恐怖的攻擊之後，想必也是當場倒地，就像挨了斧子的公牛一樣。他右手旁邊的地板上有一把極其可怕的角柄雙刃匕首，匕首附近還有一隻黑色的小山羊皮手套。

「我的天！這正是黑煞喬治亞諾本人！」美國偵探叫道。「這一回，咱們可被別人搶了先啦。」

「這肯定就是出現在窗口的那支蠟燭，福爾摩斯先生，」格雷森說道。「嘿，你這是在幹甚麼？」

福爾摩斯已經走到窗邊，點上了那支蠟燭，眼下正舉着蠟燭，對着窗子玻璃來回地晃動。這之後，他衝着窗外的黑暗看了一陣，跟着就吹滅蠟燭，把它扔到了地板上。

「我確實覺得，這對咱們大有幫助，」他這麼說了一句，然後就走了過來，站在那裏沉思默想，兩名專業偵探則忙着檢查屍體。「您剛才說，你們還在樓下等着的時候，一共有三個人走出這座公寓，」想了一陣之後，他終於開了口。「您仔細留意過他們的模樣嗎？」

「是的，我留意過。」

「其中有沒有一個三十來歲、黑鬍子、黑皮膚、中等身材的傢伙呢？」

「有的，最後一個從我身邊經過的就是這麼一個傢伙。」

「依我看，他就是你們要找的人。我可以把他的長相告訴你們，他的腳印咱們也看得清清楚楚。對你們來說，這應該夠用了吧。」

「不太夠，福爾摩斯先生，倫敦有幾百萬人呢。」

「確實有可能不夠，所以啊，剛才我就想，最好把這位女士請來幫你們的忙。」

聽了他的話，我們不約而同地轉過身去。門口站着一

個身材頎長的漂亮女人，正是布魯姆斯伯里街區 * 那個神秘的房客。她慢慢地走上前來，蒼白憔悴的臉龐帶着憂心如焚的神情，圓睜的眼睛一瞬不瞬，驚駭的目光牢牢地鎖住了地板上那個黑乎乎的人形。

「你們殺死了他！」她喃喃念道。「噢，我的天，你們殺死了他！」接下來，我聽見她突然深吸一口氣，歡呼一聲，高高地跳了起來。她蹦蹦跳跳地在房間裏轉了一圈又一圈，不停地拍手，黑色的眼睛裏閃着驚喜交集的光芒，一聲又一聲意大利語的輕輕呼喊從她嘴裏連珠炮似的迸了出來。這樣的一個女人竟然會為這樣的一種景象欣喜若狂，實在讓人駭異莫名。突然之間，她停了下來，直愣愣地盯着我們，眼睛裏充滿了迷惑。

「你們！你們都是警察，對吧？你們殺死了朱塞佩・喬治亞諾，對不對？」

「我們確實是警察，太太。」

她往房間四周的黑暗角落張望了一番。

「可是，吉納羅又在哪兒呢？」她問道。「我問的是我丈夫，吉納羅・盧卡。我名叫艾米莉亞・盧卡，我倆都是從紐約來的。吉納羅在哪兒呢？剛才他從這扇窗子叫我過來，所以我就用最快的速度趕來了。」

「叫您過來的是我，」福爾摩斯說道。

「您！您怎麼會知道用這種方法來叫我呢？」

「你們的暗號並不複雜，太太。我們需要您過來一

---

*　布魯姆斯伯里街區 (Bloomsbury) 為倫敦久負盛名的文化區，區內有包括大英博物館在內的眾多文化機構。沃倫太太的房子在大英博物館旁邊的街道上，因此也在這個區域的範圍之內。

趟，而我剛好知道，只需要用燭光打出『Vieni』* 這個詞，您肯定會過來的。」

這位漂亮的意大利女士敬畏地看了看我的同伴。

「我想不出您是怎麼知道這些事情的，」她說道。「朱塞佩·喬治亞諾——他是怎麼——」她頓了一頓，緊接着，她的臉上突然漾起了驕傲與喜悅的光彩。「我明白了！是我的吉納羅！我的妙人兒吉納羅，我的可人兒吉納羅，是他保護我遠離了所有的傷害，他辦到了，他用他自個兒那雙強壯的手殺死了這個畜生！噢，吉納羅，你可真是了不起！甚麼樣的女人才配得上你這樣的男人呢？」

「呃，盧卡太太，」不解風情的格雷森一邊說，一邊抓住了這位女士的袖管，神態無比淡漠，就跟他抓的是個諾丁山† 痞子一樣，「我還不清楚您到底是誰，幹的又是甚麼行當，不過，您剛才的話已經清楚地表明，您得跟我們上局裏去一趟。」

「等一等，格雷森，」福爾摩斯說道。「我倒是覺得，咱們很想了解情況，這位女士多半也很想向咱們提供情況，心情跟咱們一樣迫切。太太，您的丈夫殺死了擺在咱們眼前的這個人，馬上就得面臨逮捕和審判，您明白嗎？您所說的一切都可能會成為呈堂證供。不過，如果您認為他的行為並不是出於犯罪的動機，並且認為他願意讓人知道自己的動機，那就應該把所有的事情告訴我們，這才是對他最有利的做法。」

---

* 　「vieni」為意大利語，意為「來吧」。

† 　諾丁山 (Notting Hill) 是倫敦西部的一片區域。

「既然喬治亞諾已經死了，我們也就沒甚麼可害怕的了，」女士説道。「他是個惡魔，又是個畜生，世上沒有哪個法官會認為我丈夫殺他是種罪行。」

「這樣的話，」福爾摩斯説道，「我提議咱們讓房裏的一切維持原狀，然後就鎖上這道門，跟這位女士一起上她的屋裏去，聽完她的陳述再下結論。」

半個鐘頭之後，我們四人已經一起坐進了盧卡太太那間小小的起居室，開始聽她講述那些險象環生的離奇事件，至於那些事件的結局，我們已經在偶然的情形之下親眼目睹。她的英語講得又快又流利，只可惜十分地不合常規，為了讓大家看明白，我會把她的講述改寫成合乎文法的模樣。

「我出生在那不勒斯附近的坡西里波，」她説道，「我父親奧古斯托·巴瑞利是當地最有名望的律師，還曾經是當地的議員。吉納羅在我父親手下做事，我漸漸地愛上了他，遇見他這樣的男人，哪個女人都會心動。他沒有錢也沒有地位——除了俊俏的模樣、堅定的意志和渾身的活力之外，他甚麼也沒有——所以我父親反對這門親事。我倆一起逃離家鄉，在巴里 * 結了婚，然後我買掉自己的首飾，湊夠了去美國的盤纏。那是四年之前的事情，接下來，我倆一直都住在紐約。

「剛開始，命運之神對我倆格外青睞。一位意大利紳

---

*　巴里 (Bari) 為意大利東南部港口城市，與那不勒斯分居亞平寧半島兩側，緯度幾乎相同。

士在一個名叫鮑爾瑞 * 的地方遇上了幾名歹徒，吉納羅救了他，由此交上了一個很有勢力的朋友。那位紳士名叫提托‧卡斯塔洛蒂，是卡斯塔洛蒂–贊巴商行的大股東，那家商行非常大，是紐約市首屈一指的水果進口商。贊巴先生患有重病，那家三百多號人的商行都由我倆的新朋友卡斯塔洛蒂說了算。他請我丈夫去幫他做事，還讓我丈夫主管一個部門，方方面面都對我丈夫特別關照。卡斯塔洛蒂先生是個單身漢，我覺得他把我丈夫看成自己的兒子，我和我丈夫也把他當成父親來敬愛。我倆在布魯克林買了座小房子，置辦了傢具，整個兒的未來似乎已經有了保障。就在這個時候，那團烏雲飄了過來，很快就會蓋滿我倆頭上的那片天空。

「一天晚上，吉納羅下班回家，領了個老鄉一起回來。那個老鄉名叫喬治亞諾，也是從坡西里波來的。他是個大塊頭，這一點你們都可以作證，因為你們看見了他的屍體。他不光體型誇張，其他方面也是又怪異又誇張，讓人非常害怕。他的嗓門兒跟打雷一樣，說話的時候不停地揮舞他那兩隻又長又粗的胳膊，看樣子，我倆的小房子還不夠他掄開胳膊呢。他的想法，他的情緒，他的嗜好，全都是特別誇張、特別可怕。他說話的時候更像是在咆哮，勁頭大得要命，其他的人只能乾坐着聽他講，全都被他那些滔滔不絕的大話給鎮住了。他那雙眼睛氣勢洶洶地盯着你，馬上就嚇得你舉手投降。他這個人非常可怕，本事也

---

* 鮑爾瑞 (the Bowery) 是紐約曼哈頓南邊的一條街，也指這條街附近的一小片區域。後文中的布魯克林 (Brooklyn) 是紐約市的一個區。

非常大，謝天謝地，他已經死啦！

「他一次又一次地上我家來，可我已經意識到，他在的時候，我丈夫並不比我高興多少。我可憐的丈夫總是愣愣地坐在那裏，臉色煞白，無精打采地聽我倆的客人沒完沒了地胡扯，扯的全都是政治和社會問題。吉納羅甚麼也沒說，可我非常地了解他，於是就從他的臉上看到了一種我從來沒看到過的情緒。剛開始我以為那只是厭惡，後來我才慢慢地發現，那不僅僅是厭惡，而是恐懼，深入骨髓、遮遮掩掩、戰戰兢兢的恐懼。一天晚上，就是我看出他心懷恐懼的那個晚上，我抱住他，懇求他念着他對我的愛，也念着他珍愛的所有東西，再不要跟我隱瞞任何事情，一定要告訴我，那個大塊頭為甚麼能把他弄得這麼晦氣。

「他告訴了我，聽着聽着，我自個兒的心也變得一片冰涼。我可憐的吉納羅有過一段狂野暴烈的日子，那時的他覺得整個世界都在跟自己作對，又被生活當中的種種不平逼得瘋瘋癲癲，於是就加入了那不勒斯的一個幫會。那個幫會名叫紅圈會，跟以前那個燒炭黨 * 差不多，會裏的那些誓約和秘密非常可怕，可你一旦入了會，以後就再也別想脫身。我倆逃到美國的時候，吉納羅以為自己已經永遠地擺脫了他們。叫他驚駭的是，一天傍晚，他竟然在大街上遇見了當初在那不勒斯招他入會的那個人。那個人就是大塊頭喬治亞諾，意大利南部的人都管他叫做『死神』，因為他手上沾滿了殺人的鮮血，一直紅到了胳膊肘！為了

---

* 燒炭黨 (Carbonari) 為活躍於十九世紀早期的意大利地下革命組織。

躲避意大利警方的追捕，他跑到了紐約，並且在自己的新地盤裏替那個可怕的幫會辦了個分會。吉納羅把這些事情都告訴了我，還給我看了他當天收到的一張通知。那張通知的抬頭畫着一個紅圈，內容是那個幫會打算在某個日子舉行集會，命令他準時出席。

「這已經夠糟糕的了，可是，更糟糕的還在後頭呢。一段時間之前，我就已經注意到，到了晚上，喬治亞諾總是會來拜訪我們，來了就會跟我説很多話。即便是在衝我丈夫説話的時候，他那雙野獸一般的可怕眼睛也總是瞪得溜圓、死死地釘在我的身上。一天晚上，他終於暴露了心裏的秘密，讓我看清了他稱之為『愛』的那種東西，那只能説是畜生的愛、野人的愛。那天他來的時候，吉納羅還沒有回家，可他強行闖進門來，用他那兩隻粗大的胳膊抓住我，像熊一樣箍住了我，劈頭蓋臉地吻我，還求我跟他一起走。我正在尖叫掙扎，吉納羅進了家門，跟着就動手打他。他把吉納羅打得不省人事，然後就逃之夭夭，再也沒有來過。那天晚上，我倆結下的可是一個要命的仇人。

「幾天之後，通知的開會時間到了。吉納羅開完會回來的時候，一看他的臉色，我就知道他遇上了可怕的事情。事情非常糟糕，我倆連想都想不到。那個幫會專靠勒索那些富裕的意大利人掙錢，如果他們不給錢，幫會就會用上暴力恫嚇的方法。當時的情形似乎是，幫會找上了我倆的好友和恩人卡斯塔洛蒂，可他不光沒有屈服於幫會的威脅，還把幫會的警告信交給了警察。幫會已經決定，必須把他做成一個如此這般的榜樣，好讓其他的勒索對象不

敢反抗。按照會上的安排，他和他的房子都會被炸藥炸到天上去。會上還有個抽籤儀式，為的是決定誰去執行這個任務。吉納羅把手伸進了抽籤的袋子，同時也看到了我倆的那個仇人，看到仇人那張冷酷的臉正在衝他微笑。毫無疑問，他們肯定是預先做了甚麼手腳，因為落到他手裏的正是那張要命的籤條，畫在上面的紅圈就是殺人的命令。這一來，他必須殺死自己最好的朋友，不然的話，他和我就會遭受他那些同志的報復。那個幫會有一套邪惡的規矩，其中一條就是，對於他們害怕的人，或者是他們仇恨的人，他們的懲罰不光針對那些人自己，還會株連那些人的親人。就是因為知道這條規矩，我可憐的吉納羅才覺得烏雲蓋頂，急得都快瘋了。

「當天晚上，我倆摟在一起坐了一整夜，彼此鼓勵，準備應付眼前的麻煩。幫會預定的動手時間就在第二天晚上，第二天中午，我和我丈夫已經踏上了來倫敦的旅途。不過，出發之前，吉納羅已經向我倆的恩人發出了一清二楚的警報，還把相關的情況通知了警方，好讓警方保護恩人的生命安全，免得他以後遭人毒手。

「剩下的事情嘛，各位先生，你們都已經知道了。我倆非常清楚，仇人會像影子一樣跟在我倆身後。喬治亞諾想要報復，自然有他私人的理由，就算沒有這一層，我倆也知道他這個人是多麼地殘忍、多麼地狡猾、多麼地不依不饒。關於他那些可怕的本領，意大利和美國都流傳着許多故事。哪怕他從來不曾使盡渾身解數，這一回也肯定會這麼做。我倆搶先來到這裏，贏得了幾天喘息的工夫，

我親愛的人就利用這段時間給我安排了一個避難的地方，而且安排得非常巧妙，讓我不會遇上任何危險。他自己則打算獨來獨往，以便同時跟美國和意大利的警方進行聯繫。我並不知道他住在哪裏，過得怎麼樣，我知道的一切都是從一張報紙的啟事欄裏看來的 *。不過，有一次我往窗外看了看，發現有兩個意大利人正在監視這座房子，於是我立刻明白，喬治亞諾不知道用甚麼法子找到了我倆的藏身之處。到最後，吉納羅通過報紙告訴我，他會從某個窗口給我發信號，可他發信號的時候沒說別的，只有幾句警告，而且還突如其來地斷掉了。現在我全都明白了，這一定是因為他突然發現，喬治亞諾已經追到了附近。還有呢，謝天謝地！喬治亞諾追到他的時候，他已經做好了準備。好了，各位先生，我想問問你們，我倆有沒有甚麼法律不能容忍的行為，世上有沒有哪個法官會為這次的事情懲辦我的吉納羅？」

「呃，格雷森先生，」美國人看着那位官方代表說道，「我不知道你們英國人會有甚麼樣的看法，不過，據我估計，如果是在紐約，這位女士的丈夫肯定會贏得大多數人的隆重致謝。」

「她必須跟我回去見見局裏的頭兒，」格雷森回答道。「依我看，如果她所言屬實的話，她和她丈夫也沒有甚麼好擔心的。不過，福爾摩斯先生，叫我完全摸不着頭腦的是，**你**究竟是怎麼摻和到這件事情裏來的。」

---

* 「吉納羅」這個名字的英文是「Gennaro」，首字母就是前文中啟事落款的「G」。

「學問哪，格雷森，全都是因為學問，因為我還想在這所古老的大學裏學點兒知識。好啦，華生，你那份收藏裏又多了一件慘烈怪誕的樣本。對了，眼下還不到八點，柯汶特花園今晚有瓦格納的歌劇呢！* 動作快點兒的話，咱們還能趕上第二幕。」

---

* 這裏的「柯汶特花園」(Covent Garden) 是倫敦皇家歌劇院 (Royal Opera House) 的別稱，該劇院是英國首屈一指的歌劇院，因位於柯汶特花園街區而有此別名 (《藍色石榴石》當中也提到了柯汶特花園街區，說的是當時存在於該街區的蔬果市場)；瓦格納 (Richard Wagner, 1813–1883) 為德國著名作曲家，尤以浪漫主義歌劇著稱。

布魯斯 – 帕廷頓圖紙

　　一八九五年十一月的第三個星期，濃重的黃霧在倫敦扎下了營盤。現在我依然懷疑，在那個星期，星期一到星期四的那段時間裏，從我們貝克街寓所的窗子望出去，究竟有沒有過能看見對面房子輪廓的時候。第一天，福爾摩斯打發時間的方法是替他那本大部頭參考手冊編製互見索引，第二天和第三天，他耐着性子研究中世紀的音樂，那是他新近培養起來的一個愛好。可是，到了第四天，我們又一次吃完早飯，把椅子從餐桌跟前挪開，又一次看見那股油乎乎、沉甸甸的黃褐色渦流飄過眼前，看見它在窗子玻璃上凝成一顆顆油汪汪的水珠，我這位天生急躁好動的室友終於對這種死水一潭的生活忍無可忍。無處發洩的精力驅使他沒完沒了地在客廳裏踱來踱去，咬着指甲、敲着傢具，為這種百無聊賴的局面大光其火。

　　「報紙上找不出甚麼有意思的東西嗎，華生？」他問了一句。

　　我早就已經知道，福爾摩斯嘴裏的「有意思」，意思就是有意思的罪案。報紙上講到了一次革命，講到了一場可能爆發的戰爭，還講到了一個即將更迭的政府，只可惜，這些事情都不在我室友的考慮範圍之內。我沒能在報

紙上找到甚麼奇案大案，福爾摩斯哀嘆一聲，沒完沒了的踱步再次開始。

「毫無疑問，倫敦的罪犯都是些庸碌之輩，」他說話的口氣忿忿不平，活脫脫是一名找不到稱心獵物的獵手。「你往窗子外面看看吧，華生。看看那些人影，看他們怎麼漸漸浮現，模模糊糊地露個臉，轉眼就再次消失在濃霧之中。這樣的日子裏，竊賊和兇手完全可以放開手腳嘛，他們完全可以在倫敦隨意遊蕩，就像是密林之中的老虎，即便到了發起突襲的那一刻，也只有受害者能把他們看個清楚。」

「報紙上登了啊，」我說道，「小偷小摸的事情多得很呢。」

福爾摩斯不屑一顧地哼了一聲。

「這麼一個恢宏肅穆的舞台是為那些更有分量的演出準備的，」他說道。「我沒有成為一名罪犯，這個社會真應該感到慶幸。」

「確實如此，千真萬確！」我發自肺腑地表示同意。

「假設我是布魯克斯或者伍德豪斯，或者是其他某個有充分理由取我性命的人，那樣的人一共有五十個，那麼，面臨我自己的追殺，我能活多久呢？一張傳票、一次虛假的約會，一切不就完結了嘛。那些暗殺成風的拉美國家沒有霧天，倒還真是件好事哩。天哪！瞧，終於有點兒事情來打破這種死氣沉沉的局面了。」

原來是女僕送來了一封電報。福爾摩斯拆開電報，突然間大笑起來。

「好，好啊！接下來會是甚麼呢？」他說道。「眼下的事情是，我哥哥邁克羅夫特要來了。」

「這有甚麼好奇怪的呢？」我問道。

「有甚麼好奇怪？這樣的情形好比是一輛有軌電車 * 出現在了鄉村小路上。邁克羅夫特有他自己的軌道，輕易也不會脫軌。位於樸爾莫爾大街的寓所、第歐根尼俱樂部，再加上白廳 †，他生活的圈子不外如是。他來過這兒一次，也只有那麼一次 ‡。眼下他居然脫離了自己的軌道，到底是出了甚麼樣的亂子呢？」

「他自己沒有說嗎？」

福爾摩斯把他哥哥的電報遞給了我。

因卡多甘・威斯特事亟需面晤。即往你處。

邁克羅夫特

「卡多甘・威斯特？我聽說過這個名字。」

「我倒是一點兒印象也沒有。不過，想想吧，邁克羅夫特竟然會以這麼古怪的方式打破常規！簡直就跟行星脫離了軌道差不多。對了，你知道邁克羅夫特是幹甚麼的嗎？」

我依稀記得，在處理「希臘譯員案」的時候，福爾摩斯曾經跟我說過這件事情。

---

* 這篇故事首次發表於 1908 年 12 月；英國的第一條電氣化鐵路出現於 1883 年，第一條城市電車軌道出現於 1885 年。
† 白廳 (Whitehall) 是倫敦市中心的一條路，與樸爾莫爾大街在特拉法爾加廣場交會。「白廳」這個詞同時也可以借指英國的中央政府，因為這條路兩邊有許多英國政府的辦公建築。
‡ 這裏的「一次」出現在《希臘譯員》當中，該故事當中講到了邁克羅夫特的一些情況，比如「第歐根尼俱樂部」。

「你以前告訴過我，他是中央政府的一名小職員。」

福爾摩斯吃吃地笑了起來。

「那個時候，我還不怎麼了解你呢。談論國家大事的時候，不謹慎一點兒是不行的。你說他替中央政府做事，沒錯；如果你說他有些時候**就是**中央政府，從某種意義上說，也沒錯。」

「親愛的福爾摩斯！」

「我就知道你多半會大吃一驚。邁克羅夫特一年只掙四百五十鎊，老老實實地待在幕僚的位置上，沒有任何雄心壯志，得不到任何榮譽和頭銜，即便如此，他仍然是這個國家裏最不可或缺的人物。」

「怎麼叫不可或缺呢？」

「這麼說吧，他佔據着一個獨一無二的位置。這樣的位置是他自己給自己打造的，以前不曾有過，將來也不會再有。他的頭腦極度縝密、極有條理、極其擅長儲存事實，世上無人可以匹敵。我用來偵破罪案的那些高超本領他也有，只不過被他用在了他自個兒的特殊行當裏。政府各部的決議都會從他手裏經過，他好比是情報交換中樞，好比是票據交換所，各個賬戶的盈虧都在他那裏得到體現。其他的人都是擅長某一方面的專家，他的專長則是無所不知。打個比方說，某位大臣需要了解某個問題，那個問題同時牽扯到海軍事務、印度事務、加拿大事務和金銀複本位貨幣制度。在這種情況下，那位大臣固然可以從相關部門分別取得相關的材料，可是，只有邁克羅夫特同時掌握所有的材料，能夠隨口說出各種因素之間的相互影

響。剛開始的時候，他們只是把他當成一條捷徑、一道方便之門，眼下呢，他已經把自己變成了一個不可缺少的人物。他那顆了不起的頭腦分門別類地儲存着所有的材料，要用的時候就可以馬上取出來。他的意見一次又一次地決定了國家的大政方針，這就是他全部的生活。別的事情他一概不想，只有等到我向他求教的時候，他才會放鬆放鬆，想想我帶去的那些小問題，權當是練練腦子。可是，這樣一位大神卻在今天從天而降，究竟會是甚麼意思呢？卡多甘‧威斯特到底是誰，他跟邁克羅夫特又有甚麼關係呢？」

「我知道啦，」我嚷了一句，一頭扎進了沙發上那堆亂七八糟的報紙。「沒錯，沒錯，他就在這兒，錯不了！卡多甘‧威斯特就是那個小伙子，星期二早晨，人們在地鐵裏發現了他的屍體。」

這句話立刻攫住了福爾摩斯的注意，他坐直身子，正在往嘴裏送的煙斗停在了半空。

「這件事情一定是非常嚴重，華生。能讓我哥哥改變自己的生活習慣，這樣的死亡事件一定不一般。說到底，他跟這件事情能有甚麼關係呢？按我的記憶，這件案子並沒有甚麼特異之處啊。這個小伙子顯然是掉到了車廂外面，自個兒摔死的。他沒有遭到搶劫，身上也沒有明顯的暴力傷害跡象，難道我說得不對嗎？」

「死因調查已經結束了，」我說道，「他們又發現了很多新的情況。要我說，細看起來，這還真是件古怪的案子呢。」

「從它對我哥哥造成的影響來看，我只能認為它非常不一般。」他窩進了他那把扶手椅。「好了，華生，把案情說來聽聽吧。」

「這個人名叫亞瑟·卡多甘·威斯特，現年二十七歲，未婚，是伍利奇兵工廠 * 的一名職員。」

「原來他是政府僱員啊，瞧，這就跟邁克羅夫特老哥掛上鉤了吧！」

「星期一晚上，他突然離開了伍利奇。最後一個見到他的人是他的未婚妻維奧萊特·威斯特伯里小姐，當晚七點半左右，他突然獨自離開，把他的未婚妻撇在了大霧之中。之前他倆並沒有吵架，她想不出他為甚麼要這麼做。再聽到他的音信的時候，他已經變成了一具屍體，發現屍體的是一個名為梅森的養路工人，地點則是在倫敦的地鐵裏，緊挨着阿爾德蓋特地鐵站的地方。」

「時間呢？」

「發現屍體的時間是星期二早晨六點鐘。屍體躺在鐵軌外面，按東行方向來說是在鐵軌左邊，位置離車站很近，正好是在地鐵線穿出隧道的地方。死者的腦袋已經碎裂，很可能是因為從車上掉下來的緣故。屍體只可能是從車上掉到地鐵裏的，要想從附近的街道搬過去的話，那就必須得經過站口的柵欄，柵欄旁邊始終都站着一名驗票員。看樣子，這一點絕不會有甚麼疑問。」

---

* 伍利奇 (Woolwich) 今天是屬於倫敦格林尼治區的一片區域，在倫敦市中心的東南面，1889 年之前屬於肯特郡；伍利奇兵工廠即英國皇家兵工廠 (Royal Arsenal)，今已不存。

「很好。案情可算是相當明確，這個人可能是自己掉下了地鐵列車，也可能是被人推下去的，掉下去的時候可能還活着，也可能已經死了。這些我都聽明白了。接着說吧。」

「在屍體旁邊那些鐵軌上行駛的都是東去的列車，有一些只在市內行駛，也有一些來自威爾斯登 *，或者是其他的一些外圍車站。可以確定的是，這個小伙子死在深夜裏，死在東去的旅途之中。不過，他上車的地點卻完全無法確定。」

「看看他的車票，自然可以解決這個問題。」

「他的口袋裏沒有車票。」

「沒有車票！天哪，華生，這可真是怪了。根據我的經驗，不出示車票是進不了地鐵站台的啊。如此說來，這個小伙子應該是有票的。難道是有人拿走了車票，打算掩蓋他上車的地點嗎？有可能。要不然，是他自己把車票丟在車廂裏了嗎？也有可能。不管怎麼說，這一點終歸讓人非常好奇。我記得現場沒有搶劫的跡象，對嗎？」

「顯然是沒有。這兒有一張清單，他的隨身物品都列在裏面。他身上有個錢包，裏面裝着兩鎊零十五先令，還有一本支票簿，抬頭是都郡銀行伍利奇分行，他的身份就是根據支票簿查出來的。此外還有兩張事發當晚的伍利奇劇院二樓 † 戲票，外加一小捆技術文件。」

---

* 威爾斯登 (Willesden) 今天是倫敦西北部的一片區域，當時屬於米德爾塞克斯郡。威爾斯登地鐵站於 1879 年通車。

† 「二樓」的英文是「dress circle」，指的是英國劇院當中從高度來說處於第二層的座席（樓座第一層），視線略高於舞台，坐這種座

福爾摩斯心滿意足地歡呼了一聲。

「咱們終於看清了其中的奧妙，華生！中央政府——伍利奇兵工廠——技術文件——邁克羅夫特老哥，所有的環節都湊齊啦。不過，我沒弄錯的話，這會兒他已經到了，咱們還是聽聽他自個兒怎麼說吧。」

片刻之後，僕人將魁偉健碩的邁克羅夫特·福爾摩斯領了進來。看着他沉甸甸的龐大軀體，你難免會覺得他粗魯笨拙、四體不勤；可是，這副臃腫的身板卻頂着這樣的一顆腦袋，眉宇之間的神色無比威嚴、深陷的鋼灰色眼睛無比機警、嘴唇的線條無比堅毅，表情的變化也無比微妙，只需要看上一眼，你就會立刻忘掉他大而無當的身體，記得的只是他超卓不凡的心智。

跟在他後面的是我倆在蘇格蘭場的那位老朋友，瘦削嚴肅的雷斯垂德。兩個人都是臉色凝重，顯然是碰上了大問題。探員走過來握了握手，一句話也沒有說。邁克羅夫特·福爾摩斯則千辛萬苦地脫掉大衣，慢吞吞地坐進了一把扶手椅。

「這件事情真讓人頭疼，歇洛克，」他說道。「我最不願意打破自己的習慣，那些當權的傢伙卻怎麼也不讓我推託。考慮到目前的暹羅 * 局勢，我實在是很不方便離開自己的辦公室。話說回來，眼下的事情確實是一場危機。我從來沒見過首相這麼心煩，海軍部就更不用說了，整個兒變成了一個捅翻了的馬蜂窩。你讀到這件案子的報道了嗎？」

席曾經需要穿着正裝 (dress)，故名。

* 暹羅 (Siam) 是泰國的舊稱。

「我倆剛剛讀完。那些技術文件到底是甚麼呢？」

「咳，問題就在這裏！幸運的是，事情還沒有傳揚出去。傳揚出去的話，報界肯定會鬧翻天的。那個倒霉的小伙子兜裏的那些紙片，就是布魯斯－帕廷頓潛艇的圖紙。」

邁克羅夫特・福爾摩斯說話的語氣十分沉重，說明他認為這件事情非同小可。我和他弟弟靜靜地坐在那裏，等待着他的下文。

「你肯定聽說過它吧？我本來還以為所有的人都聽說過它呢。」

「我聽過的只是這個名字。」

「這樣東西的重要性，怎麼形容都不算誇張，我國政府捂得最嚴實的秘密就是這樣東西。我可以跟你打包票，在布魯斯－帕廷頓潛艇的活動範圍之內，海戰根本就是不可能的事情。兩年之前，政府偷偷摸摸地把一大筆款項塞進了財政預算，用它買下了潛艇的專利，然後就不遺餘力地遮掩這個秘密。潛艇的圖紙極其複雜，其中包括大概三十項單獨的專利，每一項對潛艇的整體來說都是不可或缺。圖紙存放在一個精心設計的保險櫃裏，地點是伍利奇兵工廠旁邊一間保密的辦公室，辦公室的門窗都是防盜的。任何人不得以任何理由把圖紙帶出辦公室，即便你是海軍部的造船總工程師，要看圖紙也只能到伍利奇的那間辦公室裏去看。沒想到，眼下我們竟然在倫敦的心臟地帶，在一名死去的低級職員兜裏找到了圖紙。從官方的角度來看，這事情只能說是糟糕透頂。」

「可是，圖紙不是找回來了嗎？」

「沒有，歇洛克，沒有！糟糕就糟糕在這裏。沒有找回來。伍利奇丟失的圖紙一共是十張，卡多甘·威斯特的兜裏只有七張，最重要的三張不見了——讓人偷了，沒影兒了。你必須放下手頭的所有事情，歇洛克。把你平日裏那些地方法庭都管得了的小案子扔一邊兒去吧，這次你要解決的可是個生死攸關的國際問題。卡多甘·威斯特為甚麼要拿走圖紙，失蹤的圖紙去了哪裏，他是怎麼死的，屍體為甚麼會出現在那個地方，還有，這件禍事應該怎麼補救？只要你能把所有這些問題的答案找出來，就算是為你的祖國作出了巨大的貢獻。」

「你自己幹嗎不去找呢，邁克羅夫特？我看得到的，你也看得到啊。」

「興許吧，歇洛克。不過，問題在於如何弄到相關的細節。只要你把細節都給我弄來，我馬上就可以給你一個盡善盡美的專家意見，甚至不需要從椅子上站起來。可是，跑來跑去啦，盤問鐵路警衛啦，趴在地上拿放大鏡看東西啦，這些可不是我的專長。不行，能解決這個問題的只有你一個人。如果你希望自個兒的名字出現在下一次的授勳名冊上的話——」

我朋友笑着搖了搖頭。

「我如果參加遊戲，為的只是遊戲本身的樂趣，」他說道。「話又說回來，這個問題確實有點兒意思，我倒是很有興趣研究一下。麻煩你，再給我說點兒情況吧。」

「喏，重要的情況我都寫在這張紙上了，外加幾個你用得着的地址。實際負責看管圖紙的官員是政府僱請

的著名專家詹姆斯‧沃爾特爵士，他身上的榮譽和頭銜足以在人名錄當中佔據整整兩行的位置。他在政府崗位上熬白了頭髮，為人堪稱君子，本國那些最顯赫的家庭都對他敞開大門，最重要的是，他的愛國精神絕對是不容置疑。保險櫃的鑰匙只有兩個人有，他就是其中之一。我得補充一下，星期一的工作時間之內，圖紙毫無疑問是在辦公室裏，此外，詹姆斯爵士下午三點左右就離開伍利奇來了倫敦，隨身帶走了他的鑰匙。事發當晚，他一直都在巴克萊廣場，在海軍上將辛克萊爾家裏作客。」

「這件事情核實了嗎？」

「核實了，他弟弟瓦倫丁‧沃爾特上校證明他的確離開了伍利奇，辛克萊爾上將則證明他的確到了倫敦。由此看來，詹姆斯爵士跟這件案子沒有直接的關聯。」

「另一個有鑰匙的人是誰呢？」

「高級職員兼制圖員西德尼‧約翰遜先生，此人現年四十，已婚，有五個孩子。他是個性情乖僻的悶葫蘆，總體說來卻擁有無可挑剔的政府工作履歷。他不受同事們的歡迎，工作倒是十分勤奮。按他自己的說法，星期一下班之後，他整晚都待在自己家裏，還有呢，他那把鑰匙一直都穿在他的錶鏈上，從來不曾取下來。當然，他這些話的佐證僅僅是他妻子的話而已。」

「給我們講講卡多甘‧威斯特吧。」

「他已經在政府部門工作了十年，表現相當不錯，雖然是個出了名的急性子，人品卻稱得上正派誠實。我們沒發現他有甚麼毛病。他在辦公室裏的地位僅次於西德尼‧

約翰遜，因為工作的原因，他每天都要直接接觸圖紙。其他的人都沒有處置圖紙的權力。」

「當晚是誰把圖紙鎖起來的呢？」

「就是那個高級職員，西德尼‧約翰遜先生。」

「這樣看來，圖紙是誰拿的，答案不問可知。既然圖紙實實在在地出現在了低級職員卡多甘‧威斯特的身上，這個問題可算是有了定論，對吧？」

「的確如此，歇洛克，可是，由此而來的問題還多着呢。首先，他幹嗎要拿圖紙呢？」

「依我看，圖紙應該很值錢吧？」

「他要是拿去賣的話，隨隨便便就可以弄個幾千鎊。」

「他把圖紙拿到倫敦來，除了賣圖紙還能有甚麼別的目的，你想得出嗎？」

「想不出，我想不出。」

「既然如此，咱們只能暫時假定，拿走圖紙的確實是威斯特這個小子。好了，圖紙既然是他拿的，那他肯定得有一把仿制的鑰匙——」

「應該說是幾把仿制的鑰匙，他還得打開樓門和房間門。」

「好吧，他有幾把仿制的鑰匙。他帶着圖紙到倫敦來，打算賣掉圖紙當中的技術機密。毫無疑問，他還打算第二天一早就把圖紙本身放回保險櫃，免得被別人發現。來到倫敦之後，他在從事這項叛國活動的過程當中送掉了性命。」

「怎麼送掉的呢？」

「咱們不妨假定，他是在返回伍利奇的途中被人殺死的，然後又被人扔下了列車。」

「發現屍體的地方是阿爾德蓋特，已經遠遠地過了倫敦橋車站附近的那個站，他要是想回伍利奇的話，應該到倫敦橋車站去坐火車啊。」

「要解釋他為甚麼坐過了倫敦橋車站附近的那個站，咱們可以設想出很多種情形。舉例來說，咱們可以設想他在車廂裏跟某個人談話，而且談得入了神。這次談話導致了暴力事件，致使他送掉了性命。也有可能，他打算離開那節車廂，結果是摔死在了地鐵裏，另外那個人又把車門重新關好，外面的霧很大，甚麼也看不見。」

「從目前掌握的情況來看，咱們也拿不出甚麼更好的解釋了。不過，歇洛克，想想吧，你沒有給出解釋的問題還多得很呢。為了把事情分析清楚，咱們不妨假定，卡多甘·威斯特這個小子**確實**打定了主意，要把圖紙拿到倫敦來賣。這樣的話，按道理他就應該跟某個外國間諜定下約會，把晚上的時間騰出來。可他沒有這麼做，反倒是買了兩張戲票，還陪着他的未婚妻走到了去劇院的半道上，然後才突然消失。」

「幌子唄，」雷斯垂德說道。他一直坐在那裏聽兄弟倆說話，看樣子是多少有點兒不耐煩。

「如果是幌子，這樣的幌子未免太離奇了吧。這是第一個說不通的地方。第二，咱們假定他到了倫敦，並且見到了那個外國間諜。他必須趕在第二天一早把圖紙放回

去，要不然就會露出馬腳。事實呢，他拿走了十張圖紙，兜裏卻只有七張。另外三張到哪裏去了呢？他肯定不會自願交出那三張圖紙。還有啊，他賣國換來的賞錢又在哪裏呢？按道理說，他兜裏應該有一大筆錢才對啊。」

「按我看，這件事情可說是一清二楚，」雷斯垂德說道。「我已經徹底看清了事情的經過，再沒有半點兒疑問。他拿了圖紙去賣，見到了那個間諜。發現價錢談不攏之後，他開始往家裏趕，沒想到，那個間諜也跟着他上了地鐵。那個間諜在車上殺死了他，拿走了比較重要的幾張圖紙，然後就把他的屍體扔出了車廂。這個解釋可以涵蓋所有的事實，不是嗎？」

「他身上為甚麼沒有車票？」

「車票會讓別人知道那個間諜的住處離哪個車站最近，所以他就從死者的兜裏掏走了車票。」

「很好，雷斯垂德，好極了，」福爾摩斯說道。「你的解釋完全可以自圓其說。不過，照你這麼說的話，這件案子也就沒甚麼可辦的啦。一方面，叛國者已經一命嗚呼，另一方面，可想而知，布魯斯－帕廷頓潛艇的圖紙已經流到了歐洲大陸。咱們還能幹甚麼呢？」

「行動啊，歇洛克——採取行動！」邁克羅夫特高聲說道，一躍而起。「我所有的直覺都在提醒我，這種解釋並不符合事實。把你的本事使出來！去犯罪現場看看！找相關的人談談！別放過任何線索！你幹這行幹了一輩子，眼下才是你報效國家的最好機會。」

「好吧，好吧！」福爾摩斯說道，聳了聳肩。「起身

吧，華生！還有你，雷斯垂德，你能賞臉陪我們待那麼一兩個鐘頭嗎？咱們的調查就從阿爾德蓋特地鐵站開始。再見，邁克羅夫特。天黑之前我就會給你一份報告，可我得把話說在頭裏，你千萬別抱太大的希望。」

一個小時之後，福爾摩斯、雷斯垂德和我已經站在了地鐵裏，具體說就是鐵軌穿出隧道、即將進入阿爾德蓋特地鐵站的地方。代表鐵路公司接待我們的是一位彬彬有禮的紅臉膛老先生。

「小伙子的屍體就是在那兒發現的，」老先生告訴我們，指了指離鐵軌大約有三英尺的一個地方。「屍體不可能是從上面掉下來的，你們也看見了，上面都是光禿禿的牆壁。如此說來，屍體一定是從車上掉下來的，還有呢，根據我們的調查，出事的那趟車經過這裏的時間一定是星期一夜裏十二點左右。」

「你們檢查過所有的車廂嗎，有沒有發現打鬥的跡象呢？」

「我們沒有發現打鬥的跡象，也沒有找到車票。」

「有沒有人報告車門沒關呢？」

「沒有。」

「今天早上，我們了解到了一個新的情況，」雷斯垂德說道。「星期一夜裏十一點四十左右，曾經有一趟普通的地鐵列車從阿爾德蓋特經過。那趟車上的一名乘客告訴我們，列車剛要進站的時候，他聽到了一聲沉重的悶響，似乎是有人掉到了地鐵線上。只可惜當時霧很大，甚麼也

看不見，所以他沒有立刻報告這件事情。我說，福爾摩斯先生這是怎麼啦？」

我朋友站在一旁，死死地盯着鐵軌蜿蜒穿出隧道的那個地方，表情極其專注。阿爾德蓋特是一個中轉站，鐵軌上有一組列車轉軌用的道岔。他那雙探詢的眼睛急切地注視着那些道岔，那張機警熱切的臉龐也變成了我十分熟悉的模樣，嘴唇緊繃、鼻翼微顫、濃密的雙眉攢在了一起。

「道岔，」他喃喃自語。「這些道岔。」

「道岔怎麼啦？你到底想說甚麼？」

「按我看，在這樣的線路上，道岔的數目應該不算很多吧？」

「不多，實際上是非常少。」

「還有啊，鐵軌在這兒轉了個彎。又有道岔，又有轉彎。天哪！真要是這樣的話。」

「真要是哪樣，福爾摩斯先生？你有甚麼線索了嗎？」

「我有個想法——只是個朦朦朧朧的想法，僅此而已。不過，這件案子確實是越來越有趣了。沒見過，真是沒見過，話又說回來，幹嗎不能是這樣呢？照我看，地鐵線上壓根兒就沒有血跡嘛。」

「基本上沒有。」

「可是，我沒記錯的話，死者身上的傷很重啊。」

「他的骨頭碎了，外傷倒是不怎麼明顯。」

「即便如此，按理說也應該有點兒血跡的。那名乘客說他在大霧之中聽見了重物落地的聲音，我能檢查一下他當時所在的那列地鐵嗎？」

「恐怕不行，福爾摩斯先生。那列地鐵已經拆散，車廂也已經重新編掛。」

「我可以跟你打包票，福爾摩斯先生，」雷斯垂德說道，「我們已經仔細地檢查過所有的車廂，這件事情是我親自督辦的。」

對於那些腦瓜子不如自己機靈的人，我朋友一向缺乏耐性，這是他最為明顯的缺點之一。

「你們多半是檢查過，」他一邊說，一邊轉身離去。「事實呢，我想要檢查的東西並不是車廂。華生，咱們在這兒的事情已經辦完了。我們用不着再叨擾你啦，雷斯垂德先生。依我看，我們應該立刻把調查地點轉移到伍利奇。」

到了倫敦橋車站，福爾摩斯給他哥哥寫了一封電報，發出去之前還給我看了看，電文如下：

案情已現曙光，惜其搖曳未定，尚有熄滅之虞。即請吩咐信差將政府所知英格蘭境內外國間諜及國際特工之完整名單送往貝克街，名單應附各人詳細地址，須在我返回之前送達。

歇洛克

「這份名單應該能派上用場，華生，」我倆在開往伍利奇的火車上坐定之後，福爾摩斯說道。「說真的，咱們欠了邁克羅夫特老哥一個人情，因為他給咱們介紹了這麼一件顯然是極不尋常的案子。」

他那張熱切的臉龐仍然顯得極其專注、極其緊張，讓我知道他一定是有了甚麼意味深長的新奇發現，由此打開

了一條令人振奮的思路。瞧一瞧獵狐犬耷拉着耳朵、拖着尾巴在狗窩周圍晃蕩的光景，再瞧瞧它兩眼放光、肌肉緊繃地全速追蹤濃烈嗅跡 * 的模樣，兩相對比，你就可以想像出福爾摩斯從晨間到此時的變化。短短幾個小時之前，他還是一副有氣無力、懶心無腸的模樣，身上裹着一件鼠灰色的睡袍，在濃霧包圍的房間裏沒完沒了地逡巡遊蕩，到得此時，他已經完全變成了另外一個人。

「這案子還有文章可做，也還有轉圜的餘地，」他說道。「之前我竟然沒有看到蘊藏其中的希望，真是遲鈍得可以。」

「即便到了現在，我還是看不到甚麼希望。」

「要說結局嘛，我也看不到，可我有了一個想法，興許能帶來很大的收穫。這個人是在其他地方死的，屍體則被人放在了地鐵列車的**車頂**。」

「車頂！」

「挺不合常理的，對嗎？可是，想想以下這些事實吧。屍體正好出現在鐵軌上有道岔、列車必然會顛簸搖晃的地方，僅僅是一種巧合嗎？車頂上的東西往下掉，按理說就該掉在這樣的地方，不是嗎？道岔可影響不到列車內部的東西。由此看來，屍體只可能是從車頂掉下來的，如其不然，咱們眼前的就是一種非常離奇的巧合。好了，再來看看血跡的問題。如果流血事件發生在其他地方的話，地鐵線上自然不會有甚麼血跡。單個地看，這些事實已經

---

* 「濃烈嗅跡」的原文是「breast–high scent」，直譯為「齊胸高的嗅跡」，意思是獵物留下的氣味十分濃烈，獵犬無需低頭聞嗅，可以昂着頭全速追蹤。

算得上耐人尋味，合在一起的話，它們就有了相當可觀的說服力。」

「還有車票，車票也是一件！」我嚷嚷了一句。

「一點兒不錯。咱們本來解釋不了死者為甚麼沒有車票，這下子就可以解釋了。所有的事情都對得上。」

「可是，就算你說得沒錯，咱們還是不知道他是怎麼死的，這個謎題的答案還是跟以前一樣遙遠。說實在的，案情不但沒有變得簡單，反倒是更加離奇了哩。」

「興許吧，」福爾摩斯若有所思地說道，「興許。」他就此陷入了沉思，再也不曾開口，直到我們這趟慢騰騰的火車終於停在伍利奇車站為止。到站之後，他叫來一輛出租馬車，把邁克羅夫特給他的那張紙片從兜裏掏了出來。

「今天下午，咱們可有好幾戶人家需要走訪呢，」他說道。「依我看，咱們的第一個拜訪對象應該是詹姆斯·沃爾特爵士。」

這位著名官員的住宅是一座漂亮的別墅，門前的蔥綠草坪一直延伸到了泰晤士河畔。我倆趕到別墅門口的時候，濃霧漸漸散去，一抹慘淡稀薄的陽光突圍而出。我倆拉響門鈴，應門的是別墅的男管家。

「您找詹姆斯爵士啊，先生！」他神色肅穆地說道。「詹姆斯爵士今早去世了。」

「天哪！」福爾摩斯驚叫一聲。「他是怎麼死的呢？」

「這個嘛，先生，你們要不要進來見見他弟弟瓦倫丁上校呢？」

「好吧，還是見一見比較好。」

管家把我倆領進了一個燈光暗淡的客廳，片刻之後，那位已故科學家的弟弟出來招呼我倆。他年約五十，身材很高，長相英俊，蓄着淺色的絡腮鬍子。只見他眼色驚惶、頭髮凌亂、雙頰淚痕斑斑，全都在訴說突然降臨的家門不幸。講起這件事情的時候，他連話都説不利索了。

「怪就怪這樁可怕的醜聞，」他説道。「我哥哥詹姆斯爵士非常注重名譽，根本承受不了這樣的事情。這樁醜聞打碎了他的心。他一向都為自己那個部門的效率深感自豪，對他來説，這樁醜聞完全是滅頂之災。」

「我們這次來，原本還指望他給我們一點兒線索、幫助我們解決這件事情哩。」

「我可以跟你們保證，他跟你們、跟我們大家一樣，壓根兒就不知道這是怎麼回事。他已經把他知道的情況全部告訴了警方。不用説，他完全確信這事情是卡多甘·威斯特幹的。可是，其餘的一切實在是讓人沒法想像。」

「您能不能給我們一點兒新的線索呢？」

「我自個兒甚麼都不知道，知道的都是些看來或者聽來的東西。不是我不懂禮貌，福爾摩斯先生，不過您應該能夠理解，我們眼下的處境非常狼狽，所以呢，我只能請你們趕快結束這次訪問。」

「這樣的情況可真是出乎意料，」再次坐上馬車之後，我朋友説道。「我倒想知道，這個可憐的老伙計究竟是自然死亡，還是自個兒把自個兒給殺了！如果是後一種情形的話，咱們能不能由此推測，他這是在譴責自己疏於

職守呢？這個問題只能以後再說，眼下呢，咱們得去找卡多甘‧威斯特的家人。」

那位痛失愛子的母親住在城郊，房子雖然不大，但卻收拾得十分整潔。老太太傷心得神智不清，甚麼情況也提供不了。不過，她身邊還坐着一位臉色蒼白的年輕女士。女士向我倆自報家門，原來，她就是死者的未婚妻維奧萊特‧威斯特伯里小姐，也是事發當晚最後一個見到死者的人。

「我解釋不了這件事情，福爾摩斯先生，」她說道。「禍事來了以後，我一天也沒合過眼，沒日沒夜地想啊、想啊，想這件事情到底該怎麼理解。亞瑟是這世上最忠誠可靠、最有男子氣概、最愛國的男人，他寧願砍掉自己的右手，也不會出賣國家託付給他的機密。只要是了解他的人，都會覺得這件事情豈有此理、絕無可能、荒唐透頂。」

「可是事實呢，威斯特伯里小姐？」

「是啊，是啊，我承認我解釋不了。」

「他缺錢嗎？」

「不缺。他生活非常簡樸，薪水完全夠用。他攢下了幾百鎊，我倆本打算新年就結婚的。」

「他有沒有甚麼精神緊張的表現呢？說吧，威斯特伯里小姐，別對我們隱瞞任何事情。」

我同伴目光如炬，早已注意到這位女士的神態發生了一點兒變化。聽到他的問題，女士臉泛紅暈，猶豫了一會兒。

「有的，」她終於開了口，「之前我確實覺得，他心裏裝着甚麼事情。」

「很久之前就開始了嗎？」

「大概也就是上個星期的事情。他顯得心事重重，憂心忡忡。有一次我非要他說個明白，他才承認他心裏確實有事，事情跟他的工作有關。他只是說，『這事情極其嚴重，我不方便告訴別人，即便是你也不行。』別的我也問不出來了。」

福爾摩斯臉色一沉。

「接着說吧，威斯特伯里小姐。就算您覺得這是在揭他的底兒，那也得接着說下去。您的話會引出怎樣的結論，眼下還說不好呢。」

「說真的，我沒有甚麼可說的了。有那麼一兩次，我覺得他的話已經到了嘴邊。還有一天晚上，他說起了那個機密的重要性，我隱約記得他當時說過，那些外國間諜肯定會出大價錢來收買那個機密。」

我朋友的臉色更加沉重。

「還有別的嗎？」

「他還說，我們對這樣的事情疏於防範，存心叛國的人很容易就可以弄到圖紙。」

「他只是最近才這麼說嗎？」

「是的，都是最近才說的。」

「好了，給我們說說最後的那個晚上吧。」

「我倆本來是要去劇院的。霧大坐不了馬車，所以我倆就走着去。走到他辦公室附近的時候，他突然拔腿就跑，消失在了大霧裏面。」

「一句話也沒說嗎？」

「他只是驚叫了一聲，別的就沒了。我站在那裏等他，可他始終沒有回來，於是我就走回了家。第二天早上，辦公室開了門，他們就跑來查問他的去向。大概十二點鐘的時候，我們聽到了那個可怕的消息。噢，福爾摩斯先生，您可千萬、千萬要替他挽回名譽啊！對他來說，名譽實在是太重要了。」

福爾摩斯悲哀地搖了搖頭。

「走吧，華生，」他說道，「咱們得上別處去想辦法。下一站，咱們必須得去丟失圖紙的那間辦公室。」

「形勢本來就對這個小伙子非常不利，咱們的調查還讓它雪上加霜，」馬車轔轔開動的時候，他如是說道。「即將來臨的婚事可以成為他的作案動機，因為他肯定會需要錢。他腦子裏確實有這樣的念頭，因為他已經說了出來。還有啊，他差點兒就把那個姑娘變成了叛國的幫兇，因為他差點兒就把具體的計劃告訴了她。這些情況都可以說是糟糕之極。」

「可是，福爾摩斯，人品總得佔點兒分量吧？還有啊，他幹嗎要把姑娘扔在大街上、自個兒衝出去實施一項重大罪行呢？」

「沒錯！確實存在一些反證。不過，要靠它們把這件案子翻過來，恐怕是件難上加難的事情。」

高級職員西德尼·約翰遜先生在辦公室裏接待了我倆，態度也相當恭敬，正是人們見到我同伴名片之後的慣常反應。他是個身材瘦削、舉止生硬的中年人，戴着一副

眼鏡，眼下他面色憔悴、雙手顫抖，顯然是承受着巨大的精神壓力。

「糟糕啊，福爾摩斯先生，糟糕透了！您聽説我們主管去世的事情了嗎？」

「我們剛剛才從他家那邊過來。」

「這地方完全亂了套。主管死了，卡多甘·威斯特死了，我們的圖紙也叫人偷了。可是，星期一傍晚關門的時候，我們的辦公室還顯得井井有條，可以跟任何一個政府部門媲美呢。我的天，想起來都讓人害怕！世上這麼多人，竟然是威斯特做下了這種勾當！」

「這麼説，您斷定是他幹的嘍？」

「我看不到甚麼別的解釋。話説回來，我真的相信他不是那種人，就跟相信我自個兒一樣。」

「星期一那天，你們這裏是甚麼時間關的門呢？」

「五點鐘。」

「門是您關的嗎？」

「我一向都是最後一個走的。」

「您走的時候，圖紙在哪兒呢？」

「就在那個保險櫃裏，我親手放進去的。」

「樓裏沒有巡夜的人嗎？」

「有的，可他還得照看其他的幾個部門。巡夜的是個老兵，人品絕對可靠。當晚他甚麼都沒看見，當然嘍，霧也確實非常大。」

「假設卡多甘·威斯特打算在下班之後闖進樓來，他得用上三把鑰匙才能拿到圖紙，對嗎？」

「是的，確實得用上三把鑰匙。樓門鑰匙、辦公室鑰匙，還有保險櫃的鑰匙。」

「只有您和詹姆斯·沃爾特爵士才有這些鑰匙，對嗎？」

「我沒有門鑰匙，只有保險櫃的鑰匙。」

「詹姆斯爵士平常做事有條理嗎？」

「是的，我覺得是有條理的。據我所知，他一直都把那三把鑰匙穿在同一個鑰匙圈上。我看見過很多次。」

「他去倫敦的時候帶上了那個鑰匙圈，對嗎？」

「他是這麼說的。」

「您那把鑰匙從來沒離過手嗎？」

「從來沒有。」

「如此說來，幹壞事的人如果是威斯特的話，他肯定得有仿制的鑰匙。可是，我們並沒有在他的屍體上找到這樣東西。還有一點，你們辦公室的職員想賣圖紙的話，自個兒複製一份豈不是更加簡單，幹嗎要像眼下這樣把原件拿走呢？」

「要想對圖紙進行有效的複製，沒有相當的技術知識是不行的。」

「可是，照我看，詹姆斯爵士也好，您也好，威斯特也好，都應該擁有這樣的技術知識吧？」

「我們當然有，可我得求您一句，福爾摩斯先生，別把我跟這件事情扯在一起。既然你們已經實實在在地在威斯特身上找到了圖紙的原件，咱們的這些揣測還有甚麼意義呢？」

「話是這麼說，這件事情終歸是非常古怪。明明可以平安無事地複製圖紙，同樣可以達到目的，可他竟然要冒險拿走原件。」

「確實古怪，這一點毫無疑問——可他就是這麼幹的。」

「在這件案子當中，調查的每一步都帶來了一些沒法解釋的東西。好啦，咱們來說說那三張不知去向的圖紙吧。據我所知，那三張圖紙至關重要。」

「是的，確實是這樣。」

「您難道是說，有了那三張圖紙就可以造出布魯斯－帕廷頓潛艇，沒有其餘的七張也行嗎？」

「給海軍部寫報告的時候，我就是這麼說的。不過，今天我又研究了一下圖紙，覺得這事情也沒有那麼肯定。已經找回來的一張圖紙上畫着帶有自動調節槽口的雙層閥門，除非那些外國人已經自行發明了這種閥門，否則就造不出這樣的潛艇。當然嘍，他們興許可以在短時間之內解決這道難題。」

「不過，不見了的那三張確實比其餘七張更為重要，對吧？」

「毫無疑問。」

「您不反對的話，我這就打算在你們的辦公室周圍轉一轉。照我看，我要問的問題已經問完了。」

他把保險櫃的鎖和辦公室的門檢查了一遍，最後還檢查了一下鐵鑄的窗板。走上外面的草坪之後，他的興致才變得高昂起來。窗外種着一叢月桂，有幾根枝條帶有扭曲

折斷的痕跡。他用放大鏡仔細地檢查了一下那些枝條，又檢查了一下樹下的地面，地面上有一些模模糊糊的印跡。接下來，他讓那位高級職員合上那些鐵鑄的窗板，跟着就指給我看，窗板的中央並沒有完全合攏，外面的人完全有可能看到辦公室裏的情形。

「咱們來遲了三天，現場的痕跡已經遭到了破壞。這些痕跡可能會有點兒意義，也可能甚麼意義都沒有。好了，華生，依我看，伍利奇已經提供不了甚麼情況了。這邊的收穫只能說是寥寥無幾，看看倫敦的情況會不會好點兒吧。」

不過，離開伍利奇車站之前，我倆又有了一點兒額外的收穫。車站的售票員言之鑿鑿地告訴我倆，他非常熟悉卡多甘·威斯特的模樣，星期一晚上也看見過他，看見他坐八點一刻的火車上倫敦去了，到站是倫敦橋車站。威斯特是一個人來車站的，買的是一張單程的三等客票。當時他顯得非常激動、非常慌張，着實把售票員嚇了一跳。他全身發抖，連找給他的零錢都揀不起來，還得靠售票員幫他的忙。我倆查了查列車時刻表，發現八點十五分的火車是威斯特當晚能夠趕上的第一班火車，因為他七點半左右才跟他的未婚妻分開。

「咱們來設想一下當時的情形吧，華生，」沉默了半個鐘頭之後，福爾摩斯說道。「按我的記憶，咱們合伙辦了這麼多案子，哪一件也不比眼前這件棘手。每往前走一步，咱們看到的都只是一道新的難關。話又說回來，咱們確實取得了顯著的進展。

「咱們在伍利奇查到的種種事實，基本上都對年輕的卡多甘・威斯特不利，不過，窗子邊上的那些痕跡倒是可以佐證一種對他比較有利的說法。舉例說吧，咱們不妨假設，曾經有某個外國間諜跑去找他。間諜找他的時候，多半會讓他發誓保守秘密，所以他不能把這件事情說出來。可是，這樣的事情肯定會讓他產生圖紙被盜的疑慮，所以他才會跟他的未婚妻說那些話。很好，咱們進一步假設，他和那位年輕的女士正在去劇院的路上，突然卻在霧中瞥見了找過他的那個間諜，發現那個間諜正在往他辦公室的方向走。他是個急性子，主意拿得非常快，為了自己的職責，他甚麼都顧不得了。這麼着，他跟着那個間諜走到了辦公室的窗子邊上，看到有人偷走了圖紙，立刻跑去追那個竊賊。原先的說法有個破綻，因為能畫副本的人肯定不會拿原件，有了這種假設，那個破綻就不復存在，因為作案的是個外來人，當然只能拿原件。到這一步為止，這種假設都算得上合情合理。」

「下一步呢？」

「到了下一步，難題就來了。按常理說，遇上這樣的事情，年輕的卡多甘・威斯特首先應該扭住歹徒、報警求援才對。他為甚麼沒有這麼做呢？拿圖紙的難道是某個地位在他之上的官員嗎？如果是的話，威斯特的舉動就可以得到解釋。又或者，情形會不會是那位長官借着大霧甩掉了威斯特，而威斯特剛好知道長官住在倫敦的甚麼地方，所以才立刻趕到長官家裏去攔截呢？當時的情形一定是萬分緊急，因為他讓他的姑娘孤零零地站在大霧裏，完全沒

作任何解釋。到了這一步，咱們的線索就斷了，兩種說法都包含着一個巨大的空白，都解釋不了威斯特的屍體為甚麼會躺在地鐵列車的車頂，兜裏還裝着七張圖紙。按我眼下的直覺，咱們應該從另一頭下手。如果邁克羅夫特已經給咱們送來了名單的話，咱們興許可以從裏面挑出咱們的目標，然後就可以雙管齊下，不用再枯守一隅。」

果不其然，我倆回到貝克街的時候，政府信差加急送來的一封短箋已經等在了那裏。福爾摩斯拿起短箋掃了一眼，跟着就把它扔給了我。

> 小魚小蝦不計其數，敢做這種大買賣的則為數不多。值得注意的只有以下三人：阿道夫·邁爾，住址是西敏寺街區大喬治街 13 號；路易·拉赫梯爾，住址是諾丁山街區坎登大廈；雨果·奧伯斯坦，住址是肯辛頓街區考菲爾德花園 13 號 *。最後一人據知星期一身在本城，另據報告，眼下他已經去了別處。聽說案情已現曙光，甚是高興。內閣正在萬分焦急地等待你的最終報告，最高層也已頒下緊急訓諭。如有需要，本國全部警力都是你的援軍。
>
> 邁克羅夫特

「要我說，」福爾摩斯笑着說道，「在這件事情上，女王陛下的全班人馬恐怕也起不了甚麼作用。」這時候，

---

* 　在《第二塊血跡》當中，說到竊取重要公函的嫌疑人的時候，福爾摩斯曾經說：「只有我剛才說的那三個傢伙有膽子做這麼大的買賣，一個是奧伯斯坦，一個是拉赫梯爾，還有一個是埃杜瓦多·盧卡斯。」

他已經鋪開他那張大幅的倫敦地圖，急不可耐地撲在了地圖上面。「行啦，行啦，」片刻之後，他歡呼一聲，接着說道，「風向終於朝咱們這邊轉了一點兒。沒錯，華生，眼下我打心眼兒裏相信，咱們終歸可以解決這個問題。」他突然間喜不自勝，重重地拍了拍我的肩膀，「我這就準備出門，僅僅是偵察一下而已。身邊沒有我這位可靠的同志兼傳記作者，我絕不會輕舉妄動的。你就在這兒待着，我多半是一兩個鐘頭就會回來。你要是閒得發慌的話，那就拿起紙筆，開始敍寫咱倆拯救國家的事跡吧。」

看到他這麼興高采烈，我自己也很受鼓舞，因為我非常清楚，如果沒有甚麼特別值得高興的理由，他的神態絕不會跟平素的冷峻作派形成這麼大的反差。十一月裏的這個黃昏無比漫長，我一直火急火燎地等待着他的歸來。到最後，九點剛過不久，我終於等來了信差送來的一張便條：

> 正在肯辛頓街區格洛斯特路高迪尼餐廳吃飯，請即刻
> 過來找我，隨身帶上撬棍一根、遮光提燈一盞、鑿子
> 一柄以及左輪手槍一把。

歇 · 福

這真是一套妙不可言的行頭，特別適合一位正派體面的市民攜帶着穿過霧氣瀰漫的昏暗街道。我小心翼翼地把所有這些家什藏在大衣下面，坐着馬車直接趕到了便條裏的那個地點。那是一家花裏胡哨的意大利餐廳，我朋友坐在靠着門的一張小圓桌旁邊。

「你吃過了嗎？那就陪我喝一杯加咖啡的庫拉索酒 *

---

* 庫拉索酒 (curacao) 指一種用酸橙皮調過味的酒，因加勒比海上的

好了。嘗一支餐廳老闆的雪茄吧，味道倒也不像大家想的那麼差。工具帶來了嗎？」

「帶來了，就在我大衣下面。」

「好極了。我這就給你簡單說說我都幹了些甚麼，再說說咱們接下來要幹的事情。華生，眼下你肯定非常清楚，這個小伙子的屍體是被人**擱**在車頂的。這一點早已一目瞭然，因為我早已確定，他是從車頂掉下來的，並不是車廂裏。」

「屍體就不可能是從某座橋上掉下來的嗎？」

「依我看就是不可能。看一看那些列車的車頂，你就會發現它們略呈拱形，邊上又沒有欄杆。由此看來，咱們可以十拿九穩地斷定，年輕的卡多甘·威斯特被人擱在了車頂。」

「怎麼擱得上去呢？」

「這原本是擺在咱們面前的一道難題。要把屍體擱上去，辦法只有一種。你應該知道，在西區 * 的一些地方，地鐵是在敞開的地面行駛的。我模模糊糊地記得，坐地鐵的時候，偶爾能看見一些人家的窗子就開在只比我的頭頂高一點點的地方。好了，假設有一列地鐵剛好停在了這樣的一扇窗子下方，把屍體擱到車頂又有甚麼難度呢？」

「這種情形似乎匪夷所思。」

同名島嶼而得名。

* 西區 (West End) 是緊貼倫敦故城西側的一片區域，具體範圍因時代和使用語境不同而有差異。貝克街在西區範圍之內，當時就有地鐵站，不過，整個系列當中提及福爾摩斯坐地鐵的次數十分有限。

「咱們必須遵循那條古老的公理，也就是説，如果其他的情形都不成立，剩下的一種情形就必然是事實，不管它到底是甚麼，也不管它有多麼匪夷所思。眼下呢，其他的情形**確實是**都不成立。出門之前，我發現那個剛剛離開倫敦的頭號國際特工正好住在一排緊鄰地鐵線的房子當中，一下子高興得有點兒得意忘形，還讓你小小地吃了一驚哩。」

「哦，當時你是為這個高興啊，是嗎？」

「是的，就為這個。從那時開始，住在考菲爾德花園13號的雨果・奧伯斯坦先生就變成了我的目標。我首先從格洛斯特路地鐵站下手，一位非常熱心的鐵路官員陪伴我沿着鐵軌走了一陣，由此我不光確證了一個事實，考菲爾德花園住宅的那些後窗的確是開在地鐵線上，還確證了一個更加重要的事實，也就是説，那地方是地鐵線與一條鐵路幹線的交會點，地鐵列車經常都會在那裏一動不動地停幾分鐘。」

「妙極了，福爾摩斯！你已經找到了答案！」

「僅此而已──僅此而已，華生。咱們雖然取得了進展，目標卻依然遠在天邊。是這樣，看完考菲爾德花園的背面之後，我又去看了看它的正面，然後就發現，那地方的確已經鳥去巢空。那座房子相當大，上層的房間據我看是沒有甚麼陳設。奧伯斯坦住在那裏，同住的只有一名貼身男僕，男僕多半是他的心腹同伙。咱們得記住一個事實，也就是説，奧伯斯坦雖然是到歐洲大陸銷贓去了，但卻並沒有逃跑的念頭，因為他完全沒有理由擔心，法院會下令逮捕他，更不會想到，他的住所將會遭到一名業餘偵

探的搜查。然而,咱們接下來要幹的事情,正是去搜查他的住所。」

「咱們幹嗎不去申請一張搜查令,按合法的程序來辦呢?」

「就憑現有的證據,搜查令是申請不到的。」

「他的住所裏能有甚麼呢?」

「興許會有一些信函,具體內容倒不好說。」

「這種事情我不愛幹,福爾摩斯。」

「親愛的伙計,你在街上把風就行了,犯法的事情我來幹。眼下可不是講究小節的時候。你好好想想,想想邁克羅夫特寫來的那張便條,想想海軍部,想想內閣,再想想那個等着聽信兒的尊貴人物吧。咱們只能這麼幹。」

我的回答是起身離席。

「你說得對,福爾摩斯,咱們只能這麼幹。」

他一躍而起,握住了我的手。

「我就知道你不會臨陣退縮,」他這麼說了一句。有那麼一瞬間,我在他的眼睛裏看到了一種空前接近溫情的東西。一眨眼的工夫,他又恢復了那副冷靜務實的主子面目。

「那地方離這兒差不多有半英里,不過咱們用不着着急,走過去就行了,」他說道。「注意啊,千萬別讓工具掉出來。你要是被警察當成可疑人物抓起來的話,咱們可就倒霉透了。」

考菲爾德花園是一排帶有柱廊的房子,外觀樸素,這樣的房子在維多利亞時代中期*的倫敦西區比比皆是。隔

---

* 　維多利亞時代即維多利亞女王 (Queen Victoria, 1819–1901) 執政的

壁的人家似乎正在舉辦兒童晚會，夜空裏回蕩着稚嫩的歡聲笑語和鋼琴的叮咚聲響。大霧仍然瀰漫四周，為我倆提供了成人之美的遮蔽。福爾摩斯已經點起了提燈，衝着那扇巨大的門照了照。

「這個問題相當嚴重，」他說道。「毫無疑問，這道門不光落了鎖，而且上了閂。窗井 * 可能更適合咱們。萬一有哪個熱心過頭的警察跑來干預的話，那下面還有一道非常隱蔽的拱廊。幫我一把，華生，等下我再幫你。」

一分鐘之後，我倆都下到了窗井底部。我倆剛剛走到暗處，頭頂的霧氣之中就傳來了一名警察的腳步聲。等那陣節奏舒緩的腳步聲遠去之後，福爾摩斯便開始鼓搗地下室的門。我看見他佝僂着身子使勁兒撬門，最後就聽見一聲脆響，門一下子開了。我倆立刻衝進黑暗的過道，隨手關上了門。福爾摩斯一馬當先，順着沒鋪地毯的曲折樓梯往上爬，手裏的提燈投出了黃色的扇形光斑 †。到最後，小小的光斑落在了一扇低矮的窗子上。

「就是這兒，華生——這一定是咱們要找的那扇窗子。」他推開窗子，我倆的耳邊立刻響起了一陣低沉粗礪的轟鳴，轟鳴聲越來越大，最後就變成了響亮的嘶吼，一

時代，即 1837 至 1901 年，該時代是英國歷史上最強盛的時代；這個故事發生的時候 (1895)，維多利亞女王仍然在世，從故事發表的年代 (1908) 來看，可以使用「維多利亞時代」這個歷史名詞。

* 窗井是指地下室或者半地下室牆外的井狀結構，用途是改善地下室的光照和通風條件。窗井上沿與房屋底樓地面平齊，四周通常圍有欄杆。

† 如前文所述，福爾摩斯吩咐華生帶來的是一盞遮光提燈 (dark lantern)，這種提燈帶有遮光的擋板，有的還帶有聚光的透鏡，所以能夠投出扇形的光斑。

列地鐵從外面的黑暗之中飛馳而過。福爾摩斯用提燈順着窗台照了一遍，過路的列車使得窗台上積起了一層厚厚的煤灰，與此同時，漆黑的煤灰上留有幾處蹭擦的痕跡。

「瞧，他們就是從這裏把屍體放下去的。嘿，華生！瞧瞧這是甚麼？毫無疑問，這是一道血跡。」他指着木頭窗框上一溜暗淡的色斑説道。「喏，樓梯的石板上也有血跡。問題已經得到了充分的驗證。咱們在這兒等一會兒，看到有地鐵停下來再走。」

我倆並沒有等待太長的時間，因為下一列地鐵很快就嘶吼着衝出了隧道，跟之前那列一樣。不過，剛剛進入敞開的地面，它立刻慢了下來。只聽得一陣嘎吱嘎吱的刹車聲，它停在了我倆的正下方，車頂離窗台還不到四英尺。福爾摩斯輕輕地關上了窗子。

「到目前為止，咱們的推測都得到了證實，」他説道。「你覺得怎麼樣，華生？」

「絕對是大師手筆，可説是你的巔峰之作。」

「這我可不能同意。從我想到屍體本來是在車頂的那一刻開始，後面的一切就都變成了自然而然的尋常事情，更何況，屍體在車頂的想法也算不上甚麼特別奧妙的東西。要不是干連重大的話，到目前為止的所有事情都只能算是小菜一碟。眼前的難題仍然沒有解決，不過，咱們興許能在這裏找到一些幫得上忙的東西。」

説話間，我倆已經攀上廚房的樓梯，走進了二樓的套房。套房包括一間餐廳，餐廳裏裝潢樸素，沒有甚麼值得注意的東西，還有一間臥室，同樣沒有帶來甚麼收穫。剩

下的一間似乎希望比較大，我同伴在這裏展開了系統性的搜查。房間裏堆着不少書籍和文件，顯而易見，這個房間承擔着書房的職能。福爾摩斯有條不紊地迅速翻查了一個又一個抽屜、一隻又一隻櫥櫃，嚴峻的臉龐卻始終不曾閃出有所發現的喜悅神采。時間已經過去了一個鐘頭，他的工作依然毫無進展。

「這條狡猾的野狗已經抹掉了自個兒的爪印，」他說道。「沒有留下任何罪證。他要麼是毀掉了那些暴露罪行的信函，要麼就是把它們轉移到了別的地方。唔，這就是咱們的最後希望。」

他說的是擺在書桌上的一個馬口鐵小錢箱。接下來，他用鑿子撬開了錢箱，裏面有幾卷紙，紙上寫滿了符號和計算公式，但卻沒有任何說明，不知道到底是甚麼含義。「水壓」和「平方英寸壓力」這兩個字眼兒一再出現，說明它們可能跟潛艇有點兒關係。福爾摩斯不勝其煩地把那些東西扔到了一邊，錢箱裏只剩了一個信封，信封裏裝着幾張小小的剪報。他把那些剪報抖在了桌子上，面容立刻變得十分熱切，顯然是看到了希望的曙光。

「這是甚麼，華生？嗯？這是甚麼？這些東西記錄的是一連串通過報紙啟事發出的訊息。從紙張和字體來看，這應該是從《每日電訊報》的私人啟事欄裏剪下來的，本來是在報紙某一頁的右上角*。這些啟事沒有日期——還好，訊息本身已經表明了它們的次序。這肯定是第一則：

---

* 《巴斯克維爾的獵犬》當中也有福爾摩斯通過字體辨認剪報來源的記述，可以參看。

切盼盡早回覆。同意貴方條件。請按名片地址函復詳情。

皮耶羅

「下面一則是：

事體複雜，大致描述不敷應用。須有完整報告。錢款備妥，交貨即得。

皮耶羅

「再下面一則是：

事態緊急。貴方若不履約，我方只得撤回報價。請函告約會安排，確認請見啟事。

皮耶羅

「最後一則：

週一晚間九點之後。叩門兩聲。僅限你我二人。不必多慮。現款交易，見貨即付。

皮耶羅

「這份記錄還挺完整的嘛，華生！要是能逮到另一頭的那個傢伙就好了！」他坐在那裏陷入了沉思，手指不停地敲着桌子。過了一會兒，他終於一躍而起。

「呃，說到底，那個傢伙興許也不是那麼難逮。這裏已經沒甚麼可幹的了，華生。依我看，咱們應該坐車去一趟《每日電訊報》的辦公室，以此結束這一天的辛苦工作。」

第二天早飯之後，邁克羅夫特·福爾摩斯和雷斯垂德應約前來，福爾摩斯把前一天的工作給他倆講了一遍。聽了我倆自承不諱的夜盜行為，這位專業偵探開始大搖其頭。

「我們這些當警察的可幹不了這種事情，福爾摩斯先生，」他說道。「怪不得你的成績比我們大呢。不過，早晚有一天你會做過了頭，給你和你的朋友惹上麻煩。」

「為了英格蘭，為了家鄉，為了美麗的姑娘＊——對吧，華生？為了祖國，殺身成仁何足道哉。好啦，你覺得我倆幹得怎麼樣，邁克羅夫特？」

「好極了，歇洛克！妙極了！不過，你打算怎麼利用這些成果呢？」

福爾摩斯拿起了桌上的《每日電訊報》。

「皮耶羅今天又登了啟事，你看見了嗎？」

「甚麼？又有一則嗎？」

「是啊，啟事是這樣的：

今夜。同一時間。同一地點。叩門兩聲。事情至為緊要。關係貴方安危。

皮耶羅

「我的天！」雷斯垂德叫道。「如果他應約上門的話，咱們肯定能逮到他！」

「登這則啟事的時候，我就是這麼想的。依我看，今晚八點左右，你們倆如果能騰出工夫跟我倆去一趟考菲爾

＊　這句話原文是「For England, home and beauty」，據說是英國海軍傳統的祝酒辭，也見於英國歌劇男高音約翰・布拉厄姆 (John Braham, 1774？–1856) 為歌劇《美國人》(*The Americans*, 1811) 創作的歌曲《納爾遜之死》(*The Death of Nelson*)，詞作者是英國劇作家薩繆爾・阿諾德 (Samuel James Arnold, 1774–1852)。納爾遜是英國著名的海軍英雄，歌曲敘述的是他在特拉法爾加海戰 (1805) 當中陣亡的史實。這一句英文意義含糊，譯文係參照《納爾遜之死》歌詞而得，因為這一句之前的歌詞講到英國海軍勇猛進攻，「忘記家鄉，忘記美麗的姑娘」(Nor thought of home or beauty)。

德花園的話，咱們沒準兒能離問題的答案近一點兒呢。」

　　一旦確信工作已經告一段落，歇洛克·福爾摩斯就可以徹底放下工作的重擔，把全部的思緒轉向那些更加輕鬆愉快的事情，這是他最不尋常的特質之一。如今我依然記得，在那個值得紀念的日子裏，他整天都在埋頭撰寫一篇論文，主題則是拉敘斯的複調聖歌 *。我呢，壓根兒就沒有他這種超然物外的本事，自然是覺得這一天無比漫長。這個問題牽涉到重大的國家利益，政府高層憂心如焚，我們又即將與對手短兵相接，所有這些情況都壓迫着我的神經。到最後，我倆終於在一頓簡單的晚餐之後踏上征程，這才讓我覺得如釋重負。按照事先的約定，我倆在格洛斯特路地鐵站的門口見到了雷斯垂德和邁克羅夫特。昨晚離開的時候，我倆並沒有把奧伯斯坦住所的地下室入口鎖起來，即便如此，眼下我還是不得不先進去把房子的大門打開，因為邁克羅夫特·福爾摩斯毅然決然、義憤填膺地拒絕翻越欄杆 †。九點鐘的時候，我們都已經坐進了那間書房，耐心地等待着我們的目標。

　　一個鐘頭過去了，接下來又是一個鐘頭。教堂的大鐘敲十一點的時候，節奏整齊的鐘聲似乎是在為我們的希望報喪。雷斯垂德和邁克羅夫特在椅子上扭來扭去，一分鐘

---

* 　拉敘斯 (Orlande de Lassus, 1532 ？ –1594) 出生於今天的比利時，為十六世紀晚期歐洲最重要的音樂家之一，也是當時複調音樂的代表人物；本故事開篇說福爾摩斯培養起了對中世紀音樂的愛好，此處可為對應。

† 　如前文注釋所說，窗井四周通常圍有欄杆。

就要看兩次錶。福爾摩斯平靜地坐在那裏，一聲不吭、眼睛半閉，所有的感官卻保持着高度的警惕。突然之間，他猛地抬起了頭。

「他來了，」他說道。

之前有一陣鬼鬼祟祟的腳步從門口經過，眼下又折了回來。門外傳來一陣拖拖沓沓的腳步聲，緊接着，門環在門上叩出了兩記清脆的聲響。福爾摩斯站起身來，示意我們坐着不動。門廳裏的煤氣燈只留了一點微弱的火光。他打開大門，把一個黑黢黢的身影從自己身邊讓了過去，跟着就關上門，上了門閂。「走這邊！」我們聽見福爾摩斯說了一句。轉眼之間，目標已經站在了我們的眼前，福爾摩斯緊緊地跟在他的身後。接下來，那個人發出一聲警覺的驚叫，轉身就跑，福爾摩斯立刻抓住他的衣領，把他揉回了書房裏。沒等我們的犯人站穩，書房的門已經關了起來，福爾摩斯也背靠書房的門站定了。那個人瞪着眼睛四下張望了一番，跟蹌幾步，跟着就栽倒在地，失去了知覺。撞到地板的時候，那人的寬邊禮帽從頭上滾了下來，捂在嘴上的圍巾也滑了開去，呈現在我們眼前的是瓦倫丁·沃爾特上校那部淺色的長髯，還有他那副柔和精緻的俊秀面容。

福爾摩斯驚訝地吹了一聲口哨。

「這一回，你完全可以把我寫成一頭蠢驢，華生，」他說道。「我打算捉的可不是這隻鳥 *。」

「他是誰啊？」邁克羅夫特迫不及待地問道。

---

* 福爾摩斯這麼說，可能是因為他本來以為罪犯是西德尼·約翰遜。

「已故潛艇部門主管詹姆斯・沃爾特爵士的弟弟。沒錯，沒錯，我明白這是怎麼回事了。他就要醒過來了。依我看，盤問他的工作最好交給我。」

之前我們已經把那具癱軟的軀體抬到了沙發上，到這會兒，我們的犯人坐了起來，神色驚惶地四下看了看，一隻手捂住了額頭，似乎是不敢相信自個兒的知覺。

「這是怎麼回事？」他問道。「我是來拜訪奧伯斯坦先生的。」

「我們甚麼都知道了，沃爾特上校，」福爾摩斯說道。「我完全無法想像，一位英國紳士怎麼能幹出這樣的事情。不過，我們已經掌握了你跟奧伯斯坦的關係和通信詳情，也掌握了年輕的卡多甘・威斯特遇害的經過。眼下我建議你懺悔罪行、從實招來，好歹為自己挽回一點兒局面，因為我們還有一些細節不太清楚，只能聽你自個兒說。」

這個人哀嘆一聲，用雙手捂住了臉。我們靜靜等待，可他還是一言不發。

「實話告訴你，」福爾摩斯說道，「基本的情況已經非常清楚。我們知道你迫切地需要錢，知道你複製了你哥哥掌管的鑰匙，也知道你跟奧伯斯坦通信，而他通過《每日電訊報》的啟事專欄來答覆你。我們還知道，星期一晚間，你借着大霧的掩護去了辦公室，可你沒想到，年輕的卡多甘・威斯特看見了你，而且跟在了你的後面，因為你多半是早就引起了他的疑心。他看見了你偷圖紙，但卻沒法當場報警，怕的是萬一你這是要把圖紙送來倫敦、送到

你哥哥那裏去。作為一位正直的好公民，他置所有的個人得失於不顧，在大霧之中緊緊地跟着你，一直跟到了這座房子裏面。到了這裏，他出手干預，你呢，沃爾特上校，叛國之外，你又給自個兒攬上了更加可怕的謀殺罪名。」

「我沒有！我沒有！老天在上，我發誓我沒有殺他！」慘狀可鄙的犯人叫了起來。

「那你倒是說說，被你們攔到地鐵車頂之前，卡多甘‧威斯特是怎麼死的。」

「我說，我發誓我馬上就說。其他的事情確實是我幹的，我全都承認。事情跟您說的一樣，我在股市上欠了債，迫切地需要錢，奧伯斯坦開出了五千鎊的價碼，我這是為了逃脫身敗名裂的結局。不過，說到殺人的事情，我跟你們幾位一樣無辜。」

「那麼，到底是怎麼回事呢？」

「威斯特一早就起了疑心，所以就跟在了我的後面，跟您說的一樣。我一直走到了這座房子的門口，始終沒發現他在盯我的梢。當時霧很大，三碼之外就看不見東西。我敲了兩下門，奧伯斯坦出來給我開門，那個小伙子衝了上來，質問我倆打算把那些圖紙怎麼樣。奧伯斯坦有一根短短的防身手杖 *，時刻都帶在身上。威斯特跟着我倆闖進房子之後，奧伯斯坦就用手杖照他的腦袋來了一下。這一下足以致命，他不到五分鐘就死了。他就那麼躺在門廳裏，我倆不知道如何是好。接下來，奧伯斯坦想到了他的

---

* 　防身手杖 (life-preserver) 英文字面與「救生用具」相同，是一種用於自衛的短手杖，通常比較沉重。

後窗，想到列車經常會停在窗子下面。不過，搬運屍體之前，他先檢查了一下我帶去的那些圖紙。檢查完之後，他跟我說，他必須拿走其中的三張圖紙，因為那三張尤其重要。『你不能拿走，』我說。『不還回去的話，伍利奇那邊會鬧翻天的。』『我必須拿走，』他說，『因為這些圖紙太複雜，我來不及進行複製。』『那我也沒辦法，今晚就得把所有的圖紙一起還回去，』我說。他想了一會兒，然後就大叫一聲，說他有了一個主意。『我拿三張，』他說，『其餘的就塞到這個小伙子的口袋裏。等他們找到屍體的時候，肯定會把所有的事情算到他的頭上。』我看不到甚麼別的出路，我倆就照他說的做了。我倆在窗邊等了半個小時，終於有一列地鐵停了下來。外面的霧很大，不用怕別人看見，我倆沒費甚麼周折就把威斯特的屍體擱到了車頂。我知道的只有這些，別的我就不知道了。」

「你哥哥呢？」

「他甚麼話也沒說，可他有一次看見了我擺弄他的鑰匙，所以我想，他應該是起了疑心。看他的眼神，他確實是起了疑心。你們也知道，從那以後，他再也沒有抬起頭來。」

房間裏鴉雀無聲。到最後，邁克羅夫特·福爾摩斯打破了沉默。

「你能不能做點兒補救呢？借此減輕你良心上的包袱，沒準兒還可以減輕你的刑罰。」

「我還能做甚麼補救呢？」

「奧伯斯坦拿着圖紙上哪兒去了呢？」

「我不知道。」

「他沒給你留地址嗎？」

「他說可以把信寫到巴黎的盧浮宮酒店＊，會有人轉交給他。」

「如此說來，你還有補救的機會，」歇洛克·福爾摩斯說道。

「我願意盡我所能。我不欠這個傢伙甚麼人情，他毀了我，弄得我身敗名裂。」

「喏，這裏有紙和筆。坐到桌子這兒來，我念你寫。先按他給你的地址把信封寫好。行了。下面就開始寫信：

親愛的先生：

關於你我的交易，想必你已經發現，材料當中缺少一個至關重要的細節。我已經描好了一張圖，可以彌補這個缺陷。不過，鑑於我為此付出了額外的代價，我必須要求你額外支付五百鎊的酬金。我不能把這麼重要的東西託付給郵局，也不能接受黃金和紙鈔之外的付款方式。我本來可以去國外找你，可我要是現在出國的話，肯定會引起旁人的議論。有鑑於此，我希望你在週六中午到查林十字酒店†的吸煙室來找我。請你務必謹記，我只能接受英國的鈔票，要不然就是黃金。

＊　盧浮宮酒店 (Hotel du Louvre) 真實存在，於 1855 年開業，就在盧浮宮附近。

†　查林十字酒店 (Charing Cross Hotel) 也是真實存在，在倫敦市中心的查林十字車站附近。

「這樣就十分妥帖了。看了這封信，咱們的目標不上鉤才怪哩。」

目標確實上了鉤！歷史的真實是——我說的是一個國家的秘史，它往往會比那些公開的記錄親切得多也有趣得多——急於完成畢生偉業的奧伯斯坦直奔誘餌而來，跟着就在英國的監獄裏踏踏實實地待了十五年。警方在他的行囊裏找到了那三張價值無可估量的布魯斯－帕廷頓圖紙，落網之前，他已經把它們變成了拍賣商品，邀請歐洲大陸所有的海軍強國參與競價。

刑期第二年的末尾，沃爾特上校死在了監獄裏。福爾摩斯嘛，他又一次精神抖擻地拿起了紙筆，繼續撰寫他那篇關於拉敍斯複調聖歌的論文。那篇論文現已在私人圈子之中付梓流傳，按照各位專家的看法，它是這個問題的蓋棺論定之作。結案幾個星期之後，我偶然得知我朋友去溫莎鎮 * 待了一天，回來的時候還捎上了一枚精美異常的翡翠領針。我問他領針是不是買的，他回答說，領針是一位特別大方的女士送的，因為他曾經適逢其會，幫那位女士辦過一件小小的事情。他沒有再往下說，可我倒是覺得，我應該猜得出那位女士的尊貴姓名，同時我也絕不懷疑，那枚翡翠領針將會成為一個永遠的留念，時時喚起我朋友對於布魯斯－帕廷頓圖紙一案的回憶。

---

* 溫莎鎮 (Windsor) 是英格蘭伯克郡的一個鎮子，東距倫敦約 35 公里，英國在位君主的府邸溫莎堡 (Windsor Castle) 即在該鎮。

垂死的偵探

　　身為歇洛克‧福爾摩斯的房東，哈德森太太堪稱堅忍卓絕，這不光因為她那套二樓公寓隨時都會迎來一群又一群稀奇古怪甚或令人不快的訪客，還因為她那個非凡的房客行止怪異、作息無常，想必對她的耐性形成了極大的考驗。他邋遢得讓人不敢相信，總是在非同一般的鐘點滿足自己的音樂嗜好，時不時地在屋裏練習槍法＊，經常進行各種莫名其妙往往還臭氣熏天的科學實驗，身邊又總是充斥着暴力和危險的氣氛，凡此種種，都使他成為了全倫敦最為惡劣的房客。另一方面，他支付的租金倒是相當可觀。毫無疑問，在我跟福爾摩斯相處的那些年裏，他付的租金已經足夠買下整座房子了。

　　哈德森太太對他極其敬畏，從來不敢干預他的事情，不管他的舉動是多麼地讓人忍無可忍。另一方面，她也很喜歡他，因為他在女人面前總是表現得格外地溫文爾雅、彬彬有禮。他對女人既不喜歡也不信任，可他雖然反對女人，但卻從來不會欠缺紳士風度。我結婚之後的第二年†，哈德森太太跑到了我的家裏，跟我訴說我那個可憐

＊　這篇故事首次發表於 1913 年 12 月；在屋裏練槍法的事情可參見
　　《馬斯格雷夫典禮》的開篇部分。

†　《四簽名》當中的故事發生在 1887 年，華生在故事末尾說他即將
　　與莫斯坦小姐結婚，據此推算，這個故事發生的時間應該是 1888

的朋友病成了怎樣的一副慘相。我知道她對我朋友的感情十分真摯，因此就聽得格外認真。

「他要死了，華生醫生，」她說道。「前面這三天，他的狀況越來越糟，我怕他是捱不過今天啦。他死活不准我去請醫生。今天早上，他用他那雙又大又亮的眼睛盯着我，骨頭都從臉上支了出來，看見他那副模樣，我實在是受不了啦。『您准也好，不准也好，福爾摩斯先生，我這就要請醫生去了，』我跟他說。『要請就請華生吧，』他告訴我。先生，我要是您的話，我肯定馬上就去，一個鐘頭都不耽擱，晚了的話，您可能見不到他活着啦。」

我完全沒聽說他生病的事情，自然是嚇得不輕。不用說，我急急忙忙地撲向了我的外套和帽子。跟哈德森太太一起上車之後，我才開始打聽詳細的病情。

「我也說不出甚麼名堂來，先生。之前他一直在羅瑟海茲 * 那邊辦一件案子，在河邊的一條小巷裏，回來的時候已經染上了這種病。從星期三下午開始，到現在已經三天了，他一直臥床不起、水米不進。」

「我的天！你為甚麼不找醫生呢？」

「他不讓啊，先生。您又不是不知道，他這個人是多麼地專橫。我可不敢違抗他的命令。不過，他在這世上的日子長不了啦，等下您看見了他，您也會這麼想的。」

他的模樣的確是慘不忍睹。這是十一月裏一個霧濛濛

年或者 1889 年。

* 羅瑟海茲 (Rotherhithe) 是倫敦東南部的一片區域，位於泰晤士河南岸，在倫敦港區範圍之內。

的日子，昏暗的天光把病人的房間映得格外陰鬱，然而，真正讓我心裏一涼的還是從床上直瞪着我的那張憔悴枯槁的面孔。他的眼睛燒得精光閃亮，雙頰都泛着熱病的紅暈，嘴唇上起了一層黑乎乎的硬殼，搭在被單上的枯瘦雙手不停地抽搐，說起話來聲音嘶啞、斷斷續續。我走進房間的時候，他有氣無力地躺在那裏，眼裏卻閃出了一點光芒，看樣子是認出了我。

「唉，華生，咱們好像是時運不濟啊，」他的聲音十分虛弱，多多少少卻仍然帶有平素的那種調侃味道。

「親愛的伙計！」我大叫一聲，朝他走了過去。

「別動！站那兒別動！」他用的是那種不容分說的命令口吻，以前我只有在危急關頭才聽見過。「你要是靠近我的話，華生，我就要趕你出去啦。」

「為甚麼啊？」

「因為我想這樣，不行嗎？」

沒錯，哈德森太太說得沒錯，眼下的他比以前還要專橫。話又說回來，他那副油盡燈枯的模樣着實讓人痛心。

「我只是想幫你啊，」我分辨了一句。

「可不是嘛！你要想幫我，最好的方法就是按我說的做。」

「好吧，福爾摩斯。」

他嚴厲的神色有所緩和。

「你沒生氣吧？」他問道，艱難地喘着粗氣。

可憐的傢伙啊，看到他這麼痛苦萬狀地躺在我的面前，我怎麼可能生氣呢？

「我也是為了你好，華生，」他嘶聲說道。

「為了**我**好？」

「我知道自個兒是怎麼回事。這是從蘇門答臘傳過來的一種病，原本在那些苦力當中流行，荷蘭人比我們更了解這種病 *，可他們到現在也拿它沒甚麼辦法。可以確定的只有一件事情，那就是它一準兒會要人的命，傳染性也強得嚇人。」

到這會兒，他說話的時候已經帶上了一種熱病的亢奮。他舉起抖抖索索的瘦長雙手，示意我離他遠點兒。

「碰上就會傳染，華生——真的，碰上就傳染。你得保持距離，這樣才不會有事。」

「天哪，福爾摩斯！難道你認為我會考慮這種事情，哪怕是一閃念嗎？就算我眼前的是個陌生人，我也不會有這種念頭。難道你認為，我會被這種念頭嚇住、不對我多年的老友盡醫生的責任嗎？」

我又一次舉步向前，可他怒不可遏地瞪着我，我只好停住了腳步。

「你站在那兒別動，我才會跟你說話。你要是不肯，那你就只能出去。」

我對福爾摩斯的非凡本領佩服得五體投地，從來都是順着他的意思辦，哪怕是在我完全莫名其妙的時候。可是，眼下的情形激發了我所有的職業本能。換作是其他任何地方，他都可以做我的主子，到了病房裏，他怎麼也得聽我的。

---

* 蘇門答臘當時是荷蘭的殖民地，故有此說。

「福爾摩斯，」我說道，「你已經做不了自個兒的主啦。病人只能當小孩兒看，我也只能當你是個小孩兒。你願意也好，不願意也好，我都要檢查一下你的症狀，然後對症施治。」

他用惡毒的眼神看着我。

「如果我非得攤上一個醫生的話，至少也得是個我信得過的醫生，」他說道。

「你是說你信不過我嗎？」

「你的友情我當然信得過，可是華生，事實終歸是事實，你不過是個全科醫生，經驗十分有限，資歷也普普通通。這些話我實在是說不出口，可你讓我別無選擇。」

我受到了極大的傷害。

「這種話可不該從你的嘴裏說出來，福爾摩斯。依我看，這些話充分地說明了你眼下的精神狀況。不過，你要是信不過我，我也不會把我的服務強加給你。我這就去請傑斯帕·米克爵士，或者是彭羅斯·費希爾，或者是其他哪個倫敦名醫。可你**必須得**有個醫生，這一點沒有商量的餘地。你要是認為我會乾站在這兒，自己見死不救，也不請人來救你，那你就冤枉你的朋友啦。」

「你固然是一片好心，華生，」病人說道，聲音又像是嗚咽、又像是呻吟。「你自個兒的無知還需要我來提醒嗎？請問，你對打巴奴里熱病了解多少呢？對福摩薩黑腐病又有多少了解呢？*」

---

* 打巴奴里 (Tapanuli) 是蘇門答臘島北部的一個地區；福摩薩 (Formosa) 是葡萄牙水手對台灣島的舊稱；這兩種病都是作者的虛構。

「我從來沒聽說過這兩種病。」

「在東方，有許多疫病、許多稀奇古怪的病原，華生。」每說一句話，他就得停下來緩一口氣。「最近我搞了一些醫藥犯罪方面的研究，增長了很多見識。這個病就是在研究過程當中染上的，你想幫也幫不了。」

「興許是幫不了吧，可我剛好知道，安斯特雷醫生眼下就在倫敦，他可是當今世上的熱帶病權威呢。隨便你怎麼抗議也沒有用，福爾摩斯，我這就去請他來。」說到這裏，我轉過身去，斬釘截鐵地走向門口。

再沒有比這更讓我驚駭的事情了！電光石火之間，垂死的病人一個虎撲，擋在了我的身前。緊接着，我聽見了鑰匙轉動門鎖的清脆聲響。一眨眼的工夫，他已經搖搖晃晃地回到了床上，大口大口地喘着粗氣，顯然是為這次驚天動地的突然爆發耗盡了全部的氣力。

「你總不會來強搶我的鑰匙吧，華生，我已經困住你啦，老兄。眼下你待在這兒，接下來也只能待在這兒，除非我放你出去。不過，我會遂你的願的。」（他這些話幾乎是一字一頓，伴隨着無比艱難的喘息聲。）「你一心為了我好，這一點我當然是非常清楚。你會如願以償的，可你得給我一點兒時間，讓我養養精神。現在不行，華生，現在可不行。眼下是四點鐘，六點鐘你就可以走了。」

「你這可真是瘋了，福爾摩斯。」

「不過是兩個鐘頭而已，華生。我跟你保證，六點鐘就放你走。你願意等嗎？」

「看樣子，我並沒有甚麼別的選擇。」

「絕對沒有，華生。謝謝你，我自個兒能夠整理床單，不需要甚麼幫手。麻煩你保持距離。好了，華生，我還要提一個條件。等下你可以去求助，可你不能去找你說的那個人，只能去找我選的那一個。」

「沒問題。」

「華生，自打你走進房間之後，就這三個字算是明白話。那邊有幾本書，你可以翻一翻。我真是有點兒筋疲力盡啦。我倒想知道，如果一個電池非得讓一塊絕緣體通上電的話，電池會是甚麼樣的感覺呢？六點鐘，華生，六點鐘咱們再談。」

不過，再談的時間注定要大大提前，等不到六點鐘，再談的由頭也讓我大吃一驚，驚駭的程度絕不亞於我看到他撲到門邊的那一刻。在此之前，我在原地站了幾分鐘，看着床上那個無聲無息的身影。他的臉幾乎完全藏到了被單下面，看樣子是睡着了。我沒法安下心來看書，接下來就在房間裏慢慢轉悠，打量那些琳瑯四壁的圖片，上面全都是些臭名昭著的罪犯。到最後，我不知不覺地晃蕩到了壁爐台跟前。壁爐台上擺滿了亂七八糟的東西，其中包括一堆煙斗、幾隻煙草袋子、幾個注射器、幾把小刀、幾顆左輪手槍子彈，如此等等。這些東西當中有一個帶滑蓋的小盒子，盒子黑白相間，象牙材質，看起來非常精緻。我伸手把它拿了起來，正打算好好欣賞一下，突然之間——

他發出了一聲十分可怕的叫喊，聲音大得連街上的人都能聽見。聽到這聲恐怖的尖叫，我一下子全身發冷，頭髮都豎了起來。我趕緊轉過身去，立刻瞥見了一張扭曲的

面孔和一雙狂亂的眼睛。我拿着那個小盒子站在原地，一時間動彈不得。

「把它放下！放下，立刻放下，華生——立刻放下，聽見沒有！」等我把盒子放回壁爐台上之後，他才把腦袋重新攔到枕頭上，如釋重負地吁了一口氣。「我最討厭別人碰我的東西，華生。我討厭這樣，這你是知道的。你這麼折騰我，簡直讓我忍無可忍。虧你還是個醫生，像你這樣，病人非被你逼進瘋人院不可。快坐下，伙計，讓我消停消停吧！」

這件事情弄得我難受極了。他先是無緣無故地狂喊亂叫，跟着又一反平日的溫文作派，說了這麼一通蠻不講理的話，讓我知道他的心智紊亂到了何種程度。世上的災禍萬種千般，高貴心靈的毀滅最是讓人哀嘆。接下來，我默默地坐在那裏，滿心黯然，就這麼捱過了剩下的時間。看樣子，他跟我一樣，也在密切留意鐘上的時間。六點剛到，他立刻打開了話匣子，神態跟先前一樣亢奮狂躁。

「好啦，華生，」他說道。「你兜裏有零錢嗎？」

「有。」

「有銀幣嗎？」

「多得很。」

「半克朗*的有多少？」

「五個。」

「哎呀，太少啦！太少啦！你可真是倒霉，華生！不過，雖然只有這麼點兒，你還是把它們揣到你的錶袋裏

---

* 　克朗為英國舊幣，1 克朗等於 5 先令，即 1/4 英鎊。

吧。然後呢，你就把剩下的錢全都揣進左邊的褲兜。謝謝你。這樣的話，你身體的平衡就會好得多的。」

這已經完全是胡言亂語了。他身子一抖，再一次發出了又像咳嗽又像嗚咽的聲音。

「你去把煤氣燈點上吧，華生，可你千萬小心，絕不能讓燈的亮度超過平常的一半，有一秒鐘超過了都不行。我求你務必小心，華生。謝謝你，這樣正好。不，不用把百葉簾放下來。好了，麻煩你把一些信和報紙放到這張桌子上，放到我夠得着的地方。謝謝你。再把壁爐台上的一些雜物擺上來。好極了，華生！那邊有一把夾方糖的鑷子，麻煩你用鑷子把那個小象牙盒子夾起來，再把盒子放到這些報紙中間。行了！好啦，你可以去請卡維爾頓·史密斯先生了，他住在南伯克街*13號。」

說實話，我已經不怎麼想去請醫生了，因為可憐的福爾摩斯表現出了如此明顯的譫妄症狀，撇下他興許會有危險。可是，眼下他急不可耐地要找他說的那個人看病，態度就跟他之前拒絕看病的時候一樣執拗。

「我從來沒聽說過這號人物，」我說道。

「多半是沒聽說過，我的好華生哪。聽我說完之後，你可能會覺得驚訝，世上最精通這種病的人並不是一個醫生，而是一位種植園主。卡維爾頓·史密斯先生是蘇門答臘島上的名人，眼下正在倫敦作客。這種病曾經在他的種植園裏蔓延，他的種植園又沒有醫療的便利，於是他只好自個兒研究，研究造成的影響也相當深遠。他這個人生活

---

*　這條街是作者的虛構。

很有規律，我沒讓你在六點鐘之前出發，就是因為我非常清楚，在他搞研究的時候，你是沒法找到他的。研究這種病是他最大的嗜好，只要你能說動他過來，讓他跟咱們分享他對這種病的獨特體會，我敢肯定，他可以給我一點兒幫助。」

我把福爾摩斯的這些話寫成了完整連貫的句子，不打算寫出那些病痛引起的間斷，不打算寫出穿插其間的一聲聲急促喘息、一次次緊握雙拳的掙扎。我進屋之後的幾個鐘頭裏面，他的模樣每況愈下，熱病引起的紅斑更加明顯、眼窩更加凹陷、眼睛更加精光灼灼，額上也沁出了一層亮晶晶的冷汗。即便如此，他說話的時候仍然保持着那種洋洋灑灑的豪邁氣概。只要還有一口氣在，他就改不了那副主子的架勢。

「你一定要原原本本地告訴他，你出發的時候我是個甚麼樣子，」他說道。「一定要把你自個兒對我的印象——一個垂死的人——一個垂死的瘋子——分毫不爽地傳達給他。說實在的，我真是想不通，牡蠣為甚麼沒有把整個海床蓋得嚴嚴實實，這種生物好像特別地能繁殖啊。咳，我說哪兒去啦！大腦控制大腦的方法可真奇怪！我剛才說到哪兒了呢，華生？」

「我拜訪卡維爾頓・史密斯先生的注意事項。」

「噢，沒錯，我想起來了。我的死活就得看這件事情。你得求他才行，華生。我跟他之間的交情不怎麼樣，都是因為他外甥的事情，華生——我懷疑那件事情有蹊蹺，還讓他瞧出了我的疑心。那孩子死得好慘哪。他對我

懷恨在心。你一定得讓他的心腸軟下來，華生。你得懇求他，哀求他，無論如何也要把他請來。他救得了我——只有他！」

「就算得把他扛進馬車，我也會帶着他一起回來的。」

「你可千萬別這麼幹。你首先要說動他來，然後就自個兒回來，搶在他的頭裏。理由你可以隨便編，只要能不跟他一起回來就行。記住啊，華生。你不會讓我失望吧，以前你可從來沒讓我失望過啊。毫無疑問，一定是有一些天敵限制了牡蠣的繁殖。你和我，華生，我們兩個也難辭其咎啊。可是，難不成，我們應該任由牡蠣在世界上泛濫成災嗎？不行，不行，那樣太可怕了！你一定得把你自個兒的印象全部傳達給他。」

從他身邊離開的時候，我滿腦子都是這位才智卓絕的人物像呆傻兒童一般胡言亂語的景象。之前他已經把鑰匙交給了我，於是我靈機一動，帶着鑰匙出了門，免得他把自個兒鎖在房裏。哈德森太太等在過道裏，一邊瑟瑟發抖，一邊抽泣。正要下樓的時候，我身後傳來了福爾摩斯又尖又細的嗓音，唱的是一段不知所云的歌謠。走到樓下之後，我剛衝一輛出租馬車打了個唿哨，一個男的就從霧中走到了我的面前。

「福爾摩斯先生怎麼樣啊，先生？」他問道。

這個人穿着一身花呢便服，原來是我倆的老熟人，蘇格蘭場的莫頓督察。

「他病得非常厲害，」我回答道。

他看着我，從門廳氣窗透出來的燈光照出了他那副極

其古怪的表情。要不是知道他不會那麼惡毒的話，我簡直要把他的表情理解為欣喜若狂了。

「我也聽人家說了，」他說道。

出租馬車已經到了跟前，我趕緊上車走了。

到了之後，我發現南伯克街所在的地方是一片歸屬不明的交界地帶，位置介於諾丁山街區和肯辛頓街區之間。街邊是一排幽雅的房子，車夫把馬車停在了其中一座的門前。這座房子多少有點兒洋洋自得、故作莊重的味道，體現則是老式的鑄鐵欄杆、巨大的折疊門以及精光鋥亮的黃銅飾件。與這些東西相得益彰的則是跑來應門的男管家，只見他神色肅穆地站在門口，背景是一片粉色的燈光，光源則是一盞着色的電燈。

「是的，卡維爾頓・史密斯先生在家。華生醫生！很好，先生，我這就把您的名片遞進去。」

看樣子，我微不足道的姓名和頭銜並沒有贏得卡維爾頓・史密斯先生的重視。透過半掩的房門，我聽見了一個尖利刺耳、怒氣沖沖的聲音。

「這個人是幹嗎的？他跑來幹甚麼？我的天，斯戴普斯，我搞研究的時候不能有人打擾，我跟你說過多少次了呢？」

接下來是一陣輕言細語，管家正在進行安撫和解釋。

「行了，我不會見他的，斯戴普斯。我可不能讓人這麼來打斷我的工作。我不在家。你就這麼説好了。告訴他，如果他非要見我的話，那就明早再來。」

又是一陣輕聲的咕噥。

「行啦，行啦，就這麼答覆他好了。他要不就明早再來，要不就乾脆別來。總而言之，我的工作絕不能受到任何妨礙。」

我想到福爾摩斯正在病床上輾轉反側，興許還在一分鐘一分鐘地數着時間，要等我把救星請回去才能安心。眼下可不是講究禮數的時候，不果斷就救不了他的命啊。這麼着，那名滿懷歉意的管家還沒來得及傳達主人的答覆，我已經從他的身邊擠進了房間。

隨着一聲氣惱的尖叫，一個男的從爐火旁邊的一把躺椅上站了起來。映入我眼簾的是一張粗糙油膩的寬大黃臉，肥厚的下巴分為兩層，濃密的沙色眉毛之下是兩隻陰鬱兇險的灰色眼睛，正在惡狠狠地瞪着我。他那個高聳的禿頂上戴着一頂小小的絲絨吸煙帽*，帽子風情萬種地斜搭在他腦袋的一側，燈光在他的腦袋邊緣勾出了一圈粉色的弧線。他那顆腦袋確實是容量巨大，可我往下一看，不由得吃了一驚，因為他的身軀矮小單薄，肩背都變了形，似乎是童年時代得過佝僂病。

「這是怎麼回事？」他大聲喝問，嗓門兒又高又尖。「你這麼闖進來，到底是甚麼意思？我不是讓人帶了話給你，叫你明天早上再來嗎？」

「很抱歉，」我說道，「可我的事情不能耽擱。歇洛克·福爾摩斯先生──」

---

*　吸煙帽 (smoking-cap) 是十九世紀中晚期在英法等地流行的一種男子室內服飾，直筒無簷，原本的作用是防止煙味沾染頭髮。此人既然禿頂，吸煙帽顯然只有裝飾之用。

我朋友的名字對這個矮小的傢伙產生了非比尋常的影響。他臉上的怒容立刻消失，取而代之的是一種緊張警惕的表情。

　　「你是從福爾摩斯那兒來的嗎？」他問道。

　　「我剛剛才跟他分開。」

　　「福爾摩斯有甚麼事呢？他現在怎麼樣？」

　　「他已經生命垂危，我就是為這個來的。」

　　這個人指給我一把椅子，自己也回到了椅子上。他坐下的時候，我從壁爐台上方的鏡子裏瞥見了他的臉。我敢發誓，他的臉上凝着一個極其可憎的歹毒笑容。可我又自己開解自己，這一定是因為我弄得他措手不及，致使他出現了面部抽搐的情況，這不，片刻之後，他轉過臉來對着我，關切的表情顯得十分誠摯。

　　「這可真是太遺憾啦，」他說道。「我跟福爾摩斯先生只有一些業務上的交道，可我非常敬重他的本領和人品。他是個業餘的破案專家，我也是個業餘的疾病學者。他的對手是歹徒，我的對手則是病菌。喏，那就是我的監獄，」他接着說道，指了指一張邊桌上的一排瓶瓶罐罐。「在那些膠質培養液裏面，世上最兇惡的一些犯罪分子正在服刑呢。」

　　「正是因為您的專門學識，福爾摩斯先生才讓我來請您。他對您評價很高，還覺得您是全倫敦唯一的一個能夠救他的人。」

　　小個子男人猛一激靈，頭上那頂神氣活現的吸煙帽一下子滑到了地板上。

「為甚麼？」他問道。「福爾摩斯先生為甚麼覺得我能夠治他的病呢？」

「因為您對東方疾病很有研究。」

「可是，他為甚麼認為自己染上的是一種東方疾病呢？」

「因為他前些日子一直在碼頭上查案，跟那些中國水手一起工作。」

卡維爾頓‧史密斯先生露出了愉快的笑容，把他的吸煙帽撿了起來。

「哦，肯定是這麼回事——不是嗎？」他說道。「按我看，事情也沒有你們想的那麼嚴重。他的病有多久了呢？」

「大概是三天吧。」

「他說胡話嗎？」

「偶爾會說。」

「嘖，嘖！這樣聽着就比較嚴重了。我要是拒絕他的請求，那可真是太不人道啦。我非常不樂意中斷手頭的工作，華生醫生，話又說回來，這一次的情況確實特殊。我這就跟你一塊兒去。」

我想起了福爾摩斯的囑咐。

「我還有別的事情要辦，」我說道。

「好吧，那我就自己去。我這裏有福爾摩斯先生的地址。你只管放心，最多半個鐘頭，我就會趕到那裏。」

懷着沉重的心情，我再一次走進了福爾摩斯的臥室。根據我的經驗，我不在的這段時間裏面，很可能會發生最

糟糕的事情。讓我萬分欣慰的是，在此期間，他的病居然有了很大的起色。他的模樣依然慘不忍睹，譫妄的症狀卻已經消失得一乾二淨，他說話的時候固然聲音細弱，但卻比平常還要乾脆利落、條理分明。

「怎麼樣，你見到他了嗎，華生？」

「見到了，他這就來。」

「妙極了，華生！妙極了！你絕對算得上最能幹的信差。」

「他還打算跟我一塊兒來呢。」

「那樣子可不行，華生，顯然行不通。他有沒有問我得病的原因呢？」

「我跟他說了東區＊那些中國水手的事情。」

「一點兒不錯！好了，華生，你已經盡到了好朋友的職責，眼下就可以退場啦。」

「我必須留下來聽他的意見，福爾摩斯。」

「你當然得留下來聽。只不過，種種理由讓我相信，如果他認為房間裏沒有第三者的話，他的意見就會坦率得多，而且會寶貴得多。我的床頭後面剛好有個地方，華生。」

「親愛的福爾摩斯！」

「依我看，咱們恐怕沒有甚麼別的選擇，華生。床頭後面的地方並不適合藏人，這樣更好，更不容易引起懷疑。好啦，你就藏那兒吧，華生，我看你應該藏得進

＊　倫敦的東區 (East End) 大致是指倫敦故城以東、泰晤士河以北的區域，前文中的「羅瑟海茲」和「碼頭」都屬於或鄰近東區。

去。」說到這裏，他突然坐了起來，憔悴的臉顯得又嚴峻又專注。「外面有車輪的聲音，華生。快，伙計，如果你真夠朋友的話！* 還有啊，千萬不要動，不管發生了甚麼事情——不管發生了甚麼事情，聽見了嗎？不要說話！不要動！豎起耳朵聽就行了。」轉眼之間，他那股突然爆發的力量消失得無影無蹤，他那種專橫獨斷、明確肯定的語音也漸漸地模糊起來，變成了譫妄病人那種低沉含混的咕噥。

我已經被福爾摩斯火急火燎地趕進了床頭後面的藏身之處，這時便聽見了樓梯上的腳步聲，然後就是臥室的門開啟關閉的聲音。出乎我意料的是，接下來是一段漫長的寂靜，僅有的聲音只是病人的沉重呼吸和急促喘息。可以想像，我們的訪客站在床邊，正在低頭打量床上的病人。到最後，這段詭異的沉默終於宣告結束。

「福爾摩斯！」客人叫道。「福爾摩斯！」他的聲音十分急切，似乎是正在努力喚醒一個沉睡的人。「聽不見我說話嗎，福爾摩斯？」

接下來是一陣窸窸窣窣的聲音，聽起來像是他正在粗暴地推搡病人的肩膀。

「您來了嗎，史密斯先生？」福爾摩斯的聲音如同耳語。「我真是不敢相信，您竟然肯來。」

對方笑了起來。

「我也沒想到自己會來，」他說道。「可是，你瞧，我這不是來了嘛。這就叫以德報怨，福爾摩斯——以德報

---

* 「如果你真夠朋友的話」的英文原文是「if you love me」，直譯應為「如果你愛我的話」。

怨哪！」

「您真是好心——真是高尚。我知道您有這方面的專門學問。」

我們的客人吃吃地笑了起來。

「你確實知道。還好，全倫敦只有你一個人知道。你知道自個兒得的是甚麼病嗎？」

「一樣的病，」福爾摩斯說道。

「哈！你認清楚這些症狀啦？」

「再清楚不過啦。」

「呃，我不會覺得奇怪的，福爾摩斯。如果你**果真**得了一樣的病，我不會覺得奇怪的。真要是這樣的話，你的前途可不太妙啊。可憐的維克多得了一樣的病，第四天就死了，他可是個身強力壯的小伙子啊。就像你說的那樣，那次的事情確實非常古怪，因為他居然在倫敦城的心臟地帶染上了一種稀罕的亞洲疾病，而我又對這種疾病作過十分深入的專門研究。的確是巧得有點兒出奇啊，福爾摩斯。你能注意到這一點，算得上聰明過人，可你非要說兩者之間存在因果關係，這可就有點兒不太厚道啦。」

「我早就知道是你幹的。」

「噢，你早就知道，對嗎？可是，說來說去，你還是證明不了啊。還有啊，你揪着那件事情到處說我的壞話，有了麻煩又爬着來求我幫忙，你覺得自己算個甚麼呢？你玩的這是甚麼把戲——唉？」

我聽見了病人嘶啞急促的喘息聲。「給我點兒水！」他上氣不接下氣地說道。

「你已經死到臨頭了，我的朋友，可我還得跟你聊兩句，不能讓你就這麼上路。就是為了這個，我才會給你水喝。拿着，別灑得到處都是！這就對了嘛。你聽得懂我的話嗎？」

福爾摩斯呻吟了一聲。

「盡量幫幫我吧。過去的事情就讓它過去好了，」他輕聲說道。「我會把那些話都忘掉的——我發誓，我一定會忘掉的。只要你治好我的病，我就會忘掉它。」

「忘掉甚麼？」

「呃，忘掉維克多·薩維奇是怎麼死的。剛才，你實際上已經承認是你幹的了，我會把那些話忘掉的。」

「忘掉也行，記着也行，悉聽尊便。依我看，你是到不了證人專用的那個包廂啦。我可以跟你打包票，福爾摩斯老兄，你得到一個形狀大不相同的包廂裏去待着。就算你知道我外甥是怎麼死的，對我來說也沒有絲毫影響。咱們要談的不是他，是你。」

「好吧，好吧。」

「跑來找我的那個傢伙——我記不得他叫甚麼名字了——告訴我，你的病是從東區的那些水手身上惹來的。」

「我想不出甚麼別的解釋。」

「福爾摩斯，你很為你的腦瓜子自豪，對不對？覺着自個兒挺聰明的，對不對？這一回，你可算是遇上了一個比你聰明的人物。好了，福爾摩斯，你好好回想一下。想想看，你的病會不會另有原因呢？」

「我想不了，我的腦子已經亂了。看在老天份上，幫幫我吧！」

「好啊，我這就來幫你，幫你弄明白你眼下的處境、弄明白你眼下的處境是怎麼來的。依我看，你最好還是弄明白了再死。」

「給我點兒東西止痛吧。」

「痛啊，是嗎？沒錯，斷氣之前，那些苦力總是要哀號一陣的。要我說，你這是抽筋了吧。」

「是啊，是啊，抽起筋來了。」

「嗯，不管怎麼樣，你好歹還能聽見我在說甚麼。聽好！你回想一下，快要發病的時候，你有沒有遇到甚麼不同尋常的事情呢？」

「沒有，沒有，甚麼都沒有。」

「再想想吧。」

「我難受極了，想不了啦。」

「這樣啊，好吧，我幫你想。你有沒有收到過甚麼郵包呢？」

「郵包？」

「比如說，一個盒子？」

「我要暈過去了──要死啦！」

「聽着，福爾摩斯！」從接下來的聲音判斷，他似乎是正在使勁兒搖晃垂死的病人，我用盡了全部的自制力，這才一聲不吭地留在了藏身之處。「你得聽我說。**一定**得聽我說。一個盒子──一個象牙盒子，你想起來了嗎？盒子是星期三到的，你把它打開了──你想起來了嗎？」

「是啊，是啊，我打開了盒子，裏面有一根很尖的彈簧。肯定是個惡作劇——」

「這可不是惡作劇，等你吃足了苦頭，你也就明白了。你這個蠢材，既然你非要自討苦吃，那我也只好遂你的願。誰叫你來擋我的道呢？你不來惹我的話，我也不會害你的。」

「我想起來了，」福爾摩斯氣喘吁吁地說道。「就是那根彈簧！它把我扎出了血。就是那個盒子，桌子上的那個盒子。」

「就是這個，老天作證！我還是把它揣兜裏帶走好了。這不，你最後的一點兒證據也沒啦。話又說回來，福爾摩斯，眼下你總算是知道了真相，知道是我殺了你，還有呢，你可以把這個事實帶到棺材裏去了。你對維克多·薩維奇的命運知道得太多，所以我才打發你去跟他作伴。你馬上就該一命嗚呼了，福爾摩斯。我就坐在這兒，看着你死。」

福爾摩斯的聲音已經變得十分微弱，幾乎是聽不見了。

「你說甚麼？」史密斯說道。「把煤氣燈調亮一點兒？噢，黑暗正在降臨，對不對？好吧，我來把燈調亮一點兒，也好看清楚你的模樣。」他走到房間的另一頭，燈光突然亮了起來。「還有甚麼事情需要我略盡綿薄嗎，我的朋友？」

「來一根火柴，再來一支香煙。」

我頓時驚喜交集，差一點兒就叫出了聲。福爾摩斯的嗓音恢復了正常——興許還有點兒虛弱，但卻的確是我熟

悉的那種嗓音。接下來是一段長久的寂靜，不過我可以感覺得到，卡維爾頓‧史密斯驚愕不已地站在床邊，正在張口結舌地俯視他的對手。

「這到底是甚麼意思？」良久之後，我聽見他終於開了口，聲音又乾又啞。

「要想成功地扮演某個角色，最好的辦法就是成為那個角色，」福爾摩斯說道。「不怕告訴你，在喝到你好心倒給我的那杯水之前，我已經整整三天水米未進啦。這還不算甚麼，最難受的事情是沒有煙抽。哈，這兒**剛好**有幾支。」我聽見了劃火柴的聲音。「這就好多了。嘿！嘿！我這是聽到朋友的腳步聲了嗎？」

外面傳來一陣腳步聲，房門開了，莫頓督察走進了房間。

「一切順利，這就是你的犯人，」福爾摩斯說道。

警官把通常的警告說了一遍 *。

「我以謀殺維克多‧薩維奇的罪名逮捕你，」說到最後，他如是宣告。

「興許還可以加上一條，謀殺歇洛克‧福爾摩斯未遂，」我朋友說道，吃吃地笑了一聲。「督察，為了幫一個病人減少麻煩，卡維爾頓‧史密斯先生剛才還好心地調亮了煤氣燈、發出了咱們約定的信號哩。對了，犯人右邊的上衣兜裏有一個小盒子，你最好把它掏出來。謝謝你。我要是你的話，處置這個盒子的時候就會格外留神。把它

---

*　按照英國法律，實施逮捕之時，警員須警告人犯，供詞可能會成為呈堂證供。

放這兒吧，審判的時候用得着的。」

突然之間，我聽見一場忙亂和一陣扭打，隨之而來的是一記金屬撞擊的聲響和一聲痛苦的叫喊。

「你這樣只會是自討苦吃，」督察說道。「站着別動，聽見沒有？」接下來是手銬合上的「咔嗒」聲響。

「好一個陷阱！」一個尖利的聲音發出了憤怒的叫喊。「可惜它只能把**你**變成被告，福爾摩斯，跟我可沒有關係。他請我過來治他的病，我可憐他才來的。毫無疑問，眼下他肯定會血口噴人，宣稱我說了這樣那樣的話，可那些話都是他自個兒編出來的，為的是佐證他那些荒唐透頂的懷疑。瞎話你儘管編，福爾摩斯，不管怎麼樣，我的話也跟你的一樣管用。」

「天哪！」福爾摩斯叫道。「我完全把他給忘了。親愛的華生啊，我真該給你賠一萬個不是。想想吧，我竟然忽略了你的存在！卡維爾頓・史密斯先生就不用我介紹了吧，據我所知，今晚早些時候，你們倆已經見過面啦。你們的馬車在樓下嗎？你們先請，我穿好衣服就來，到了警局之後，我興許還能幫上點兒忙呢。」

「我空前地需要這些東西，」盥洗的間隙，福爾摩斯靠一杯波爾多紅酒和幾塊餅乾提了提精神，隨即說道。「話又說回來，你也知道，我這個人的生活本來就沒甚麼規律。這樣的事情對大多數人來說都是非凡偉業，對我來說卻不算甚麼。至關重要的是，我必須讓哈德森太太對我的病情信以為真，因為我得靠她把這種印象傳達給你，再靠你去傳達給史密斯。你不會生我的氣吧，華生？你一

定得明白，你雖然多才多藝，偽裝卻不是你的強項。要是知道了我的秘密，你肯定沒法讓史密斯覺得他必須立刻到場，與此同時，他的到場正是整個計劃的關鍵所在。我知道他這個人報復心很強，因此就百分之百地肯定，他會來瞧瞧自個兒的傑作。」

「可你的模樣，福爾摩斯——你那張慘不忍睹的臉，究竟是怎麼回事呢？」

「三天的徹底齋戒是起不到美容的作用的，華生。其他的症狀嘛，全都是可以用海綿治好的東西。額頭上塗點兒凡士林，眼睛裏滴點兒顛茄*，顴骨上擦點兒胭脂，再用蜂蠟在嘴唇周圍抹一圈兒硬殼，效果就非常讓人滿意啦。有些時候，我還想過要寫一篇關於裝病的論文呢。還有啊，時不時地說點兒不相干的話題，半克朗銀幣啦、牡蠣啦，逼真的譫妄效果不就出來了嘛。」

「可是，事實上並沒有傳染這一說，你幹嗎不讓我靠近你呢？」

「這還用問嗎，親愛的華生？難道你真的認為，我看不起你的醫術嗎？一個人生命垂危，雖然說非常虛弱，脈搏卻不快，體溫也不高，難道我敢拿這樣的情形來糊弄你敏銳的判斷力嗎？必須把你擋在四碼之外，我才騙得了你。騙不了你的話，我又靠誰去把我的史密斯領到我手心裏來呢？還有啊，華生，我是不會去碰那個盒子的。只需

---

* 顛茄 (*Atropa belladonna*) 是一種可以入藥的有毒植物，將稀釋的顛茄溶液滴入眼睛可以產生擴大瞳孔的效果，因此曾有化妝品之用，長期使用可能會導致失明。

要從側面看一看，你就可以看到那個地方，一旦你打開盒子，那根鋒利的彈簧就會從那個地方彈出來，跟毒蛇的牙齒一樣。我敢說，可憐的薩維奇就是被這一類的玩意兒害死的，只因為他阻礙了這個惡魔獲得一宗復歸 * 的產業。可是，你也知道，我收到的信件多種多樣，所以呢，我對自個兒收到的包裹多多少少都有點兒戒心。不過，當時我已經斷定，如果我假裝自己中了他的奸計，興許就可以讓他毫無防備地主動招供，而我也裝得天衣無縫，確實算得上一位真正的藝術家。麻煩你，華生，大衣我穿不上，你得幫我一把才行。我倒是覺得，警局的事情辦完之後，咱倆到辛普森飯店 † 去補點兒營養也是應該的吧。」

---

* 復歸 (reversion) 是一個法律名詞，大致意思是依照法律或相關契約，某項產業由某人終身或暫時享有，此人死亡或權益滿期之後，該產業將會被「歸還」給另一個人，或者是另一個人的繼承人。
† 辛普森飯店 (Simpson's) 真實存在，1848 年開業，位於倫敦的斯特蘭街。

弗朗西絲・卡法克斯夫人失蹤事件

「我說，幹嗎要選土耳其？」歇洛克・福爾摩斯先生問道，直勾勾地盯着我的靴子。這時我斜躺在一把藤編靠背的椅子上，雙腳支棱在前方，引起了他時刻警醒的注意。

「這是英國貨啊，」我回答道，心裏多少有點兒驚訝。「我從拉蒂默的鋪子裏買來的，鋪子就在牛津街上。」

福爾摩斯笑了起來，臉上帶着一種耐性將盡的疲憊表情。

「澡堂！」他說道。「我說的是澡堂！你幹嗎要去澡堂洗又貴又讓人懈怠的土耳其浴，不選擇提神醒腦的自家浴室呢？」

「因為我這幾天犯了風濕，覺得自己有點兒老啦。幹我們這行的人都認為土耳其浴是一種替代療法，可以清潔人體系統，讓人煥然一新。

「對了，福爾摩斯，」我接着說道，「毫無疑問，對於一個擅長演繹的人來說，我的靴子和土耳其浴之間的聯繫完全是件不言自明的事情，可我還是得麻煩你給我解釋一下。」

「這根演繹鏈條算不上特別費解，華生，」福爾摩斯

惡作劇式地眨了眨眼睛。「它跟另一個例子一樣，也只是最為基本的一種推理。如果我問你今早跟誰同車，你就知道我說的另一個例子是甚麼了。」

「我倒不覺得，一個不相干的例子可以算是一種解釋，」我沒好氣地說道。

「說得好，華生！好一句合情合理的莊嚴抗議。我想想啊，咱們討論的要點在哪兒呢？先說後一個吧——出租馬車。你自個兒看看，你這件外套左邊的袖管和左肩部位都濺上了泥點。如果是坐在一輛雙輪馬車的正中，你多半就不會濺上泥點，要濺也肯定是兩邊都濺。這樣一來，事情就非常清楚，你一定是坐在邊上。同樣清楚的是，車上還有一個同伴。」

「這不是一目瞭然嘛。」

「簡單得可笑，對嗎？」

「可是，靴子和澡堂又怎麼說呢？」

「同樣只是兒戲而已。你習慣按一種特定的方法來繫鞋帶，眼下呢，我發現你的鞋帶繫成了一種複雜的雙結，不是你平常的那種繫法。由此看來，你曾經脫過靴子。後來又是誰幫你繫的呢？可能是鞋匠，要不就是澡堂裏的小伙計。鞋匠的可能性不大，因為你的靴子基本上是新的。好了，還剩甚麼呢？澡堂。可笑吧，對嗎？不過，說了這麼多，你這次土耳其浴還是起到了一點兒作用的。」

「甚麼作用呢？」

「它讓你告訴了我，你洗土耳其浴是因為你需要一點

兒調劑。我這就建議你去調劑一下。去洛桑*，親愛的華生──全程頭等車票，所有費用都按豪華標準報銷，你覺得怎麼樣？」

「好極了！可這是為甚麼呢？」

福爾摩斯在他那把扶手椅上往後一靠，從口袋裏掏出了他的記事本。

「世上最危險的人群之一，」他説道，「就是那些東遊西蕩、無親無故的女人。她們本身完全無害，往往還極為有用，可她們總是會導致其他的人犯下罪行。她們孤弱無助、轉徙四方，有足夠的錢財遊歷一個又一個的國家，住進一間又一間的旅館。她們往往會在那個由無數偏僻棧房和寄宿公寓組成的迷宮之中彷徨失路，如同掉進了狐狸窩的離群孤雛。到她們葬身虎口之後，也沒有甚麼人會念記她們。我非常擔心，弗朗西絲·卡法克斯夫人†已經遇上了某種禍事。」

前面這番話的末尾，他突然紆尊降貴，從泛泛的感慨轉入了具體的問題，簡直是讓我如釋重負。緊接着，他翻了翻自己的記事本。

「弗朗西絲夫人，」他接着説道，「是已故的魯夫頓伯爵唯一健在的直系親屬。你興許能想起來，他那個家族的地產是傳男不傳女的。歸到她名下的財產並不多，其中卻包括一些異常精美的西班牙古董珠寶，珠寶是銀質

---

* 這篇故事首次發表於 1911 年 12 月；洛桑 (Lausanne) 為瑞士城市，是日內瓦湖北岸的遊覽及休養勝地。

† 這裏的「夫人」(Lady) 是貴族稱謂，與結婚與否無關。

的，鑲着一些切割方式十分奇特的鑽石。她非常喜歡這些珠寶，應該說是喜歡得過了頭，因為她不肯把珠寶存進銀行，總是把它們帶在身邊。弗朗西絲夫人模樣標致，尚在盛年，完全是個可憐蟲，而她的家族在短短二十年之前都還是一支人數眾多的龐大艦隊，即便如此，因為某種古怪的機緣，她居然變成了那支艦隊裏僅剩的一葉漂泊孤舟。」

「那麼，她到底出了甚麼事呢？」

「是啊，弗朗西絲夫人到底出了甚麼事呢？眼下她是死是活？這就是需要咱們去查的問題。她是一位一板一眼的女士，前面的四年當中，她有一個雷打不動的習慣，隔一個星期就會給多布尼小姐寫一封信。多布尼小姐是她以前的家庭教師，早就已經退了休，眼下住在倫敦的坎伯維爾街區。來找我的就是這個多布尼小姐，因為她差不多有五個星期沒收到弗朗西絲夫人的音訊了。最後一封信是從洛桑的國民酒店寫來的，現在呢，弗朗西絲夫人似乎已經離開了那家酒店，而且沒有說明去向。這家人非常着急，同時又非常有錢，只要咱們能查清這個問題，他們是不會吝惜任何花費的。」

「咱們只有多布尼小姐這一個情報來源嗎？她總得有其他的往來對象吧？」

「有一個往來對象是鐵板釘釘的，華生，那就是銀行。單身女士也得生活，銀行存摺就是她們的精簡版日記。她的戶頭開在西爾維斯特銀行，我已經查過了她的賬目。她在洛桑開出的最後一張支票只是用來付酒店賬單

的，數額卻相當大，因此她手裏多半還剩着一些現金。打那以後，她只開過一張支票。」

「開給誰的，在哪裏開的呢？」

「開給瑪麗·德汶小姐的，在哪裏開的卻沒有線索。不到三個星期之前，有人在法國蒙彼利埃的里昂信貸銀行兌現了那張支票，支票的金額是五十鎊。」

「瑪麗·德汶小姐又是誰呢？」

「這我也已經查到了。瑪麗·德汶小姐曾經是弗朗西絲·卡法克斯夫人的女僕，眼下咱們還不知道，夫人為甚麼要給她開這張支票。不過我絕不懷疑，你很快就能把這件事情查清楚。」

「**我**去查！」

「要不怎麼會有這趟有益身心的洛桑之旅呢。你也知道啊，老亞伯拉罕斯怕死怕成了這個樣子，我哪能離開倫敦呢。更何況，一般說來，我還是待在國內比較好，一來是免得蘇格蘭場感到孤立無援，二來是防止犯罪階層當中湧起一些不健康的興奮情緒。去吧，親愛的華生，如果有那麼一天，我的鄙陋之見值得起兩便士一個字的荒唐高價 *，那你一定會發現，它日夜都會在通往歐洲大陸的電報線盡頭等候你的吩咐。」

兩天之後，我踏進了洛桑的國民酒店，名聲在外的酒店經理 M. 莫瑟對我禮遇有加。他告訴我，弗朗西絲夫人在酒店裏住了幾個星期，見過她的人都很喜歡她。她最

---

* 　這裏說的是從英國發電報到歐洲大陸的價錢。

多不過四十歲，並且風韻猶存，方方面面都讓人覺得，她年輕的時候必定美豔驚人。M. 莫瑟不知道夫人攜有貴重珠寶，酒店裏的僕人則說，夫人的臥室裏有一口沉重的箱子，總是鎖得嚴嚴實實。夫人的女僕瑪麗‧德汶不但跟夫人一樣大受歡迎，而且實實在在地跟酒店裏的一名高級侍應訂了婚，我不費吹灰之力就找到了她現在的住址，也就是蒙彼利埃的圖拉真大街 11 號。我把這些情況都記在了本子上，感覺自己打探事實的手法十分嫻熟，即便福爾摩斯本人親臨此地，諒來也不過如此。

只有一個問題還沒有查清楚，也就是説，我掌握的事實完全無法解釋夫人為何突然離去。她在洛桑過得非常開心，種種跡象皆已表明，她本來打算在她那個俯瞰湖面的豪華套房裏度過這一季 *。可她還是離開了這裏，而且是到走之前的那一天才通知酒店，白白地付了一週的房費。能提供一點兒解釋的只有瑪麗‧德汶的愛人，名字叫做儒勒‧維巴。儒勒認為，夫人突然離去是因為一個黝黑高大的大鬍子男人，那人在夫人離開之前的一兩天來過酒店。「那是個蠻子——如假包換的蠻子！」儒勒‧維巴如是叫喊。那人住在城裏的某個地方，有人曾經看見他跟夫人在湖邊的散步道上傾談。後來他還來拜訪夫人，夫人卻不肯見他。那人是個英國人，誰也不知道他叫甚麼名字。他來

---

* 這裏的「這一季」是指社交季，起源於 18 世紀的英國倫敦上流社會，是上流人士集中進行社交活動和戶外活動的時節。按照《德布雷特英國貴族年鑑》的説法，倫敦的社交季由英國王室在倫敦居留的時間確定，為每年的四月到七月以及十月到聖誕節；歐洲大陸的社交季未見確證，説法之一是五月初至九月底。

過之後，夫人立刻離開了洛桑。儒勒·維巴認為，更重要的是，儒勒·維巴的愛人也認為，他的來訪和夫人的離去之間存在因果關係。只有一點儒勒不肯談論，那就是瑪麗為甚麼要離開自己的女主人。他完全不知道其中的緣由，要不就是不肯說。如果我非要知道，那就只能到蒙彼利埃去問瑪麗自己。

我這次調查的第一階段就此結束，下一步行動則是設法查明弗朗西絲·卡法克斯夫人離開洛桑之後的去向。她的去向多少有點兒神秘，足以確證她的離去是為了擺脫某個人的追蹤。如若不然，她幹嗎不在行李簽上公開注明目的地是巴登 * 呢？她和她的行李都是繞道進入那片萊茵河遊覽勝地的，這些就是庫克旅行社 † 洛桑分部的經理提供的情況。於是我即刻前往巴登，臨行之前還把我的收穫通過急件發給了福爾摩斯，換來的則是一封半是認真半是調侃的賀電。

抵達巴登之後，我輕而易舉地查到了弗朗西絲夫人的行蹤。夫人在「英吉利旅館」‡ 住了兩個星期，其間認識了施萊辛格博士夫婦，博士是來自南美的一名傳教士。跟大多數寂寞女士一樣，弗朗西絲夫人在宗教當中找到了慰藉和理想。施萊辛格博士人品超卓，全心投入傳教事業，而且在傳教活動當中身染重病，目前正處康復之中。夫人

---

* 巴登 (Baden) 是德國西南部萊茵河東岸一片歷史悠久的地區，如今是巴登符騰堡州的一部分。

† 庫克旅行社 (Cook) 是英國人托馬斯·庫克 (Thomas Cook, 1808–1892) 於 1841 年創辦的一家旅行社，今日猶存。

‡ 《最後一案》當中，福爾摩斯和華生在瑞士邁林根住的旅館也叫「Englischer Hof」(英吉利旅館)。

深受感動，於是就幫着施萊辛格太太照顧這位漸漸痊愈的聖徒。旅館經理告訴我，博士成天都待在遊廊裏的一把躺椅上，夾在兩位關懷備至的女士之間。博士正在繪製一張聖地地圖，其中特意指明了米甸王國 * 的方位，同時還在撰寫一篇關於米甸王國的專論。到最後，博士的健康大見起色，於是就跟太太一起啟程前往倫敦，弗朗西絲夫人也跟他倆一起。他們的離去剛好是三個星期之前的事情，打那以後，旅館經理再也沒有聽到過他們的消息。至於夫人的女僕瑪麗，她在夫人離開之前幾天痛哭流涕地離開了巴登，還跟其他的女僕說，她再也不幹這行了。施萊辛格博士一行離去之前，博士替隨行的所有人付清了賬單。

「順便說一句，」講到最後，旅館經理說道，「正在打聽弗朗西絲·卡法克斯夫人情況的友人並不是只有您一位。就在大概一週之前，有個男的到我們這兒來過，來意跟您一樣。」

「他留下姓名了嗎？」我問道。

「沒有。可他是個英國人，只不過跟普通的英國人不太一樣。」

「是個蠻子？」按照我那位著名朋友的方法，我把各種事實聯繫到了一起。

「沒錯。這個字眼兒用在他身上正合適。他塊頭很大，蓄着大鬍子，皮膚曬得黝黑，看樣子更適合出現在農夫們住的那種棧房，而不是一家上流的旅館。依我看，他

---

* 　「米甸王國」意為米甸人 (Midianite) 的王國，米甸人是《聖經》當中記載的一個遊牧部落，居無定所，不曾建立王國。

是個心狠手辣的傢伙，屬於我不敢得罪的那種類型。」

這次的神秘事件已經有了眉目，迷霧漸漸散去，事件之中的各個角色漸漸現形。眼前是一位正派虔誠的女士，一個不依不饒的惡棍追得她四處躲藏。她肯定是非常害怕這個惡棍，要不就不會逃離洛桑。可他緊追不捨，追上她想必是遲早的事情。會不會，他已經追上她了呢？難道說，她沒有音訊的原因就是**這個**嗎？夫人身邊的那些正派人士能不能保護她逃脫這個惡棍的暴力或者勒索呢？這個惡棍追了這麼久，到底是懷着甚麼樣的可怕目的、甚麼樣的陰險圖謀呢？這就是我必須查明的問題。

我給福爾摩斯發了信，讓他知道我是多麼神速、多麼篤定地查明了問題的根源，他呢，卻在回電當中要求我形容一下施萊辛格博士的左耳。福爾摩斯的幽默感與眾不同，有些時候還有點兒讓人着惱，所以我沒有理會他這個不合時宜的玩笑——事實上，收到他回電的時候，我已經趕到了女僕瑪麗所在的蒙彼利埃。

我非常順利地找到了這名退職的僕人，她也痛痛快快地把自己所知的一切情況告訴了我。她對主人非常忠誠，離開只是因為她確信夫人能夠得到很好的照料，還因為她婚期在即、怎麼說也得跟主人分道揚鑣。她沮喪不已地承認，還在巴登的時候，女主人確實對她使過一些性子，有一次甚至開口盤問，似乎是懷疑她不老實，這樣一來，她和主人自然不會像以前那麼難捨難分。弗朗西絲夫人給了她五十鎊，算是她結婚的賀禮。跟我一樣，瑪麗也非常懷疑那個趕得女主人逃離洛桑的陌生人。她曾經親眼看見，

就在湖邊那條公用的散步道上，那個人非常粗暴地抓住了夫人的手腕。他簡直是一個兇神惡煞。按她的看法，弗朗西絲夫人之所以讓施萊辛格夫婦陪着自己去倫敦，就是因為害怕那個人。夫人從來沒跟瑪麗說起過那個人的事情，不過，很多細小的跡象讓瑪麗確信，夫人成天都在擔驚受怕。剛剛講到這裏，瑪麗突然從椅子上跳了起來，驚駭得臉都變了形。「瞧！」她大叫一聲。「那個壞蛋還在跟着呢！喏，那就是我剛剛說到的那個人。」

透過敞開的起居室窗子，我看到一個男人順着街心慢慢地走了過來，急切地掃視着街邊房屋的門牌號碼。他身材魁梧、膚色黝黑，黑色的大鬍子聳如猥毛。顯而易見，他跟我一樣，也是來找這個女僕的。一時情急之下，我衝到街上叫住了他。

「您是個英國人吧，」我說道。

「是又怎麼樣？」他怒氣沖沖地反問了一句，神情十分兇惡。

「我可以問問您的姓名嗎？」

「不行，我不讓你問，」他的口氣非常堅決。

眼前的局面相當棘手，不過，最直接的辦法往往就是最好的辦法。

「弗朗西絲·卡法克斯夫人在哪兒？」我問道。

他直勾勾地瞪着我，神色十分驚訝。

「你把她怎麼着了？為甚麼追着她不放？你必須回答我的問題！」我說道。

這傢伙怒吼一聲，像老虎一樣撲了過來。我經歷過很

多次格鬥，每次都能夠守住陣腳，可是，這個傢伙的手好似鐵鉗，怒氣也大得跟惡魔一樣。他用一隻手卡住我的脖子，差一點兒就扼得我失去了神智。就在這時，一個身穿藍色罩衫、滿臉都是胡荏子的法國工人從街對面的一間酒館裏衝了出來，用手裏的短棍重重地敲了敲這個兇徒的前臂，迫使他鬆開了手。兇徒怒不可遏地站了片刻，尋思着要不要展開新一輪的攻擊。接下來，他怒吼一聲，把我撇在原地，一頭衝進了我剛剛走出的那座小房子。我轉身向我的恩人致謝，恩人還在街面上，就站在我的身旁。

「咳，華生，」他說道，「事情都讓你搞成了一團糟！要我說，你還是跟我一起坐夜班快車回倫敦去吧。」

一個小時之後，歇洛克‧福爾摩斯坐進了我的旅館房間，打扮和派頭都已經恢復原樣。關於他這次神兵天降，他給出的解釋簡單之極，也就是說，他得到了離開倫敦的空閒，由是決定到我必然走訪的下一站來截我，並且扮成了工人的模樣，坐在之前的那家酒館裏等我現身。

「你這次的調查保持着驚人的一貫性，親愛的華生」他如是說道。「一時之間，我確實想不出來，有哪種大錯你沒有犯過。概言之，你這次的行動就是到處拉警報，甚麼也沒找着。」

「你自己來，興許也不會比我強，」我反唇相譏。

「沒有『興許』這一說，我**已經**比你強了。這不，菲利普‧格林閣下已經來了，他住的就是你這家旅館。咱們馬上就會發現，更為成功的調查將會以他為起點。」

旅館的僕人已經把一張名片放在托盤裏送了進來，隨

之而來的不是別人，正是剛才在街上襲擊我的那個大鬍子惡棍。看到我的時候，他驚得跳了起來。

「這是怎麼回事，福爾摩斯先生？」他問道。「我收到了您的便條，也按您的吩咐來了。可是，這個人跟這件事情有甚麼關係呢？」

「這是華生醫生，我的老朋友和老搭檔，他也在幫咱們查這件事情。」

陌生人伸出一隻曬得黝黑的大手，賠了幾句不是。

「但願我沒有傷到您。剛才您指責我傷害了她，所以我沒能控制住自己。說真的，這些日子以來，我已經不是我啦，神經就跟通了電似的。可是，這樣的局面確實讓我忍受不了。首先我想問一問，福爾摩斯先生，您究竟是怎麼打聽到我的。」

「我跟多布尼小姐有聯繫，就是弗朗西絲夫人的家庭教師。」

「您是說總戴兜帽的老蘇珊·多布尼啊！我對她印象很深。」

「她對您也有印象。那都是老早以前的事情啦，早在您決定去南非之前。」

「噢，我看您已經摸清了我的底細，我也用不着跟您隱瞞甚麼事情。我可以跟您發誓，福爾摩斯先生，世上從來沒有哪個男人對女人比我對弗朗西絲更加專情。那時的我是個浪蕩小子，這一點我也知道，可我並不比我那個階層裏的其他人更加出格。可是，她的心地跟白雪一樣純潔，容不下一丁點兒粗野的東西。這麼着，聽到我幹過

的一些事情之後，她就不願意搭理我了。儘管如此，她仍然愛我——怪就怪在這兒！——愛得還非常深，結果呢，她在她聖潔的人生裏一直保持着獨身，全都是為了我的緣故。好些年過去了，我在巴貝頓*發了財，所以就想找到她，勸說她回心轉意。我聽說她依然沒有結婚，後來又在洛桑找到了她，用盡了所有的方法來勸她。依我看，她的心已經軟了下來，可她的意志沒有動搖，等我再去找她的時候，她已經離開了洛桑。我追到了巴登，一段時間之後又打聽到她的女僕住在這兒。我是個粗人，剛剛才脫離一種粗野的生活，所以呢，聽了華生醫生之前說的那些話，我一時之間失去了自控。好了，看在上帝份上，把弗朗西絲夫人的下落告訴我吧。」

「她的下落正是我們要查的事情，」歇洛克·福爾摩斯的語氣格外沉重。「您在倫敦的住址是哪裏呢，格林先生？」

「您可以去朗廷酒店†找我。」

「這樣的話，我建議您回酒店去，方便我隨時找您，行嗎？我並不打算給您甚麼虛假的希望，不過您儘管放心，我們一定會不遺餘力地保證弗朗西絲夫人的安全。眼下我只能說到這裏，喏，這是我的名片，您可以跟我們保持聯繫。好啦，華生，你開始收拾行李吧，我這就給哈德森太太發一封電報，讓她在明天七點半鐘做好精心的準備，準備接待兩個飢腸轆轆的旅人。」

---

* 巴貝頓 (Barberton) 是南非的一個因金礦而興起的小鎮。
† 朗廷酒店 (Langham Hotel) 真實存在，倫敦的朗廷酒店於 1865 年開業。

到達貝克街寓所的時候，一封電報正在恭候我們。讀完之後，福爾摩斯驚呼一聲，把電報扔給了我。電文是「殘缺或破損」，來電地點則是巴登。

　　「這是甚麼意思？」我問道。

　　「意思多了去啦，」福爾摩斯回答道。「你興許還記得吧，我曾經讓你打聽那位神聖紳士的左耳，而你並沒有理會我這個看似不相干的問題。」

　　「當時我已經離開了巴登，想問也問不了啊。」

　　「沒錯，所以我才把同樣的問題發給了英吉利旅館的經理，這封電報就是他的答覆。」

　　「他的答覆說明了甚麼呢？」

　　「他的答覆說明，親愛的華生，咱們面對的是一個異常精明、異常危險的人物。可敬的南美傳教士施萊辛格博士不是別人，正是澳大利亞歷史上最肆無忌憚的歹徒之一，『聖徒』彼得斯。這麼說吧，澳大利亞雖然歷史短暫，但卻已經孕育出了一些堪稱登峰造極的罪犯。彼得斯的專長是利用宗教感情來誘騙那些生活孤寂的女士，他那個所謂的妻子實際上是他的得力幫兇，真名是弗雷澤，原籍英格蘭。他這次的招數讓我想到了他的身份，他這個身體特徵則確證了我的懷疑，原因是一八八九年，在阿德萊德*的一次酒廊鬥毆當中，他的耳朵被人狠狠地咬了一口。華生啊，這位可憐的女士已經落到了一對窮兇極惡、毫無顧忌的罪犯手裏。要說她已經遇害，可能性也非常之大。假使沒有遇害，那她肯定是遭到了拘禁，沒法給多布尼小姐

---

*　阿德萊德 (Adelaide) 為澳大利亞南部港口城市。

或者其他朋友寫信。當然嘍，她有可能壓根兒就沒能到達倫敦，也可能是來而又去，話又說回來，前一種情形的可能性並不大，因為歐洲大陸有一套嚴格的住宿登記制度，外國人很難跟那邊的警察耍甚麼花樣，後一種情形的可能性也不大，因為這兩個惡棍很難找到一個跟倫敦一樣便於拘禁他人的地方。我全部的直覺都告訴我，眼下她確實是在倫敦，只不過，咱們暫時還無法查出具體的地點，只能採取一些顯而易見的步驟，好好吃飯、耐心等待。等到晚上，我打算出去走走，跟蘇格蘭場的雷斯垂德朋友聊聊。」

然而，不管是正規的警察，還是福爾摩斯自己那支人不多本事卻不小的部隊*，全都沒能查清這個謎題。我們要找的三個人徹底湮沒在了倫敦的百萬人海當中，簡直就跟從來沒有存在過一樣。我們登了一則又一則啟事，沒有看到甚麼效果，追蹤了一條又一條線索，仍然沒有任何發現。我們查過了施萊辛格可能盤桓的每一個罪犯窩點，結果是徒勞無功。他那些老同伙全都受到了監視，可他們並沒有跟施萊辛格接觸。一個星期的絕望懸疑之後，黑暗之中突然閃出了一點亮光。有人到西敏寺路的波文頓當舖去當了一個吊墜，吊墜用的是古老的西班牙樣式，材質是銀鑲鑽石。當吊墜的人是一個臉刮得乾乾淨淨的大塊頭，看模樣像是神職人員，留下的姓名和地址一看就是假的。當舖裏的人沒有留意他的耳朵，不過，其他的特徵顯然是跟施萊辛格十分吻合。

---

* 可能是指曾在《四簽名》等故事當中出現的由街頭流浪兒組成的「貝克街偵緝特遣隊」，也可能另有所指。

為了打探消息，住在朗廷酒店的那位大鬍子朋友到我們這裏來了三次，第三次上門的時間離前述的最新發現還不到一個小時。這個身材魁梧的男人衣帶漸寬，焦灼的等待似乎讓他日益枯槁。「隨便給我找點兒事幹也好啊！」他總是這麼哀號。這一次，福爾摩斯終於可以遂他的願了。

　　「他開始當珠寶啦，咱們肯定能逮到他。」

　　「可是，這是不是意味着弗朗西絲夫人已經遭到了不幸呢？」

　　福爾摩斯搖了搖頭，神色十分嚴峻。

　　「假設他們把她一直關到了現在的話，顯而易見，接下來他們也不會放她，要不就等於自尋死路。咱們必須做好最壞的打算。」

　　「需要我做甚麼呢？」

　　「這些傢伙認不得你的模樣吧？」

　　「認不得。」

　　「接下來，他說不定會換一家當鋪。那樣的話，咱們就只能從頭再來。話又說回來，波文頓當鋪給他的價錢相當不錯，而且沒有問東問西，所以呢，需要現錢的時候，他多半還會去找他們。我寫張條子給那家當鋪，你拿去給他們看，他們就會允許你在鋪子裏等着。如果這個傢伙再來的話，你就跟到他家門口去。不過，你千萬不要輕舉妄動，最重要的是不能動武。我要你拿你的名譽保證，絕不在未經我許可的情形之下採取任何行動。」

　　兩天過去了，菲利普・格林閣下（我得提一句，他的

姓名跟他父親一樣，而他父親就是曾在克里米亞戰爭當中指揮亞速海艦隊的那位海軍名將*）沒有帶來任何消息。到了第三天傍晚，他急匆匆地跑進了我們的客廳，臉色蒼白、渾身戰慄，壯健軀體之上的每一條肌肉都在興奮之中不停抖顫。

「咱們逮到他啦！逮到他啦！」他高聲喊道。

他激動得連話都說不利索了。福爾摩斯安撫了他幾句，把他推到了一把扶手椅上。

「好了，說吧，從頭到尾給我們講講，」福爾摩斯說道。

「一個鐘頭之前，那個女人剛剛去過當鋪。這一次去的是他妻子，可她拿來的吊墜跟上次的那個正好是一對。她個子很高，膚色白皙，眼睛賊溜溜的。」

「確實是咱們要找的那位女士，」福爾摩斯說道。

「她離開當鋪之後，我跟在了她的後面。她走上了肯寧頓路，我繼續跟着她。過了一會兒，她走進了一家鋪子，福爾摩斯先生，一家殯葬行。」

我同伴猛一激靈。「然後呢？」他問話的時候聲音發顫，說明他雖然臉色冷峻，心裏卻已經烈火熊熊。

「她開始跟櫃台裏的女人說話，於是我走了進去，聽見她說了一句『你們晚啦』，也可能是別的甚麼話，總

---

*　克里米亞戰爭 (Crimean War) 是 1853 至 1856 年間土耳其、英國、法國等幾個國家與沙皇俄國之間的戰爭，起因是爭奪巴爾干地區的控制權，以俄國失敗告終，因戰場在瀕臨黑海的克里米亞半島而得名；亞速海 (Sea of Azof) 為東歐的一片海域，與黑海相連，毗鄰克里米亞半島，英文通常為「Sea of Azov」。

之就是這個意思。櫃台裏的女人正在替自個兒找理由，説的是『本來是可以做好的。可它超出了常規，所以更費工夫。』這之後，她倆都停下來看我，所以我只好隨便問了個問題，然後就離開了。」

「你幹得非常漂亮。接下來的事情呢？」

「那個女人走出了鋪子，可我已經躲進了一個門洞。我看她已經起了疑心，因為她四下打量了一番。這之後，她叫來一輛出租馬車，坐上車走了。我運氣不錯，馬上就叫到了另外一輛，這才沒有被她甩掉。到最後，她在布萊克斯頓路普特尼廣場 36 號下了車。我讓馬車繼續往前走，到了廣場的角上才下車觀察那座房子。」

「你看到甚麼人了嗎？」

「那座房子的窗子都是黑的，只有底樓的一扇窗子透着燈光。窗子上拉着百葉簾，我看不見屋裏的情形。我站在那裏，正在琢磨下一步該怎麼辦，一輛帶篷子的貨車跑了過來，車上坐着兩個男的。他們下了車，從篷車裏拖出一樣東西，然後就抬着它走上台階，一直走到了那座房子的大門口。福爾摩斯先生，他們抬的是一口棺材。」

「啊！」

「有那麼一瞬間，我差一點兒就忍不住衝了進去。房門已經開了，為的是讓那兩個人把東西抬進去，開門的正是那個女人。可是，我還在那裏站着的時候，她瞥見了我，按我看還認出了我。我看見她打了個激靈，急匆匆地關上了房門。我想起我答應過你的事情，馬上就趕了過來。」

「你的工作非常出色，」福爾摩斯一邊説，一邊在半

張紙上草草地寫了幾句話。「如果沒有搜查令，咱們的行動就得不到法律的認可，眼下你能做的最有用的事情就是拿上這張條子，到有關當局那裏去申請搜查令。這件事情興許不那麼容易，不過我想，當珠寶的事實應該足以說服他們。具體的手續嘛，雷斯垂德會幫你的。」

「可是，他們可能會在這段時間裏殺害她啊。棺材的用場不是明擺著的嗎，打算裝的人如果不是她的話，又能是誰呢？」

「我們會盡一切努力的，格林先生，一秒鐘也不會耽擱。這件事包在我們身上。好了，華生，」我們的主顧匆匆離去之後，他接著說道，「他會去把正規軍給調來，咱們還跟往常一樣，繼續扮演雜牌軍的角色，還有啊，咱們必須按咱們自個兒的路子來行動。按我看，眼前的形勢萬分危急，即便用上最極端的手段也不為過。咱們一秒鐘也不能耽擱，這就得去普特尼廣場。」

「咱們不妨分析一下眼前的形勢，」我們的馬車飛速駛過議會大廈和西敏寺橋的時候，他開口說道。「這些惡棍首先讓這位不幸的女士疏遠她那名忠實的女僕，然後就把她騙到了倫敦。如果她寫過信給別人的話，信也肯定是被他們給扣住了。他們讓某個同夥預先租下一座帶傢具的房子，踏進房門之後，他馬上把她關押起來，並且拿到了那些貴重的珠寶。從一開始，他們就是衝那些珠寶來的。眼下呢，他們已經開始出售珠寶，顯然是覺得這麼做也不會有甚麼閃失，因為他們想不到，還會有人關心這位

女士的死活 *。當然嘍，她要是重見天日的話，肯定會告發他們。這一來，他們絕對不會放走她。另一方面，他們也不能關她一輩子。由此看來，他們唯一的選擇就是殺了她。」

「這些事情似乎非常清楚。」

「好了，咱們再順着另外一條思路來分析。如果你順着兩條不同的思路進行分析，華生，最終就會找到某個交叉點，真相呢，多半就在交叉點附近。現在咱們不從夫人這邊着手，轉而以棺材為出發點倒推回去。依我看，那口棺材恐怕是夫人已經死亡的確鑿證明。除此之外，它還預示着一場正規的葬禮，附帶着符合手續的醫學證明和官方許可。如果夫人明顯死於謀殺的話，他們肯定會在後園裏挖個坑，把她埋掉了事。可是，他們採用的卻都是又公開又正規的做法。這是甚麼意思呢？毫無疑問，他們殺害她的方法非常隱秘，效果像是自然死亡，足以騙過醫生——興許是下毒。可是，他們居然肯讓醫生靠近她，本身就是一件匪夷所思的事情，除非醫生跟他們是同謀，與此同時，醫生是同謀的假設也顯得十分牽強。」

「他們就不能偽造一張醫學證明嗎？」

「那麼幹很危險，華生，非常危險。不會，我覺得他們不會那麼幹。停下，車夫！咱們剛剛才從那家當鋪門口經過，眼前的這家殯葬行顯然就是他們去的那家 †。你能

---

* 　原文如此。不過，考慮到前文所說福爾摩斯及警方的諸多搜尋努力，這句話似乎不合情理。

† 　前文所說當鋪所在的西敏寺路可能是西敏寺橋路，這條路在西敏寺橋東邊，與肯寧頓路相接（格林說殯葬行在肯寧頓路上）。從貝

進去問問嗎，華生？因為你的模樣特別容易贏得別人的信任。你問問他們，普特尼廣場那家人的葬禮定在明天的甚麼時候。」

殯葬行裏的女人非常痛快地回答了我的問題，葬禮的時間是明天早上八點鐘。

「你瞧，華生，一點兒也不遮遮掩掩，所有的事情都搞得光明正大！他們肯定是通過某種方法弄到了葬禮所需的法律文件，覺得自己甚麼都不用怕啦。好吧，咱們已經無法可想，只能直接發起面對面的進攻了。你帶武器了嗎？」

「我有手杖！」

「也好，也好，咱們的力量應該夠用了。『理直氣壯，等於身披三重鎧甲。』* 咱們可不能坐等警方採取行動，也不能死守法律的條條框框，那樣的後果咱們承擔不起。你可以走了，車夫。好了，華生，咱們這就用上以前偶爾用過的辦法，一起去撞大運吧。」

說話間，他已經跑到了普特尼廣場中央一座漆黑的大房子跟前，把門鈴拉得山響。轉眼之間，門開了，燈光昏暗的門廳裏出現了一個身材高挑的女人。

「喂，你們想幹甚麼？」她厲聲問道，使勁兒地打量着站在暗處的我們。

「我想跟施萊辛格博士談談，」福爾摩斯說道。

克街去布萊克頓路依次會經過議會大廈、西敏寺橋、西敏寺橋路和肯寧頓路。

* 這句引文出自莎士比亞戲劇《亨利六世·中》第三幕第二場，是亨利王説的話。

「我們這裏沒有這麼個人，」她應了一句，打算把門關上，不過，福爾摩斯已經用一隻腳別住了房門。

「好吧，我想見見住在這裏的那個男的，不管他用的是甚麼名字，」福爾摩斯的口氣非常堅決。

那個女人猶豫了一陣，跟着就一把拉開了房門。「好吧，請進！」她說道。「這世上沒有我丈夫不敢見的人。」我倆進門之後，她關上房門，把我倆領進門廳右邊的一間起居室，調亮煤氣燈，然後就走出了房間。「彼得斯先生馬上就來，」她說道。

她這句話倒是一點兒也不假，我倆還沒來得及好好打量這個塵封蟲蛀的房間，房間的門就開了，一個鬍子刮得乾乾淨淨的禿頭大漢邁着輕快的步伐走了進來。他長着一張紅彤彤的大臉，雙頰鬆弛下垂，整個兒的神態乍看起來相當和善，只有那張殘忍惡毒的嘴巴是個例外。

「這當中肯定有甚麼誤會，先生們，」他用的是一種甜得起膩、包治百病的聲音。「依我看，你們肯定是找錯了地方。你們不妨到這條街前面打聽打聽，興許——」

「行了，我們沒工夫跟你廢話，」我同伴斬釘截鐵地說道。「你就是阿德萊德的亨利·彼得斯，後來又在南美洲和巴登自稱宗教界的施萊辛格博士，這些事情我一清二楚，就跟我清楚我自個兒叫歇洛克·福爾摩斯一樣。」

彼得斯——接下來我就用這個稱呼——打了個寒戰，死死地盯着這個追上門來的可怕對手。「要我說，您的名字也嚇不住我，福爾摩斯先生，」他若無其事地說道。「不做虧心事，不怕鬼叫門。您闖到我家裏來，有何貴幹呢？」

「你把弗朗西絲·卡法克斯夫人從巴登騙到了這裏，我想知道你把她怎麼樣了。」

「您要是能把夫人的下落告訴我，我倒會非常高興，」彼得斯泰然自若地回答道。「她還欠我將近一百鎊呢，可她甚麼也沒給我，只有一對華而不實的吊墜，買家連看都不願意看。在巴登的時候，她自個兒要跟彼得斯太太和我——我當時用的是另外一個名字，這倒也是事實——賴在一起，一直黏着我們，還跟着我們來了倫敦。我替她付了房錢和車錢，可她一到倫敦就甩掉了我們，留下來抵賬的東西嘛，就像我剛才說的那樣，不過是這麼點兒過時的珠寶。您要是能找到她的話，福爾摩斯先生，真算是幫了我一個忙哩。」

「我**一定要**找到她，」歇洛克·福爾摩斯說道。「我打算搜一搜這座房子，直到把她找出來為止。」

「您的搜查令呢？」

福爾摩斯把口袋裏的左輪手槍掏出了一半。「更像樣的搜查令下來之前，這個應該也可以湊合。」

「咳，您也不過是一名普通的竊匪嘛。」

「你這個稱呼恰如其分，」福爾摩斯興高采烈地說道。「我這位同伴也是個危險的匪徒，我倆打算一塊兒搜查你的房子。」

我們的對手打開了房間的門。

「快去叫警察，安妮！」他說道。過道裏立刻傳來了女子衣裙的窸窣聲響，跟着就是大門開了又關的聲音。

「咱們沒多少時間，華生，」福爾摩斯說道。「你要

是膽敢阻擋我們的話，彼得斯，保準兒會吃到苦頭。他們抬到你這裏來的那口棺材呢？」

「您打聽棺材幹甚麼？棺材用着呢。裏面有具屍體。」

「我一定要看看那具屍體。」

「我絕對不會同意。」

「我用不着你同意。」福爾摩斯一把推開這個傢伙，衝到了門廳裏面。前方就有一道虛掩的門，我倆便走了進去。門裏面是餐廳，半明半暗的煤氣吊燈下面有一張桌子，棺材就停在桌子上。福爾摩斯調亮吊燈，抬起了棺材蓋子。棺材很深，底部躺着一個形銷骨立的人形，吊燈的明亮燈光照出了一張蒼老乾癟的臉。不管經受了怎樣的虐待、飢餓和疾病，風韻猶存的弗朗西絲夫人也不可能變成這麼一具衰朽的遺骸。看福爾摩斯的臉色，他一方面是覺得十分驚訝，一方面又覺得如釋重負。

「謝天謝地！」他喃喃自語。「這是另外一個人。」

「哈，您終於也栽了一次大跟頭，歇洛克·福爾摩斯先生，」彼得斯說道。我倆走進房間的時候，他也跟了進來。

「死了的這個女人是誰？」

「呃，既然您非得知道，那我就告訴您，她是我妻子以前的保姆，名叫羅斯·斯本德爾。我們在布萊克斯頓濟貧醫院找到了她，帶着她回到這裏，還替她請來了霍索姆醫生，醫生住在費班克別墅區 13 號——您可別忘了記地址，福爾摩斯先生。我們盡了基督徒應盡的職責，給了她

精心的照料。第三天她就死啦，死亡證明上說的是自然老死，不過呢，這只是醫生的看法，您當然會有更高明的見解。我們請肯寧頓路的斯蒂姆森殯葬行替她操辦葬禮，葬禮定在明天早上八點鐘。您挑得出甚麼毛病嗎，福爾摩斯先生？您栽了個愚蠢的跟頭，還是痛痛快快地承認了吧。剛才您掀開棺材蓋子，滿以為能看見弗朗西絲‧卡法克斯夫人，結果卻看到了一個九十高齡的窮苦婦人，您那副目瞪口呆的樣子要是有照片的話，我倒真願意拿點兒東西來換哩。」

對手在一旁冷嘲熱諷，福爾摩斯臉上依然是一副無動於衷的模樣，緊握的雙拳卻暴露了他急火攻心的情緒。

「我要搜查你的房子，」他說道。

「是嗎，真的啊！」彼得斯大叫起來，過道裏已經響起了女人說話的聲音，還有沉重的腳步聲。「咱們馬上就知道行還是不行。勞駕，兩位警官，這邊請。這兩個人強行闖進我的房子，我怎麼趕也趕不走。幫我把他們驅逐出去吧。」

站在門口的是一位警長和一名警員，福爾摩斯從包裏掏出了一張名片。

「這上面有我的姓名和住址，這位是我的朋友，華生醫生。」

「哪裏話，先生，我們都對您非常熟悉，」警長說道，「不過，您沒有搜查令，待在這兒是不行的。」

「當然不行，這一點我完全明白。」

「把他抓起來！」彼得斯叫道。

「需要抓這位先生的話，我們自然知道上哪兒去找他，」警長大模大樣地說道，「可您必須離開這兒，福爾摩斯先生。」

「是啊，華生，咱們是得離開這兒。」

一分鐘之後，我倆回到了大街上。福爾摩斯還跟平常一樣冷靜，可我卻又羞又惱、渾身燥熱。警長從後面追了上來。

「對不起，福爾摩斯先生，法律就是這麼定的。」

「沒錯，警長，您也是別無選擇。」

「依我看，您去那裏肯定是有充分的理由的。如果有甚麼地方用得着我的話——」

「有一位女士失蹤了，警長，我認為她就在那座房子裏。我很快就可以拿到搜查令。」

「既然如此，我會留意那幫人的，福爾摩斯先生。有甚麼情況的話，我一定會通知您。」

時間不過九點，我倆立刻展開了全速追蹤。我倆坐上馬車，首先趕到了布萊克斯頓濟貧醫院。根據院方的介紹，幾天之前，確實有一對好心的夫婦到醫院來，聲稱一個癡呆的老婦人是他們以前的僕人，由此得到院方的許可，領走了那個老婦人。聽到老婦人已經去世的消息之後，院方並沒有任何驚訝的表示。

下一個走訪對象是那個醫生。按醫生的說法，當時他應召上門，發現那個老婦人已經奄奄一息，原因則完全是年邁體衰。那之後，他親眼看到她斷了氣，於是就按常規簽了一張死亡證明。「我可以跟你們打包票，一切都正常

得不能再正常，這事情不可能會有甚麼蹊蹺，」他這麼告訴我們。他沒發現屋子裏有甚麼可疑的東西，只不過，他們那樣的人家竟然沒請僕人，這倒是有點兒奇怪。醫生提供的情況就這麼多，再沒有甚麼別的。

我倆的最後一站是蘇格蘭場。搜查令的事情遇上了一些手續上的障礙，耽擱已經無法避免。蘇格蘭場的人說，地方法官的簽字要到第二天早上才能拿到，如果福爾摩斯九點左右來一趟的話，就可以跟雷斯垂德一起去見證搜查令的效力。一天的工作到此結束，只不過，將近午夜的時候，之前見過的那位警長朋友跑來告訴我倆，他看到那座漆黑的大房子裏閃出了到處游移的燈火，同時又不見有人出入。我倆別無良策，只能捺住性子、坐待天明。

歇洛克·福爾摩斯焦躁得不願說話，同時又煩亂得無法入眠。我離開他的時候，他還在使勁兒抽煙，反覆思考這個謎題，掂量着每一種可能的答案，烏黑的濃眉攢在一起，纖長靈敏的手指不停地叩擊椅子的扶手。這一夜，我好幾次聽見他在屋裏走來走去。到最後，僕人剛剛把我叫醒，他已經衝進了我的房間。他雖然穿着睡袍，蒼白的臉龐和深陷的眼窩卻說得明明白白，昨天夜裏，他始終不曾合眼。

「葬禮定在甚麼時間來着？八點鐘，對嗎？」他火急火燎地問道。「呃，現在是七點二十。天哪，華生，上天賜給我的腦子上哪兒去了呢？快，伙計，快！這事情生死攸關——九死一生。咱們要是去晚了的話，我永遠也不會原諒自己，永遠不會！」

不到五分鐘，我倆已經坐上一輛雙輪馬車，順着貝克街飛奔起來。即便如此，我們還是在七點三十五分才經過大本鐘*，鐘敲八點的時候才衝進布萊克斯頓路。還好，其他的人也跟我倆一樣誤了時辰。已經是八點過十分了，靈車仍然停在那座房子的門前。就在我們那匹汗氣蒸騰的馬兒收住腳步的時候，三個男的抬着棺材出現在了門口。福爾摩斯衝上前去，攔住了他們的去路。

「抬回去！」他一邊大聲叫喊，一邊伸手去推打頭那個人的胸膛。「馬上抬回去！」

「你到底是甚麼意思！我再問你一次，你的搜查令呢？」彼得斯發出了憤怒的咆哮，他那張紅彤彤的大臉正在棺材的另一頭衝我們怒目而視。

「搜查令馬上就來。搜查令不來，這口棺材就別想出屋。」

福爾摩斯的威嚴語調鎮住了那些抬棺材的人，眼見彼得斯已經突然消失在了屋子深處，他們也就順水推舟地接受了新的命令。「快，華生，快！這兒有把起子！」棺材回到桌上之後，他高聲喊道。「你也來一把，伙計！一分鐘之內打開蓋子的話，我就賞你們一個金鎊！別問甚麼問題——趕緊幹活！這就對了！再來一個！還來一個！好了，一起使勁兒！鬆了！鬆了！哈，總算是開了。」

---

*　大本鐘 (Big Ben) 即安放在西敏寺橋邊議會大廈北端的大鐘，為倫敦著名標誌，1856 年鑄造完成。之所以名為「Big Ben」，說法之一是為了紀念監造大鐘的本傑明‧霍爾 (Benjamin Hall, 1802–1867)。這個英文短語也指鐘所在的鐘樓，2012 年 9 月，為慶祝英國女王伊麗莎白二世加冕六十周年，英國官方將鐘樓更名為「伊麗莎白塔」(Elizabeth Tower)。

我們合力掀掉了棺蓋，一股濃烈醉人的氯仿氣味撲鼻而來。棺材裏躺着一個人，腦袋上胡亂纏着一些棉條，棉條浸透了這種麻醉劑。福爾摩斯扯掉棉條，呈現在我們眼前的是一張像雕像一般毫無生機的臉龐，屬於一位聖潔秀美的中年女子。轉眼之間，福爾摩斯已經用雙臂攬住她，支着她坐了起來。

「她死了嗎，華生？還有活氣兒嗎？咱們該不會來遲了吧！」

單是看此後半個鐘頭的情形，我們確實是來遲了一步。由於實實在在的窒息，再加上氯仿的毒性，弗朗西絲夫人似乎已經返魂無術。接下來，用上人工呼吸、注射乙醚＊以及科學能夠提供的一切方法之後，生命之弦的幾絲輕顫、眼瞼的幾次抖動，再加上眼睛裏的幾縷暗淡光芒，終於讓我們看到了慢慢復甦的生機。聽到一輛馬車在門外停了下來，福爾摩斯掀開百葉窗簾看了看。「雷斯垂德終於帶着他的搜查令來啦，」他說道。「可惜他只能看到鳥去巢空的景象。好了，還有一個，」走廊裏響起了急匆匆的沉重腳步，他接着說道。「這個人比咱們更有資格照顧這位女士。早上好，格林先生。依我看，咱們得把弗朗西絲夫人送走，越快越好。與此同時，葬禮倒不妨繼續舉行，好讓那個仍然躺在棺材裏的窮苦老婦獨自前往她的安息之所。」

＊　鑑於乙醚本身也有麻醉作用，這種方法似乎不合情理。不過，乙醚對人體的作用跟酒有一定的相似之處，初期會造成興奮反應。在十九世紀下半葉，乙醚曾經被歐洲一些地方的人用作酒的替代品。

「如果你有意把這個案子寫出來的話，親愛的華生，」當天晚上，福爾摩斯說道，「它能說明的事情只有一件，也就是說，即便是最有條不紊的頭腦也會有暫時卡殼的時候。這樣的失誤人所難免，最可貴的是能夠發現失誤、亡羊補牢。這樣一份打了折扣的榮譽，興許我還是有權領受的吧。昨天夜裏，我腦子裏一直盤旋着一個念頭，也就是說，甚麼地方有一條線索、一個莫名其妙的句子、一句不知所云的話，我曾經聽到過，但卻非常草率地把它當成了耳邊風。到後來，灰白的晨光之中，我突然想起了那句話，那句話是菲利普·格林告訴咱們的，說話的人是殯葬行的老闆娘。她是這麼說的，『本來是可以做好的。可它超出了常規，所以更費工夫。』她說的是那口棺材，那口棺材超出了常規，具體的意思則只可能是尺寸比較特殊。可是，尺寸為甚麼特殊呢？為甚麼？剎那之間，我記起了那口深深的棺材，記起了棺材底部那個瘦小乾癟的人形。為甚麼要用一口這麼大的棺材來裝一具這麼小的屍體呢？自然是為了給另一具屍體留出地方，說明他們打算用一張證書埋掉兩具屍體。這一切本來都十分清楚，壞就壞在我自個兒的眼睛出了毛病。八點鐘，他們就要把弗朗西絲夫人埋掉，咱們只有一個機會，那就是把棺材堵在他們家裏。

「夫人仍然活着的希望可以說是渺茫之極，還好，事實已經表明，這終歸不失為一個希望。據我所知，在此之前，那些傢伙從來都沒有殺過人。這樣看來，他們興許會在最後一刻打退堂鼓，不敢實實在在地動手殺人。他們可以直接把夫人埋掉，不留下任何揭示死因的痕跡，即便

有人把夫人挖了出來，他們仍然有逃脫懲罰的機會。之前我抱着一線希望，就是希望這樣的考慮會在他們的腦子裏佔到上風。當時的場面嘛，你自個兒都可以清清楚楚地設想出來。樓上那個可怕的窩巢你也看見了，那位可憐的女士就是在那裏遭到了長期的拘禁。當時他們肯定是衝進房間，用氯仿麻醉了她，抬她下樓，往棺材裏倒上一些氯仿，確保她醒不了，然後就釘上了棺材蓋子。這一招可真是高明，華生，據我所知，這還是犯罪史上的新鮮事物呢。依我看，那兩位當過傳教士的朋友如果能從雷斯垂德手裏逃脫的話，未來的日子裏，咱們多半還能聽到他倆再接再厲的光輝事跡。」

魔鬼之足

　　我與歇洛克・福爾摩斯先生知交多年，收穫了許多離奇古怪的經歷和妙趣橫生的回憶。我時常提筆敍寫其中的一些片斷，但卻一再碰上同一道難題，那就是他本人非常討厭出風頭。他性情冷峻、憤世嫉俗，自始至終都對公眾的喝彩深惡痛絕。每當案子圓滿辦結，最讓他興味盎然的事情莫過於把實際揭露罪犯的工作交給某個一本正經的官方探員，然後就帶着譏諷的笑容傾聽公眾向錯誤的對象齊聲道賀。近些年來，我公之於眾的案件記錄少之又少，確實是因為我朋友如此這般的態度，絕不是因為缺少有趣的素材。能參與他的冒險歷程，始終是我獨享的一份殊榮，這樣的殊榮附帶着一個條件，那就是我必須出言謹慎、守口如瓶。

　　這樣一來，上個星期二，我着實吃了一驚，因為我收到了福爾摩斯發來的一封電報 * ——電報能説完的事情，從來不曾見他寫信——電文如下：

　　我所經辦以康沃爾 † 慘案最為離奇，何不告知彼等。

---

* 這篇故事首次發表於 1910 年 12 月；這裏説收到福爾摩斯的電報，想必是華生寫作此故事之時，福爾摩斯已經遁入薩塞克斯丘陵，華生還留在倫敦。

† 康沃爾 (Cornwall) 為英格蘭西南端的一個郡，首府特魯羅 (Truro) 東北距倫敦約 350 公里。

我完全想不出來，甚麼樣的回憶潮水讓這件事情湧上了他的心頭，同樣沒有頭緒的是，甚麼樣的反常狀態讓他產生了讓我敍寫這件事情的願望。不管怎樣，趁着他還沒有發來收回成命的電報，我趕緊翻出載有案件詳情的筆記，把這個故事呈現在讀者們的眼前。

那是一八九七年的春天，福爾摩斯那副鐵打的身板顯現出了崩潰的跡象，原因固然是成年累月、殫精竭慮的艱辛工作，他自己偶一為之的輕率舉動興許也起到了雪上加霜的作用。這一年的三月，哈萊街* 的摩爾·阿迦醫生——他與福爾摩斯的相識奇緣，容我改日再敍——鄭重告誡這位著名的私家偵探，為免身體全然崩潰，他必須放下所有的案子，徹徹底底地休養一段時間。福爾摩斯對凡俗瑣事毫不介懷，一點兒也不在意自己的健康，不過，眼看自己面臨着永遠喪失工作能力的危險，他最終還是接受勸告，答應徹徹底底地換換環境、換換空氣。於是乎，這一年的早春，我倆一起來到了康沃爾半島的最遠端，住進了頗度灣附近的一座小農舍†。

這是個非同一般的所在，尤其適合我這位病人的冷峻性情。我們那座刷着白灰的小屋高踞在一個雜草叢生的海岬頂端，從窗子可以俯瞰整個芒茨灣，這個險惡的半圓形海灣歷來是過往船隻的死亡陷阱，邊緣都是黑黝黝的懸崖

---

* 哈萊街 (Harley Street) 是當時倫敦醫家麕集的地方。

† 康沃爾郡整體是一個半島，這裏說的「最遠端」應該是指康沃爾郡最南端的蜥蜴岬 (Lizard Point)；頗度灣 (Poldhu Cove) 是蜥蜴岬西北不遠處的一個小海灣，原文中的英文是意思相近的「Poldhu Bay」；下文中的芒茨灣 (Mounts Bay) 是蜥蜴岬西邊的大海灣，確以海難多發聞名，頗度灣在芒茨灣範圍之內。

和驚濤拍擊的礁石，不計其數的水手葬身於此。北風微微吹拂的時候，背風的芒茨灣波平如鏡，吸引那些風顛浪簸的船隻搶風駛入海灣，滿以為找到了一個安安穩穩的喘息之地。然後呢，風向陡轉，來自西南的狂風高聲咆哮，錨鏈紛紛拔起，船隻紛紛撞向海岸，跟着就是翻騰白浪之中的最後掙扎。聰明的海員，都懂得遠遠地避開這個兇險的地方。

　　陸上的環境跟海上一樣陰沉。周遭是一片連綿起伏的高地荒原，人煙稀少、色調灰黯，偶或可以看到教堂的鐘樓，標明了那些古老村莊的位置。荒原上到處都是某個遠古種族的遺跡，那個種族已經徹底消亡，留下的只是一座座古怪的石頭紀念碑、一個個埋葬骨灰的異形古冢以及一座座奇形怪狀、標誌着史前衝突的土築工事。這個地方充滿了神秘的魔力，同時又洋溢着湮滅種族留下的不祥氣氛，我朋友為此浮想聯翩，大部分的時間都在荒原上長途散步、獨自冥想。古老的康沃爾語 * 也讓他產生了濃厚的興趣。至今我仍然記得，當時他突發奇想，認為這種語言與亞拉姆語之間存在親緣關係，大部分是由那些從事錫礦貿易的腓尼基人帶來的†。他託別人寄來了一批語言學書籍，之後便開始潛心研究這一問題，只可惜突然之間，這裏發生了一件令我遺憾不已卻令他衷心喜悅的事情，我倆

---

*　康沃爾語 (Cornish) 是生活在康沃爾的古代凱爾特人使用的語言，
　　至今仍是英國的一種少數民族語言。

†　亞拉姆語 (Chaldean, 亦作 Aramaic) 為亞洲西南部的一種古代語言；
　　腓尼基 (Phoenicia) 為亞洲西南部地中海東岸的一個古代文明，以
　　海上貿易著稱。

隨即發現，即便是在這樣一片夢境一般遙遠的土地上，依然有一件案子找上門來。跟那些迫使我倆離開倫敦的案子比起來，這件案子更加慘烈、更加引人注目，神秘的程度更是增加了千倍萬倍。簡單的生活和有益身心的寧靜日程陡然中斷，我倆被迫介入了一系列驚人事件，這些事件不光使得康沃爾郡一片嘩然，也在英格蘭西部全境引起了極大的轟動。對於這件時稱「康沃爾慘案」的案子，許多讀者興許還有一點兒印象，只不過，當時的倫敦報界得到的只是一份語焉不詳的材料。到得如今，事情已經過去了十三年，我願將此次離奇事件的真實始末一一道來，以饗公眾。

剛才我已經講過，康沃爾郡的這片地區只有一些稀稀落落的村莊，標明村莊位置的則是那些零星散佈的鐘樓。離我倆最近的是特雷達尼克·沃拉斯村＊，村裏的房屋簇擁在一座苔痕點點的古老教堂周圍，居民有兩百來人。教區牧師朗德海算得上半個考古專家，福爾摩斯由此與他漸漸熟絡。牧師是個中年人，身材健碩，性情和藹，知道許多本地掌故。我倆曾經應邀去他家喝茶，捎帶着認識了莫蒂默·特雷根尼斯先生。特雷根尼斯先生是一位無需操勞生計的紳士，在牧師那座枝枝蔓蔓的大宅子裏租了房間，讓這位薪俸微薄的教士多了一點兒收入。牧師獨身未娶，樂得把房子租出去，儘管他跟這位房客沒有甚麼共同之處。房客又黑又瘦、戴着眼鏡，而且彎腰駝背，讓人覺得

＊　特雷達尼克·沃拉斯村 (Tredannick Wollas) 為作者虛構，不過，蜥蜴岬西北不遠處有一個名為「Predannack Wollas」的村子。

他實實在在地是身有殘疾。現在我仍然記得，在我倆那次短暫的訪問當中，教區牧師口若懸河，這位房客卻緘默得出奇，只見他面容哀戚、若有所思地坐在那裏，眼睛望着一邊，腦子裏想的顯然是他自個兒的事情。

三月十六日，星期二，我倆剛剛吃過早飯，正在一起抽煙，準備抽完煙就按照每日的慣例去荒原上遊逛。恰在此時，前述兩位仁兄突然走進了我倆那間小小的起居室。

「福爾摩斯先生，」教區牧師激動萬分地說道，「夜裏發生了一件極其古怪、極其悲慘的事情，完全是聞所未聞。你剛好在我們這裏，只能説是上天格外開恩，放眼整個英格蘭，你就是我們最需要的人。」

我直愣愣地盯着不請自來的教區牧師，眼神算不上特別友好。然而，福爾摩斯已經把嘴裏的煙斗拿了下來，坐直了身子，活像是一頭老獵犬，聽見了主人發現狐狸的吆喝聲。福爾摩斯抬手指了指沙發，驚魂未定的訪客和他那位惶惶不安的同伴便肩並肩地坐了下來。莫蒂默·特雷根尼斯先生的表現要比牧師鎮靜一些，乾瘦的雙手卻不停地顫抖，黑色的眼睛也精光閃亮，顯然是與牧師心有戚戚。

「我說還是你說？」特雷根尼斯問牧師。

「呃，具體是甚麼事情我不知道，不過，既然發現事情的人是您，牧師知道的都是從您那裏聽來的，興許還是您來講比較好吧，」福爾摩斯説道。

我看了看衣衫凌亂的牧師，又看了看他身邊那位着裝正式的房客，不由得暗自好笑，福爾摩斯如此簡單的演繹居然能讓他們的臉顯得如此驚訝。

「還是讓我先說幾句吧，」牧師說道，「然後就由你來判斷，咱們是聽特雷根尼斯先生講講細節，還是立刻趕往這次神秘事件的現場。好了，事情是這樣的，咱們這位朋友昨天去了一趟特雷達尼克‧瓦塔宅邸，跟他的親人待了一個晚上。那座房子就在荒原上那個古老的石頭十字架旁邊，房主是他的兄弟歐文和喬治，以及他的妹妹布倫達。他們四個圍着餐廳的桌子打牌，氣氛非常融洽愉快。一直到十點剛過不久的時候，他才從他們家裏出來。他一向起得很早，今天早飯之前就出去散步，剛好是在往特雷達尼克‧瓦塔宅邸的方向走。理查茲醫生駕着馬車從後面追上了他，說自己剛剛接到了一個十萬火急的通知，正要去那座宅邸。這一來，莫蒂默‧特雷根尼斯先生自然就跟着醫生一起去了。到了之後，他看到了一幅極其古怪的景象。他的兄弟和妹妹仍然坐在桌子周圍，跟他昨晚離開的時候一樣，撲克牌仍然攤在他們面前，蠟燭則已經全部燃盡。妹妹一動不動地倒在椅子上，早已經斷了氣，分坐在她兩邊的兩個兄弟則在那裏笑啊、叫啊、唱啊，徹底地喪失了理智。他們三個，那個死了的女人和那兩個瘋了的男人，臉上都帶着一種極其恐懼的表情——恐懼扭歪了他們的臉，看着都讓人害怕。宅子裏只有年老的廚娘兼管家波特太太，她說她昨夜睡得很沉，甚麼聲音也沒聽見。除了她之外，宅子裏再沒有任何人出入的跡象。屋裏的東西一樣不少，而且都在原來的位置，我們一點兒也想不出來，究竟是甚麼樣的恐怖事物嚇死了一個女人、嚇瘋了兩個強壯的男人。簡單說來，事情就是這個樣子，你要能幫我們

把它弄清楚的話，那就是辦了一件了不起的大好事。」

我本來還想設法勸說我同伴回歸寧靜的生活，免得辜負這次旅行的初衷，眼下呢，一看他專注的臉龐和緊鎖的眉頭，我立刻心知肚明，這個願望已經化為泡影。他一聲不吭地坐了一小會兒，心思完全投入了這樁擾了我倆清靜的離奇事件。

「我樂意調查這件事情，」他終於開了口。「乍看起來，這似乎是一件非常奇特的案子。你到過現場了嗎，朗德海先生？」

「沒有，福爾摩斯先生。特雷根尼斯先生跑來通知我，我立刻跟他一起找你來了。」

「這場離奇慘劇發生的那座房子離這裏有多遠呢？」

「一英里左右，往陸地的方向走。」

「那好，咱們一起走着去好了。出發之前，我必須問您幾個問題，莫蒂默·特雷根尼斯先生。」

在此之前，特雷根尼斯一直都沒有說話，可我已經注意到，他的情緒雖然更有節制，但卻比牧師那種一覽無遺的激動更為強烈。他坐在那裏，慘白的臉拉得老長，焦灼的眼睛死死地盯着福爾摩斯，乾瘦的雙手抖抖索索地扣在一起。聽牧師講到他家人的可怕遭遇的時候，他那兩片沒有血色的嘴唇哆嗦起來，黑色的眼睛裏泛出了恐懼，似乎是再一次看到了當時的場景。

「隨便問吧，福爾摩斯先生，」他急切地說道。「這事情講起來就讓人傷心，可我一定會照實回答您的問題。」

「說說昨晚的情形吧。」

「呃，福爾摩斯先生，就像牧師說的那樣，我在他們那裏吃了晚飯。吃完之後，我哥哥喬治提議打一局惠斯特*。我們從大概九點鐘的時候開始打，打到十點一刻我才走。我走的時候，他們仍然坐在桌子上，一個個都高興極了。」

「誰送您出去的呢？」

「波特太太已經睡了，所以我是自個兒開的門。出去之後，我又把大門給關上了。他們所在的那個房間關着窗子，百葉簾卻沒有放下來。今天早上，門窗都還是原來的樣子，屋裏也沒有外人闖入的跡象。可他們就那麼坐在那兒，徹徹底底地嚇瘋了，布倫達更是已經活活嚇死，腦袋耷拉在椅子的扶手上。我一輩子也忘不了那間屋子裏的景象。」

「您剛才講的這些情況確實是奇特之極，」福爾摩斯說道。「據我看，您本人完全解釋不了道理何在，對吧？」

「這是魔鬼幹的事情，福爾摩斯先生，魔鬼幹的！」莫蒂默·特雷根尼斯高聲喊道。「人世間沒有這樣的事情。肯定是有邪靈闖進了那間屋子，撲滅了他們腦子裏的理智之光。凡人怎麼辦得到這樣的事情呢？」

「依我看，」福爾摩斯說道，「這事情如果超出了凡人的能力，恐怕也就超出了我的能力。不過，退而接受超自然解釋之前，咱們必須盡力探求自然的解釋。說到您

---

* 惠斯特 (whist) 為一種四人牌戲，是橋牌的前身，在十八世紀和十九世紀的西方非常流行。

自個兒的情況嘛，特雷根尼斯先生，您那些家人都住在一起，可您卻另有住處，如此看來，您跟他們似乎有點兒隔閡吧？」

「確實有這回事，福爾摩斯先生，只不過，事情早已經煙消雲散、一筆勾銷啦。我們一家原本是在雷德魯斯*採挖錫礦，後來就把礦山賣給了一家公司，拿上足夠的錢財退了休。分財產的時候確實鬧了點兒情緒，大家一時之間有點兒疙瘩，這一點我絕不否認。不過，那些事情都已經過去了，我們又成了最要好的朋友。」

「回頭想想你們在一起的那個晚上，您能不能想到甚麼異常情況、能不能為這場慘劇提供一點兒線索呢？仔細想想吧，特雷根尼斯先生，任何線索都會對我有所幫助。」

「一點兒線索也沒有，先生。」

「您的親人情緒正常嗎？」

「好得不能再好。」

「他們是那種容易緊張的人嗎？以前有沒有表現出禍事臨頭的擔憂情緒呢？」

「沒有那樣的事情。」

「如此說來，您已經補充不了甚麼可以幫助我的情況了，對嗎？」

莫蒂默·特雷根尼斯認認真真地想了一會兒。

「我想起了一件事情，」他終於開口說道。「我們打牌的時候，我的座位背對著窗子，對著窗子的是我哥哥喬

---

* 雷德魯斯 (Redruth) 是康沃爾郡的一個鎮子，曾經是英國的銅錫採掘中心。

治，他跟我是對家 *。有一次，我看見他一個勁兒地盯着我的身後，於是就回過頭去看了看。窗子關着，百葉簾卻沒有放下來，所以我勉強看得見草坪上的灌木叢。有那麼一瞬間，我覺得灌木叢裏有甚麼東西在動。我甚至判斷不了那東西是人是獸，僅僅是覺得那兒有個東西。我問喬治看到了甚麼，他的回答也跟我的感覺一樣。我知道的就這麼多了。」

「你們沒有去查一查嗎？」

「沒有，當時我們沒有在意。」

「這麼說，告辭的時候，您心裏並沒有甚麼不祥的預感，對嗎？」

「一點兒也沒有。」

「可我不太明白，今天早上，您為甚麼那麼早就聽到了消息。」

「我一向起得很早，早飯之前通常都會出去散散步。今天早上，我剛走沒幾步，醫生就趕着馬車追了上來。他告訴我，波特老太太打發一個男孩子捎了急信給他，於是我跳上他的馬車，跟他一起上了路。到了之後，我們往那間可怕的屋子裏張望了一番。屋裏的蠟燭和爐火肯定是在幾個鐘頭之前就已燃盡，那之後，他們三個就在黑暗裏坐到了天亮。醫生說，布倫達至少已經死了六個鐘頭。屋子裏沒有動武的跡象，布倫達就那麼倒在椅子的扶手上，臉

---

* 原文如此。不過，照這裏的描述，分坐在布倫達兩邊的只可能是莫蒂默和喬治，前文當中卻說，第二天早上的情形是歐文和喬治分坐在布倫達的兩邊，而且「跟他 (莫蒂默) 昨晚離開的時候一樣」。

上帶着那樣的一副表情，喬治和歐文一邊東一句西一句地瞎唱一氣，一邊嘰裏呱啦地胡言亂語，活像是兩隻大猴子。噢，當時的情景真是可怕極啦！我根本看不下去，醫生的臉也白得跟床單似的。事實上，醫生當場栽倒在一把椅子上，一下子暈了過去，我們差一點兒就得連他一塊兒照料了。」

「不一般，非常不一般！」福爾摩斯一邊說，一邊站起身來，拿上了自己的帽子。「依我看，咱們別再耽擱了，這就上特雷達尼克・瓦塔宅邸去吧。老實說，單看第一眼的印象，比這更離奇的案子還真是不多見呢。」

這次調查的第一天上午，我們並沒有取得甚麼進展。然而，剛剛展開調查，我們就碰上了一件事情，致使我心裏產生了極其陰暗的印象。通往慘劇現場的是一條蜿蜒曲折的鄉間小巷，走着走着，我們聽見了一輛馬車迎面跑來的轔轔聲響，於是就站到路邊讓它過去。馬車駛過的時候，我透過關着的車窗瞥見了一張扭曲變形、齜牙咧嘴的可怕臉孔，正在惡狠狠地瞪着我們。那兩隻圓睜的眼睛和那兩排緊咬的牙齒從我們面前一閃而過，彷彿是一個恐怖的幻影。

「我那兩個兄弟！」莫蒂默・特雷根尼斯叫道，一張臉白到了嘴唇上。「他們這是要送他倆去赫爾斯頓 * 呢。」

我們滿心恐懼地目送那輛黑色的馬車隆隆遠去，之後便轉過身，繼續走向他倆遭遇離奇慘禍的那座凶宅。

---

* 　赫爾斯頓 (Helston) 是康沃爾郡的一個鎮子，離蜥蜴岬不遠。

宅子又大又亮堂，與其說是一座農舍，倒不如說是一幢鄉間別墅。由於康沃爾郡的宜人氣候，面積可觀的花園裏已經開滿了春花。起居室的窗子對着花園，據莫蒂默·特雷根尼斯所說，那個邪靈一定是突然出現了花園之中，頃刻之間就把他的家人嚇得魂飛魄散。福爾摩斯慢條斯理、若有所思地在花床之間巡視了一遍，又沿着花園裏的小徑走了走，然後才跟我們一起走進門廊。如今我仍然記得，當時他想事情想得出神，不小心絆翻了澆花的水壺，潑出來的水打濕了我們的腳，還在小徑上到處流淌。進屋之後，我們見到了宅子的管家波特太太。波特太太是康沃爾人，已經上了歲數，跟一個幫手的小姑娘一起照應這家人的生活起居。她非常爽快地回答了福爾摩斯提出的所有問題。夜裏她甚麼也沒聽見。近些日子以來，她的三位東家都顯得情緒高漲，日子過得前所未有地愉快、前所未有地順利。今天早晨，她一進屋就看見三位東家圍着桌子的可怕景象，一下子嚇得暈了過去。醒來之後，她一把推開窗子，好讓早晨的新鮮空氣透進房間，然後就跑到巷子裏，打發農場裏的一個小伙計去請醫生。如果我們想看的話，女東家的屍體就在樓上，躺在女東家自個兒的床上。剛才來了四個壯漢，這才把瘋了的兄弟倆弄進那輛瘋人院的馬車。她自己是一天也不打算在這兒待了，下午就要回聖伊夫斯 * 去找她的家人。

　　我們走到樓上，看了看那具屍體。布倫達·特雷根尼斯小姐雖說即將步入中年，但卻是一位非常漂亮的女郎。

---

* 　聖伊夫斯 (St. Ives) 是康沃爾郡的一個小鎮。

即便已經香銷玉殞，她那張輪廓分明的深色臉龐依然顯得相當標致。不過，她的臉上仍然殘留着驚恐抽搐的痕跡，訴説着她臨死之前最後的一縷人類情感。離開她的臥室之後，我們走進了樓下的起居室，也就是這樁離奇慘劇的發生地點。壁爐格柵裏堆着昨夜爐火的焦黑餘燼，桌上立着四支蠟淚縱橫的燃盡蠟燭，此外還攤着一副撲克牌。椅子已經被推回了牆邊，其餘的一切則跟昨夜一模一樣。福爾摩斯邁着輕快的步伐在房間裏走來走去，又把椅子擺回打牌時的位置，挨個兒坐了一遍。他試了試從房間裏能夠看到花園的甚麼地方，檢查了地板、天花板和壁爐，可我始終沒有看到他那種眼睛一亮、猛然繃緊嘴唇的反應，説明他並沒有從漆黑一團的局面當中看到甚麼希望的曙光。

「為甚麼要生火呢？」其間他問了一句。「春天裏的晚上，他們也總是會在這個小房間裏生火嗎？」

莫蒂默‧特雷根尼斯解釋説，昨天夜裏又冷又潮，所以呢，他到了之後，他們就把火生了起來。「眼下您打算怎麼辦呢，福爾摩斯先生？」他問道。

我朋友笑了笑，把手搭在了我的胳膊上。「依我看，華生，我應該繼續體驗你成天譴責也理當譴責的煙草之害，」他説道。「你們兩位不反對的話，我們這就準備返回我們的小屋，因為據我看，這裏多半不會再有甚麼新的發現。我會仔細掂量這些事實，特雷根尼斯先生，想到了甚麼的話，我一定會跟您和牧師聯繫的。眼下呢，容我向你們兩位告退吧。」

回到頗度灣小屋之後，福爾摩斯完完全全地陷入了沉

思，許久之後才開口說話。他蜷在他那把扶手椅上，皺眉蹙額，眼神空洞邈遠，苦行僧一般的憔悴臉龐幾乎徹底隱沒在了煙草的藍煙之中。到最後，他放下手裏的煙斗，猛一下站了起來。

「煙草也不管用啊，華生！」他笑着說道。「咱們一起去山崖上走走吧，看看能不能找到一些燧石箭頭。跟這件案子的線索相比，還是燧石箭頭好找一些。沒有足夠的材料就在那裏瞎想，好比是讓引擎空轉，遲早會轉散架的。有了海邊空氣、陽光和耐性的幫助，華生——其他的一切都會來的。

「好了，咱們來平心靜氣地分析一下眼前的形勢，華生，」我倆順着山腳漫步的時候，他接着說道。「咱們得牢牢把握住少得可憐的**確鑿**事實，這樣的話，一旦有了甚麼新的情況，咱們就可以把它跟已有的事實聯繫起來。首先，我絕不懷疑，咱倆都不會接受惡魔干預人類事務的說法，一上來就可以把這種可能性徹底排除。很好。由此而來的結論就是，某種有意或者無意的人類活動對那三個人造成了極其恐怖的打擊。這是個非常穩固的立足點。好了，這事情發生在甚麼時候呢？假設莫蒂默·特雷根尼斯先生沒有說謊的話，事情顯然是發生在他剛剛離開的時候。這一點非常重要。按我的推測，事情就發生在他走後的幾分鐘之內。撲克牌仍然擺在桌子上，他們通常的就寢時間也已經過了，可他們仍然坐在原位，甚至沒有開始把椅子往後挪。由此看來，我必須重覆一遍，事情就發生他剛剛離開的時候，再晚也晚不過昨夜十一點。

「顯而易見，下一步應該是盡量查明莫蒂默·特雷根尼斯離開之後的行動。我輕而易舉地查明了這件事情，他的行動似乎沒有甚麼可疑之處。你這麼了解我的方法，當然知道我笨手笨腳地打翻水壺不過是一條急中生智的計策，這樣我才清清楚楚地看到了他的腳印，效果比其他的方法都要好。濡濕的沙土小徑圓滿地完成了這個任務。你肯定記得，昨天晚上是下過雨的，有了他腳印的樣本之後，我自然輕輕鬆鬆地從眾多足跡當中認出了他的足跡，查明了他離開之後的行動。看樣子，當時他確實是迅速地離開了現場，往牧師住宅的方向去了。

「如果莫蒂默·特雷根尼斯不在現場，戕害那三個牌手的人又來自屋子外面，咱們該怎麼推測那個人的身份，怎麼推測那個人製造如此恐怖的方法呢？波特太太興許可以排除在外，因為她顯然是個沒有危害的人。咱們不妨假設有人偷偷地摸到了對着花園的窗子跟前，通過某種方法製造出了一種極其恐怖的景象，把屋裏的人嚇得失魂落魄，真是這樣的話，咱們有沒有甚麼證據呢？唯一的證據來自莫蒂默·特雷根尼斯本人，按他的說法，他哥哥說過花園裏有動靜。這種說法着實古怪，因為昨天夜裏下着雨，雲層很厚，外面非常黑。如果有人想嚇唬屋裏的人，那就必須得把臉貼到窗玻璃上才行，不然的話，屋裏的人壓根兒就看不見他。那扇窗子外面有一塊三英尺寬的花床，花床上連腳印的影子都沒有。這一來，咱們就很難設想，那個外來人到底是通過甚麼方法把屋裏的人嚇成了那個樣子，與此同時，咱們也很難設想，到底是甚麼樣的動

機促成了如此稀奇古怪、如此煞費苦心的一個圖謀。這些難題你都看到了吧，華生？」

「這些難題再明顯不過了，」我回答道，打心眼兒裏同意他的看法。

「話又說回來，手頭的材料再多一點兒的話，咱們興許就會發現，這些難題並不是無法破解，」福爾摩斯說道。「按我看，華生，翻一翻你那些卷帙浩繁的案件記錄，你多半能找到一些同樣難解的謎題。好啦，拿到更加準確的材料之前，咱們不妨把這件案子擱在一邊。今天上午還剩一點兒時間，咱們就用來追蹤新石器時期的人類吧。」

以前我已經談論過我朋友轉移注意力的非凡本領，不過，他這種本領最讓我驚異的時候，還得說是我倆在康沃爾郡度過的那個春日上午。整整兩個鐘頭的時間裏面，他滔滔不絕地談論凱爾特人[*]、談論箭鏃和陶器殘片，語調輕鬆隨意，就跟他手頭根本沒有甚麼兇險的待解謎題似的。直到這天下午，我倆遠足歸來，等在小屋裏的一位訪客才讓我倆的心思迅速地回到了手頭的案子上。我倆都不需要別人來介紹訪客的身份。他身材魁偉，嶙峋的面孔溝壑縱橫，眼神熾烈，鼻子如同鷹喙，花白的頭髮幾乎掃到了小屋的天花板，還蓄着一部大鬍子——大鬍子的邊緣是金色的，靠近嘴巴的地方則幾乎是純然一白，只是被永不離口的雪茄染上了一圈兒煙漬。所有這些外貌特徵在倫敦

---

[*] 凱爾特人 (Celt) 是歐洲一些古代民族的統稱，尤指古代的不列顛人和高盧人。康沃爾郡曾經是凱爾特人聚居的地區；有一些版本當中的英文是沒有大寫的「celt」，泛指史前人類使用的石鑿石斧一類的工具，放在這個語境當中也可以講得通。

和非洲兩地享有同樣卓著的聲譽，只能讓人聯想到那位了不起的獵獅能手和探險家、聞名遐邇的萊昂‧斯滕戴爾博士。

　　我倆聽人說過他住在此地，之前也有一兩次在荒原的小路上瞥見了他高大的身影。不過，他從來都不曾跟我倆套近乎，我倆也絕對不會產生跟他親近的打算，因為大家都知道他喜歡清靜，為了清靜才把家安在了荒僻的畢恰姆‧阿萊安斯樹林。沒去非洲狩獵的時候，他大部分時間都待在樹林深處的一座小平房裏，埋頭鑽研自己的書籍和地圖，不跟任何人來往，自己料理自己的簡單生活，似乎是對左鄰右舍的事情毫不關心。這一來，此時我不免吃了一驚，因為他正在用急切的語氣向福爾摩斯打聽，這個神秘事件的調查工作有沒有甚麼進展。「郡裏的警察一籌莫展，」他說道，「不過，您比他們見多識廣，興許已經拿出了某種符合情理的解釋吧。我要求您對我坦誠相告，理由僅僅是我來這裏住過很多次，已經跟特雷根尼斯這家人非常熟絡。事實上，我母親也是康沃爾人，從她那邊算的話，我還可以管他們叫老表呢。有了這樣的一層關係，他們的離奇遭遇自然是讓我感到非常驚駭。不瞞您說，之前我正準備上非洲去，已經走到了普利茅斯*，可我今天早上聽到了這個消息，馬上就回這裏協助調查來了。」

　　福爾摩斯挑了挑眉毛。

　　「您這樣不會誤了船期嗎？」

---

*　普利茅斯 (Plymouth) 為德文郡西南部港口城市，西距頗度灣大約130公里。

「我打算趕下一班船。」

「我的天！這才叫真正的友情。」

「我不是説了嘛，他們是我的親戚啊。」

「説得也是——他們可是您母親那邊的表親哩。您的行李上船了嗎？」

「一部分上了船，大部分還在旅館裏。」

「我明白了。不過我敢肯定，普利茅斯的早報還沒來得及報道這件事情。」

「確實沒有，先生。有人發電報告訴我的。」

「我能問問電報是誰發的嗎？」

一抹陰雲從探險家瘦削的臉龐上一掠而過。

「您可真是喜歡打聽，福爾摩斯先生。」

「我幹的就是這行。」

斯滕戴爾博士竭力控制住了自己的火氣。「告訴您也沒關係，」他説道。「是教區牧師朗德海先生發電報叫我回來的。」

「謝謝您，」福爾摩斯説道。「關於您最初提出的那個問題，我的回答是這樣的，我還沒有徹底理清這件案子的頭緒，與此同時，我確信自己可以拿出某種結論。眼下我只能説到這裏，説別的都有點兒為時尚早。」

「您是不是已經有了具體的懷疑對象，這您總可以告訴我吧？」

「不行，這個問題我不能回答。」

「這樣的話，我就是白來了一趟，再待下去也沒有甚麼意義了。」這位著名的博士大踏步地走出了我倆的小

屋，看樣子是極其掃興。這之後還不到五分鐘，福爾摩斯已經追着博士出了門。他就此不知去向，天黑之後才回到了我倆的小屋裏。只見他腳步疲沓、臉色憔悴，調查工作顯然是進展不大。他掃了一眼等在屋裏的那封電報，跟着就把它扔進了壁爐。

「電報是普利茅斯的那家旅館發來的，華生，」他說道。「我從牧師那裏打聽到了旅館的名字，然後就發電報去核查萊昂·斯滕戴爾博士的說法。看樣子，昨晚他確實是住在那家旅館裏，也確實讓他的一部分行李隨船去了非洲，自己卻跑回來了解這次調查的情況。你覺得這是甚麼意思呢，華生？」

「意思是他非常關心這件事情。」

「非常關心──沒錯。這裏邊兒藏着一條線索，興許能幫咱們理清這團亂麻，只不過，咱們還沒有認清這條線索到底是甚麼。振作點兒，華生，因為我完全肯定，眼下咱們只是缺少材料而已。需要的材料一旦到手，咱們很快就能解決所有的難題。」

我完全沒有想到，福爾摩斯的話竟然會應驗得如此神速，也沒有想到，讓調查工作峰回路轉的新情況竟然會來得如此詭異、如此險惡。第二天早上，我正在窗前刮臉，突然聽見了一陣得得的馬蹄聲。抬頭一看，一輛輕便馬車順着大路飛奔而至，停在了我們的門口。我們的牧師朋友跳下馬車，沿着花園的小徑衝了過來。福爾摩斯已經打扮整齊，我倆便急匆匆地跑到樓下去迎接牧師。

我們的客人激動得語無倫次，好歹還是氣喘吁吁、結結巴巴地講完了他那個悲慘的故事。

「我們這裏鬧鬼啦，福爾摩斯先生！我這個倒霉的教區鬧鬼啦！」他高聲叫喊。「魔王本人正在這裏為所欲為！我們都落進了他的魔掌！」他激動得手舞足蹈，要不是因為那張死灰一般的面孔和那雙驚駭萬分的眼睛，他這副模樣就只能說是滑稽可笑。到最後，那條可怕的消息終於從他的嘴裏迸了出來。

「昨天夜裏，莫蒂默‧特雷根尼斯先生死了，死狀跟他的家人一模一樣。」

福爾摩斯一躍而起，渾身是勁。

「你那輛輕便馬車擠得下我們兩個嗎？」

「可以，擠得下。」

「那好，華生，咱們待會兒再吃早飯吧。朗德海先生，我們全都聽你的差遣。快，快，咱們得在現場破壞之前趕到那裏。」

牧師的房客租的是兩個獨處一隅的房間，寬敞的起居室在樓下，臥室則在起居室的上面。房間對着一片打槌球用的草坪，草坪一直延伸到了窗子跟前。我們搶在了醫生和警察的頭裏，現場的一切都維持着原來的模樣。在那個霧濛濛的三月早晨，我們眼前的情景在我心裏留下了永難磨滅的印象，走筆至此，容我將當時的情景如實道來。

起居室裏的空氣壓抑憋悶、令人窒息。率先發現慘劇的女僕已經打開了房間的窗子，如若不然，房裏的空氣還會更加讓人無法忍受。之所以如此，部分的原因興許是房

間中央的桌子上點着一盞冒煙的油燈。死者仰在桌子旁邊的一把椅子上，稀疏的鬍子伸向前方，眼鏡推上了額頭，黑瘦的面孔衝着窗子，已經在恐懼之中扭曲變形，跟他死去的妹妹一個模樣。他的四肢固定在了痙攣的狀態，手指也僵直彎曲，似乎是死於突然降臨的巨大恐怖。他穿得整整齊齊，種種跡象卻表明他穿衣的過程非常匆忙。之前我們已經了解到，他曾經上床就寢，慘遭不幸的時間則是今天凌晨。

　　剛剛踏進那座不祥的房子，福爾摩斯馬上變了模樣，目睹此景，他淡漠外表之下的熾烈能量立刻昭然若揭。剎那之間，他已經繃緊了所有的神經，眼睛閃閃發亮、面容驟然定格，四肢都躍躍欲試地顫抖起來。他衝上草坪，從窗子跳進起居室，在房間裏轉了一圈兒，跟着就上樓去了臥室，怎麼看怎麼像是一頭一往無前的獵狐犬，正在將獵物趕出樹叢。他在臥室裏匆匆地巡視了一番，最後就一把推開了臥室的窗子。那扇窗子似乎讓他多了一些興奮的理由，因為他把身子探到窗外，發出了一連串驚喜交集的大聲叫喊。這之後，他衝下樓梯，從起居室的窗子跳了出來，趴到草坪上，跟着又一躍而起，再一次爬進起居室，所有的動作都帶着獵手迫近獵物的那股勁頭。桌上的油燈普普通通，可他卻檢查得格外認真，還對燈盤進行了一些測量。隨後他拿起放大鏡，仔仔細細地檢查了一下燈罩頂部的雲母蓋子，把粘在蓋子外表面的一些灰土刮了下來，裝進一個信封，又把信封放進了他的皮夾。到最後，正當醫生和警察趕到現場的時候，他衝牧師打了個手勢，我們

三人便一起走到了外面的草坪上。

「值得高興的是，我的調查並非一無所獲，」他説道。「我不能留在這裏跟警察討論案情，不過，朗德海先生，如果你能替我跟那位督察打個招呼，請他多多留意臥室的窗子和起居室的油燈，我一定會感激不盡。這兩件東西都可以説是意味深長，合在一起便幾乎可以蓋棺論定。如果警方需要了解更多情況的話，我會在我的小屋裏恭候他們。好了，華生，依我看，咱們還是上別處去吧。」

可能是因為警方不喜歡業餘人士跑來攪和，也可能是因為他們覺得自己的調查大有希望，總而言之，接下來的兩天裏面，警方確確實實沒有理睬我們。在此期間，福爾摩斯有時是在小屋裏抽煙冥想，大部分時間則是在鄉野裏獨自散步，一走就是好幾個鐘頭，回來以後也不説自己去了甚麼地方。不過，他通過一個實驗向我展示了他的調查方向。他首先買來了一盞油燈，跟慘劇當天早晨莫蒂默·特雷根尼斯屋裏點的那盞一模一樣，然後就在燈盤裏灌上同樣的一種燈油，仔仔細細地測出了油燈燃盡的時間。除此之外，他還做了另外一個實驗，這個實驗比較煞風景，多半會讓我永生難忘。

「你應該記得，華生，」一天下午，他如是説道，「咱們了解到的情況雖然多種多樣，其中卻都包含着一個大致相同的情節。兩起慘案當中，房間裏的空氣都對率先進入房間的人造成了某種影響。莫蒂默·特雷根尼斯跟咱

們講過他最後一次 * 去他兄弟家的情形，其中說到醫生一進房間就栽倒在了一把椅子上，這你肯定記得吧？你已經忘啦？呃，我可以打包票，他確實這麼說過。好了，你肯定還記得另外一件事情，管家波特太太曾經告訴咱們，她一進房間就暈了過去，後來便打開了窗子。再來看第二起慘案，受害人變成了莫蒂默·特雷根尼斯自己，而你肯定不會忘記，我們趕到現場的時候，儘管女僕已經打開了窗子，房間裏的空氣依然憋悶得讓人窒息。開窗的女僕呢，根據我的調查，她身體十分不適，不得不回房睡覺去了。你肯定會同意，華生，這些事實對咱們很有啟發。也就是說，兩起慘案當中都有毒氣存在的跡象。此外，兩起慘案發生的時候，房間裏都有東西在燃燒，第一次是爐火，第二次則是油燈。爐火的存在固然合情合理，可是，咱們可以通過燈油消耗的情況判斷出來，油燈是在天光大亮之後很久才點起來的。原因何在呢？顯然是因為以下三者之間存在聯繫，其一是燃燒，其二是憋悶的空氣，最後則是那些人或瘋或死的悲慘結局。這一點非常清楚，不是嗎？」

「好像是吧。」

「最低限度，咱們也可以把它當作一種可行的假設。在此基礎之上，咱們不妨假定，兩起慘案的罪魁禍首都是某種物質，這種物質在燃燒的過程當中釋放出了一種氣體，產生了奇特的毒害作用。很好。在第一起慘案——也就是發生在特雷根尼斯兄弟家裏的那一起——當中，這種物質是投放在壁爐裏的。房間的窗子雖然關着，爐火卻必

---

* 原文如此。不過，嚴格說來，這不是「最後一次」。

然會把一部分的毒氣送入煙囪。可想而知，在第一起慘案當中，毒物的效力應該會比第二起慘案小，因為第二起慘案發生的地點不利於毒氣散逸。從實際的結果來看，這種推測似乎可以成立。在第一起慘案當中，中毒身亡的只有那個女人，想必是因為女性的機體較為敏感，其他的人則僅僅是表現出了暫時性或者永久性的瘋癲症狀，那樣的症狀顯然只是初期的中毒反應；與此同時，在第二起慘案當中，毒物的效力發揮到了十成。看樣子，種種事實都可以驗證咱們的假定，也就是說，罪魁禍首的確是一種通過燃燒發揮效力的毒物。

「腦子裏裝着這麼一根演繹鏈條，我自然在莫蒂默·特雷根尼斯的房間裏好好地搜尋了一番，希望能找到這種物質的殘渣餘燼。最容易想到的搜尋地點就是那盞油燈的雲母蓋子，也就是它的防煙罩。果不其然，我在蓋子上找到了一些片狀的灰燼，還在蓋子邊緣找到了一圈兒沒有燒過的褐色粉末。你也看見了，我把其中的一半刮了下來，裝到了信封裏。」

「為甚麼只刮一半呢，福爾摩斯？」

「親愛的華生啊，給警方製造障礙，這種事情我可幹不出來。我把我找到的所有證據都留給了他們。毒物仍然在雲母蓋子上等待他們的發現，只要他們有這個腦子就行。好了，華生，咱們這就把油燈點上吧。不過，咱們還得採取一點兒預防措施，把這扇窗子打開，免得兩位有益社會的優秀公民英年早逝。你就在那扇打開的窗子旁邊找把扶手椅坐下吧，除非你遵循一位明智之士的正常選擇，

決定對這件事情敬而遠之。噢，你打算全程參與啊，是嗎？我就知道，我不會看錯我的華生。我把這張椅子擺在你的對面，這樣一來，咱倆就可以面對面地坐着，跟毒物保持同樣的距離。門嘛，就讓它虛掩着好了。接下來，咱們可以觀察彼此的反應，一旦有人表現出了危險的症候，咱們就立刻終止這次實驗。你聽明白了嗎？很好，我這就把信封裏的藥粉——或者說是藥粉的殘渣——拿出來，撒到燃燒的油燈上面。行了！好啦，華生，咱們坐下來靜待下文吧。」

　　下文來得非常迅速。剛剛坐定，我立刻聞到了一股濃烈的麝香氣味，時有時無、令人作嘔。第一陣氣味剛剛襲來，我的大腦和思維立刻失去了所有的控制。一團濃重的烏雲在我眼前不停翻捲，而我恍恍惚惚地意識到，宇宙中所有的莫名恐懼，所有那些恐怖至極、邪惡得不可思議的事物，全都潛藏在這團烏雲裏面，眼下我還看不見它們，可它們馬上就會從雲裏衝出來，攫住我驚惶失措的神智。各種模糊的影像在黑暗的雲堆裏盤旋游弋，每個影像都是一種威脅、一個警告，預示着某種厄運即將降臨，還預示着某個無法言喻的邪靈即將踏進房門，單是它的影子就足以摧毀我的靈魂。冰冷的恐懼佔據了我的心，我覺得自己頭髮直豎、眼睛外凸、嘴巴大張、舌頭板結，腦子裏亂作一團，一定是有甚麼地方斷了線。我想要大聲叫喊，並且模模糊糊地聽見了某種嘶啞的乾嚎，那的確是我自己的聲音，同時又顯得迢遙渺遠，彷彿是從天外傳來。就在這個時刻，憑借某種求生的意志，我猛然穿透這團絕望的烏

雲，瞬間瞥見了福爾摩斯的臉。他的臉慘白僵硬，已經在恐懼之中變了形，面容跟之前的那些死者一模一樣。看到這樣的景象，我在剎那之間找回了神智和力量，於是就從椅子上一躍而起，一把抱住福爾摩斯，拖着他一起踉踉蹌蹌地衝出了房門。轉眼之間，我倆已經一頭栽倒在門外的草地上，肩並肩地趴在那裏，意識之中只有一樣東西，那就是燦爛的陽光。陽光一瀉如注，正在穿透籠罩我倆的那團地獄一般的恐懼。恐懼從我倆的腦子裏慢慢退去，如同從大地之上漸漸消散的霧氣。到最後，安寧與理性捲土重來，我倆坐在草地上，一邊擦拭額上的冷汗，一邊惶恐不安地面面相覷，在對方的臉上尋找適才那番恐怖經歷的殘餘痕跡。

「説真的，華生！」良久之後，福爾摩斯顫聲説道，「我得跟你道聲謝謝，還得向你賠個不是。這種實驗用在自個兒身上都説不過去，用在朋友身上就更是毫無道理。我真的覺得非常抱歉。」

「知道嗎，」我從來沒見過福爾摩斯如此坦白地敞開心扉，於是就激動地回答道，「能幫上你的忙，正是我最大的快樂和榮幸。」

他總是喜歡用一種半是調侃、半是挖苦的態度來對待身邊的人，聽了我的回答，他立刻故態復萌。「親愛的華生啊，要想把咱倆逼瘋，完全是多此一舉，」他説道。「持論公允的旁觀者都會説，咱倆肯定是已經瘋了，要不就不會投入如此瘋狂的一次實驗。説老實話，我真是沒想到，這東西的效果竟然來得如此突然、如此猛烈。」説到這裏，

他衝進小屋，把那盞尚未熄滅的油燈端了出來，胳膊伸得筆直，好讓油燈遠離自己。緊接着，他把油燈扔進了一叢樹莓。「咱們得等上一小會兒，讓房間裏的空氣換一換。要我說，華生，這兩起慘案是怎麼發生的，你應該不會再有任何疑問了吧？」

「一點兒疑問也沒有。」

「不過，慘案的由頭仍然是不清不楚。上這邊的涼亭裏來吧，咱們一起分析一下。我覺得，那種歹毒的玩意兒到現在都還卡着我的脖子哩。依我看，咱們必須承認，所有跡象都表明莫蒂默・特雷根尼斯這個傢伙就是第一起慘案的兇手，儘管他是第二起慘案的受害人。首先，咱們得記住一個事實，這家人曾經鬧過糾紛，後來才達成了和解。當初的糾紛有多麼激烈，後來的和解又有多麼真誠，咱們都不得而知。想到莫蒂默・特雷根尼斯，想到他那張狐狸一般的臉，還有他藏在鏡片背後的那雙賊溜溜、光閃閃的小眼睛，我覺得這個人的心胸寬廣不到哪裏去。其次，你肯定還記得，正是他提出了花園裏有動靜的說法，一時間轉移了咱們的注意，讓咱們放過了造成慘案的真正原因。他這麼誤導咱們，顯然是別有用心。最後，如果不是他在離開屋子的時候把毒物投進了爐火的話，投毒的人又能是誰呢？他剛剛走出屋子，慘案就接踵而至。如果有別人進屋的話，他的家人肯定會起身離開桌子。除此之外，康沃爾郡的生活非常寧靜，誰也不會在夜裏十點之後到別人家去串門。由此看來，咱們完全可以認定，所有跡象都可以表明，莫蒂默・特雷根尼斯就是罪犯。」

「這麼說的話，他自個兒的死竟然是一起自殺事件！」

「呃，華生，表面看來，這種可能性也是存在的。一個人對自己的家人下了如此毒手，良心上背負着沉重的包袱，完全有可能在悔恨交加之下自尋死路。可是，這種假設包含着一些非常明顯的破綻。幸運的是，英格蘭好歹有那麼一個了解全部真相的人，而我已經安排妥當，今天下午，咱們就可以聽他親口講述相關的事實。哈！他到得比約定的時間早了一點兒。麻煩您往這邊來，萊昂·斯滕戴爾博士。剛才我們在屋裏做了一個化學實驗，結果嘛，我們那間小屋已經完全不適合接待您這樣的貴客啦。」

之前我已經聽見了花園大門的響動，這會兒便看到了小徑上的魁偉身影，來人正是那位了不起的非洲探險家。聽到福爾摩斯的話，他略顯驚訝地轉過身，向着我倆所在的簡陋涼亭走了過來。

「您派人來找我，福爾摩斯先生，我是在大概一個鐘頭之前收到您的便條的。眼下我已經來了，不過說實話，我真不明白我為甚麼要聽從您的號令。」

「您這個問題，咱們興許能在分別之前搞清楚，」福爾摩斯說道。「與此同時，您這麼屈駕光臨，我覺得十分感激。露天待客有欠禮數，還請您多多包涵，只不過，我和我朋友華生眼下都需要一點兒純淨的空氣，原因是不久之前，我倆差一點兒就為報紙上所說的『康沃爾慘案』增添了一個額外的章節。咱們要談的事情跟您本人密切相關，需要一個沒有人能偷聽的場合，這樣看來，在露天談倒也不錯。」

探險家把嘴裏的雪茄拿了下來，嚴厲地盯着我的同伴。

「我不太明白，先生，」他說道，「您要談論的事情，有甚麼能跟我本人密切相關。」

「謀殺莫蒂默·特雷根尼斯的事情，」福爾摩斯說道。

有那麼一瞬間，我真希望自己帶了武器。斯滕戴爾猛然撲向我的同伴，雙拳緊握，兇惡的臉漲成了暗紅色，眼睛裏怒火熊熊，額上的蚓曲青筋紛紛綻露。緊接着，他停住腳步，借着一股子蠻勁強行恢復了冰冷僵硬的平靜神態。跟他剛才那種一時衝動的突然發作相比，這樣的平靜神態更顯得來者不善。

「我長年跟那些無法無天的野蠻人為伴，」博士說道，「已經習慣了自己替自己執法。您最好不要忘了這一點，福爾摩斯先生，因為我不想傷着您。」

「我也不想傷着您，斯滕戴爾博士。當然嘍，最清楚的證據就是，知道了這些事情之後，我找的是您，並不是警方。」

斯滕戴爾倒吸一口涼氣，坐了下來。他過了一輩子的冒險生活，像這麼懾服於人興許還是第一次。福爾摩斯的神態鎮定威嚴、不容抗拒，我們的客人一時間張口結舌、心慌意亂，一雙大手不停地攥緊放開。

「您打的是甚麼主意？」客人終於開了口。「您要是存心恐嚇的話，福爾摩斯先生，那您可就找錯了對象。咱們就別再轉彎抹角了吧，您打的**到底**是甚麼主意？」

「我這就告訴您，」福爾摩斯說道，「而我之所以告訴您，只是因為我希望以坦誠換取坦誠。下一步我打算怎

麼辦，完全取決於您能為自己提供一份怎樣的辯詞。」

「我的辯詞？」

「沒錯，先生。」

「為甚麼要我提供辯詞？」

「因為您面臨着謀殺莫蒂默・特雷根尼斯的指控。」

斯滕戴爾用手帕擦了擦額上的汗水。「說實在的，您可真能詐唬，」他說道。「難道說，您那些輝煌業績靠的都是這種虛張聲勢的非凡本事嗎？」

「虛張聲勢的不是我，」福爾摩斯厲聲說道，「而是您，萊昂・斯滕戴爾博士。為了證明我所言不虛，我這就告訴您幾個事實，好讓您知道我的結論是怎麼來的。您從普利茅斯趕回這裏，任由他們把您的大部分行李繼續運往非洲，這件事情我不想多說，不過我可以告訴你，就是這件事情首先提醒了我，要想弄清這齣戲的來龍去脈，那就必須把您的角色考慮進去——」

「我之所以趕回來——」

「您趕回來的理由我已經聽過了，在我看來，那樣的理由只能說是蒼白無力。這一點咱們暫且不談。回來之後，您跑到我這裏來，問我懷疑哪個人。我拒絕回答您的問題，於是您跑到了牧師的住處，在門外等了一陣，最終還是回您自個兒的小屋去了。」

「這您是怎麼知道的呢？」

「我跟蹤了您。」

「我看我身後沒人啊。」

「跟蹤的人既然是我，您看到的自然會是身後沒人的

光景。回到自個兒的小屋之後，您坐立不安地過了一夜，盤算好了某種計劃，第二天凌晨就付諸實施。天一亮您就出了門，您家的大門旁邊有一堆淺紅色的小石子，於是您撿了一些，揣進了自己的口袋。」

斯滕戴爾猛一激靈，驚愕不已地看着福爾摩斯。

「接下來，您迅速地走完了一英里的路程，趕到了牧師住宅。我還可以補充一點，當時您穿的就是眼下您腳上這雙瓦楞底的網球鞋。到了牧師住宅之後，您穿過果園和側面的樹籬，走到了房客特雷根尼斯的窗子下面。這時候天已經大亮，屋裏的人卻還沒有起身，於是您從口袋裏掏出了一些小石子，用它們去打樓上的那扇窗子。」

斯滕戴爾一躍而起。

「要我說，您簡直是魔王現世！」他大叫一聲。

聽了這麼一句恭維，福爾摩斯一笑了之。「您扔了兩次石子，興許是三次，那個房客終於出現在了窗前。您打手勢讓他下來，他急匆匆地穿好衣服，走進了樓下的起居室，您也從窗子爬了進去。你們兩個聊了一陣，只不過沒聊多久，其間您一直在房間裏來回踱步。這之後，您出了房間，關上窗子，然後就站在外面的草坪上，一邊抽雪茄，一邊觀看接下來的事情。等到特雷根尼斯死了之後，您順着來路離開了現場。好了，斯滕戴爾博士，您打算怎麼解釋自己的所作所為，您的行為又是出於甚麼樣的動機呢？您要是支支吾吾，或者是跟我耍甚麼花樣，那我可以跟您打包票，這件事情馬上就會脫離我的控制範圍，再也不能挽回。」

聽着福爾摩斯的這番控訴，我們的客人漸漸變得面如死灰。到這會兒，他用雙手捂住自己的臉，坐在那裏沉思了一陣。接下來，他突然把心一橫，毅然決然地從胸前的口袋裏掏出一張相片，把相片扔到了我倆面前的簡陋桌子上。

「這就是我的動機，」他説道。

他扔在桌上的是一張半身相片，相片裏是一個非常美麗的女子。福爾摩斯俯身看了看。

「布倫達‧特雷根尼斯，」福爾摩斯説道。

「沒錯，布倫達‧特雷根尼斯，」我們的客人重覆了一遍。「多年以來，我一直愛着她。多年以來，她也一直愛着我。人們總是奇怪我為甚麼要在康沃爾隱居，其中的秘密就在這裏。隱居在康沃爾，我才能靠近我在這世上唯一的一件心愛之物。我沒法娶她過門，因為我已經有了妻室，我妻子在多年之前就已經捨我而去，英格蘭的該死法律卻讓我離不了婚。布倫達等了好些年，我也等了好些年。等來等去，等來的就是這麼一個結果。」説到這裏，他猛烈地抽泣起來，魁梧的身軀不停顫抖，不得不把手伸到斑白的鬍鬚下面，掐住了自己的喉嚨。接下來，他努力控制住了自己的情緒，繼續説道：

「牧師知道這件事情，他是我倆的知心朋友。他可以告訴你們，布倫達真的是一位降落凡間的天使。就是因為這個緣故，他才會給我發電報，我才會趕回來。聽説我心愛的人如此慘死，行李也好，非洲也好，對我來説又算得

了甚麼呢？關於我的所作所為，您要的解釋就在這裏，福爾摩斯先生。」

「接着講吧，」我朋友說道。

斯滕戴爾博士從口袋裏掏出一個紙包，把紙包放在了桌子上。紙包外面寫着「*Radix pedis diaboli*」*，這行字的下方是一個紅色的毒物標識。接着，他把紙包推到了我的面前。「先生，我聽說您是一位醫生。那麼，您聽說過這種藥物嗎？」

「魔鬼之足根！沒有，我從來沒聽說過。」

「沒聽說過也不要緊，並不代表您的專業學識有所欠缺，」他說道，「因為據我所知，全歐洲只有布達†的一個實驗室有它的樣品，別的地方都沒有。時至今日，它既沒有載入藥典，也沒有載入毒物學文獻。這種植物的根一半像人腳，一半像羊蹄，所以呢，一名愛好植物學的傳教士就給它起了這麼個稀奇古怪的學名‡。西非一些地方的巫醫用它來充當神判藥物§，還把它視作一個不傳之秘。完全是因為機緣巧合，我才從烏班吉河¶一帶弄來了這份

---

* 這是作者臆造的一個草藥拉丁學名，*Radix* 的意思是「根部」，*pedis diaboli* 的字面意思是「魔鬼之足」，連起來表示這種草藥來源於拉丁學名為 *Pedis diaboli* 的植物，入藥部位為根部，叫這個名字的源植物既然不存在，這種藥物自然出於虛構。中藥材也使用這種學名，比如根部入藥的刺五加，拉丁學名即 *Radix Acanthopanacis Senticosi*。

† 布達 (Buda) 是今日匈牙利首都布達佩斯的一部分，曾經是一個獨立的城市，於 1873 年與佩斯 (Pest) 合併成為布達佩斯。

‡ 在西方的傳說當中，魔鬼長有羊蹄。

§ 「神判」就是讓神來審判嫌疑人，形式則是讓嫌疑人接受某種危險的考驗（比如服用毒藥），通過即為無罪，反之則反。

¶ 烏班吉河 (Ubangi) 是非洲中部的一條河流。

樣品。」他一邊說，一邊打開了紙包，包裹裝的是一堆形似鼻煙的紅褐色粉末。

「然後呢，先生？」福爾摩斯厲聲問道。

「我這就把前前後後的經過原原本本地告訴您，福爾摩斯先生，既然您已經掌握了這麼多情況，我的上策顯然是對您坦白一切。剛才我已經說了，我跟特雷根尼斯一家是一種甚麼樣的關係。因為布倫達的緣故，我跟她那些兄弟也有不錯的交情。他們家為了財產的事情鬧過一場家庭糾紛，致使莫蒂默這個傢伙跟家裏人產生了隔閡。到後來，大家都覺得以前的隔閡已經煙消雲散，所以我繼續跟他來往，就像我跟他家裏的其他成員來往一樣。他這個人陰險狡猾、詭計多端，以前也幹過幾件讓我懷疑的事情，話又說回來，我倒沒碰上過非得跟他發生口角的情況。

「有一天，那一天離現在只有兩個星期，他到我的小屋來找我，我給他看了我在非洲搜集的一些新鮮玩意兒，其中就有這包藥粉。我給他講了這種毒物的奇特效力，講了它對人腦恐懼中樞的刺激作用，也講了那些土著的事情。我告訴他，如果那些土著悖時倒運，被部落裏的祭司送去接受神判的話，下場都是非死即瘋。我還告訴他，以歐洲現有的科學水平，人們完全查不出它的蛛絲馬跡。我不知道他是怎麼弄到它的，因為我一直都在房間裏待着，不過，其間我曾經打開一些櫥櫃，俯身擺弄裏面的箱子，他肯定是趁那個時候偷走了一些『魔鬼之足』根粉。我記得非常清楚，當時他問了我一大堆問題，問這種毒物要

多少分量才有效果，起效又要多長時間，可我萬萬沒有想到，問那些問題的時候，他竟然心懷鬼胎。

「我並沒有把他這次來訪放在心上，在普利茅斯接到牧師的電報之後，我才回想起這件事情。這個惡棍肯定是以為我即將上船，來不及聽到出事的消息，並且以為我既然去了非洲，自然會好幾年沒有音訊。可他沒有想到，我馬上就趕了回來。聽到詳情之後，我當然立刻斷定，兇手用了我手裏的這種毒藥。我之所以過來找您，是因為我心裏還存着一絲僥倖，想看您有沒有找到甚麼別的解釋。不過，這事情壓根兒就不會有甚麼別的解釋。我確信莫蒂默‧特雷根尼斯就是兇手，確信他因財起意，把『魔鬼之足』根粉用在了家人的身上，心裏的算盤興許是，如果家裏的其他成員都瘋了的話，他就可以獨佔全家人共有的產業。這麼着，他把兩個親人害成了瘋子，還害死了他的妹妹布倫達，害死了唯一的一個我愛過的人，也是唯一的一個愛過我的人。他的罪狀既是如此，他的懲罰又該是甚麼呢？

「我該不該訴諸法律？我的證據又在哪裏呢？我自己知道這些事情都是真的，可是，陪審團的成員不過是一幫鄉巴佬，我有沒有辦法讓他們相信如此離奇的一個故事呢？也許有，也許沒有。可我承受不了失敗的打擊，滿心都是復仇的吶喊。之前我跟您說過，福爾摩斯先生，我在無法無天的地界生活了大半輩子，最後就養成了自己替自己執法的習慣。這一次也不例外。我打定了主意，要讓他施諸他人的厄運報應到他自己身上。不然的話，我就要親

手向他討還公道。此時此刻，全英格蘭也找不出一個比我更不顧惜自己性命的人。

「好了，我已經把所有的事情告訴了您，其餘的事情嘛，您自個兒已經查到了。就像您說的那樣，我確實是坐立不安地過了一夜，大清早就離開了我的小屋。我估計叫醒他不太容易，於是就從您提過的那個礫石堆裏面撿了一些石子，用石子去打他的窗子。他下了樓，讓我從起居室的窗子進了屋。我當面揭露了他的罪行，並且告訴他，我這次來，為的是同時履行法官和劊子手的職責。看到我手裏的左輪手槍，那個可憐蟲一下子癱在了一把椅子上。我點起油燈，把藥粉撒在蓋子上，然後就守在窗子外面，一旦他試圖離開房間，我就會立刻開槍，兌現我對他說過的威脅。還沒到五分鐘，他已經一命嗚呼。我的上帝！他死得可真是慘！可我始終心如鐵石，因為他嘗到的所有痛苦，我那個無辜的愛人都曾經嘗過。我的故事已經講完啦，福爾摩斯先生。如果您愛過某個女人，興許您也會像我這麼幹。不管怎麼樣，眼下我只能聽憑您的發落。您怎麼發落都行，因為我已經說了，世上找不出比我更不怕死的人。」

福爾摩斯坐在那裏沉思了一小會兒。

「您原來的打算是甚麼呢？」他終於開口發問。

「我原來打算把我這把老骨頭扔在中非，我在那裏的工作只完成了一半。」

「那就去完成剩下的一半吧，」福爾摩斯說道。「不管別人如何，我反正是不打算阻止您的。」

斯滕戴爾博士伸直了魁偉的身軀，神色蕭穆地鞠了一躬，就此走出了涼亭。福爾摩斯點起煙斗，又把煙草袋子遞給了我。

「吸幾口沒有毒性的煙霧，倒不失為一種不錯的調劑，」他說道。「依我看，華生，你肯定會同意，這並不是一件咱們受託調查的案子。咱們的調查是獨立的，完全可以自行其是。你該不會覺得這個人有罪吧？」

「當然不會，」我回答道。

「我從來不曾有過戀愛的經歷，華生，話又說回來，如果我愛過、我愛的女人又如此慘死的話，我的行動興許也跟咱們這位目無法紀的獵獅能手差不多。誰知道呢？好了，華生，我不打算跟你解釋那些一目瞭然的細節，免得侮辱你的智力。當然嘍，我這次調查的突破口不是別的，正是殘留在窗台上的那枚石子。牧師的花園裏可找不出那種石子，直到我把注意力轉向斯滕戴爾博士和他的小屋之後，我才找到了它的同類。整個兒的演繹鏈條可以說是相當清晰，大白天點亮的油燈和蓋子上的殘餘藥粉則構成了兩個連續的環節。好啦，親愛的華生，依我看，咱們不妨把這件事情置之腦後，問心無愧地繼續研究關於亞拉姆語淵源的問題。毫無疑問，只要好好地研究一下凱爾特民族偉大語言的康沃爾分支，咱們肯定能找到亞拉姆語的蛛絲馬跡。」

福爾摩斯謝幕演出

　　時間是八月二日，晚上九點。這是世界歷史上最可怕的一個八月 *，周遭的一切凝神斂息，悶熱凝滯的空氣中瀰漫着一種模模糊糊的預感，讓人油然想到，上帝的詛咒馬上就會降臨這個墮落的世界。太陽早已落山，遠遠的西方卻低低地橫亙着一抹殷紅的殘霞，宛如一道未愈的傷口。上方是熠熠生輝的群星，下方則是海灣裏來往船隻的閃爍燈火。兩位著名的德國人佇立在花園小徑的石欄旁邊，身後是一座又長又矮、山牆林立的房屋。他倆正在俯瞰下方的寬廣海灘，所在的地方則是一堵白堊巨崖的頂端，四年之前，馮‧博克把自己的家安在了這裏，如同一隻離群孤棲的老鷹。兩個人把腦袋湊在一起，正在竊竊私語。他倆都在吸雪茄，若是你從下方往上看，兩個紅光閃爍的雪茄煙頭就像是一雙煙焰繚繞的惡魔之眼，正在透過黑暗俯視着你。

　　這個馮‧博克非同小可，堪稱是德國皇帝麾下所有忠誠間諜之中最出色的人物。他的才幹讓他獲得了最重要的

---

* 這篇故事首次發表於 1917 年 9 月，從故事時間來說，這是福爾摩斯偵辦的最後一個案件；此處所説「最可怕的一個八月」是指 1914 年 8 月，第一次世界大戰於是月爆發，其間德國於 8 月 3 日對法國宣戰，並於 8 月 4 日入侵中立的比利時，意在包抄法國，英國於同日對德宣戰。

一項諜報任務，也就是前來英國刺探情報，不但如此，在那些真正了解內情的人看來，自從他接受這項任務之後，他的才幹更有了越來越突出的體現。世上只有六個人洞悉內情，其中之一就是他眼下的同伴、德國公使館首席秘書馮‧赫靈男爵。此時此刻，男爵那輛形體巨大的一百馬力平治轎車停在一旁，把那條鄉間小路堵了個嚴嚴實實，正等着把它的主人送回倫敦。

「根據我對形勢的判斷，十之八九，你本週就得回柏林去，」秘書說道。「回去之後，親愛的馮‧博克，我看你一定會為他們給你準備的禮遇感到驚奇。最高當局對你在英國的工作有些甚麼評價，我也是略有所聞的。」秘書是個大塊頭，又高又壯，主要的政治資本則是他那種慢條斯理、一本正經的說話方式。

馮‧博克笑了起來。

「要騙他們並不難，」他如是說道。「比他們還要馴良單純的民族，你連想都想不出來。」

「我倒不這麼覺得，」對方若有所思地說道。「他們有一些古怪的規矩，你必須得學會遵守。外鄉人往往會着他們的道，就是因為他們這種表面上的單純。乍一看，你會覺得他們溫和之極。接下來，你卻會突然撞上某種十分堅硬的東西，這時你才會恍然大悟，你已經觸到了他們的底線，只能設法適應頭破血流的現實。舉例說吧，他們有一些坐井觀天的島民習俗，不遵守是**絕對**不行的。」

「您指的是『舉止得體』之類的東西嗎？」馮‧博克嘆了一口氣，似乎是在這些方面吃過不少苦頭。

「我指的是所有那些千奇百怪的英國式偏見。為了說明這一點，我打算拿我自己栽的一個大跟頭來做例子——我並不害怕談論自己栽的跟頭，因為你非常了解我的工作，看得到我的成就。事情發生在我剛來英國的時候，一位內閣大臣請我去他的鄉間別墅參加週末聚會，聚會期間，人們的談話隨意得叫人吃驚。」

馮·博克點了點頭。「我也去過那裏，」他乾巴巴地說了一句。

「沒錯。呃，聚會結束之後，我自然就把席間搜集到的情報整理成一份摘要，發給了柏林方面。不巧的是，我們那位可敬的總理在這些事情上有點兒毛手毛腳，不小心說漏了嘴，表明他知道聚會期間的談話內容。當然嘍，他的話直接把火引到了我的身上。你根本想像不到，那件事情對我造成了多麼大的傷害。我可以跟你打包票，那一次，我們那些英國主人的態度一點兒都不溫和。我花了兩年的時間才擺脫那件事情的影響。你倒好，端着你這副運動員的姿態——」

「不，不對，您不能把這叫做『姿態』。姿態是裝出來的，我這可是天性的流露。我生來就擅長運動，而且樂在其中。」

「是啊，這樣一來，效果就更好啦。你跟他們賽艇，跟他們一起打獵、打馬球，哪一項運動都不落在他們後面，你的四駕馬車也在奧林匹亞 * 奪得了大獎。我甚至聽人說過，你居然跟那些年輕的軍官打起了拳擊賽。結果

---

* 這裏的「奧林匹亞」(Olympia) 是倫敦的一個展覽中心。

呢？誰也不把你當回事，都覺得你是個『運動行家』、『德國人當中的君子』，還是個酗酒成性、夜夜笙歌、滿城亂躥、沒心沒肺的小伙子。與此同時，你這座寧靜的鄉間別墅一直是英格蘭半數破壞活動的中心，而你這個愛好運動的鄉紳也一直是全歐洲最精明的秘密特工。天才啊，親愛的馮·博克——真是天才！」

「您過獎了，男爵。不過，我確實可以說一句，我在英國的四年並不是一事無成。我還沒領您參觀過我那個小小的倉庫呢，您願意進屋待會兒嗎？」

書房的門正對着露台。馮·博克推開房門，率先走進房間，「咔嗒」一聲摁亮電燈，把身後的大塊頭秘書讓了進去，然後就關上房門，把格子窗上的厚重簾帷拉得嚴嚴實實。他做好了所有這些預防措施，跟着又檢查了一遍，這才把他那張鷹隼一般的黝黑臉龐轉向了客人。

「我的一部分文件已經不在這兒了，」他說道。「昨天，我妻子和家裏的其他人一起去了弗利辛恩*，帶走了不太重要的一些文件。當然嘍，我必須要求使館為剩下的這些文件提供保護。」

「我們已經把你列入了隨員名單，你和你的行李都不會遇上甚麼麻煩。當然，趕巧了的話，咱們興許也不是非走不可。英國沒準兒會讓法國自生自滅，因為我們確切地知道，英法兩國並沒有簽訂甚麼有約束力的條約。」

「比利時也是這樣嗎？」

「沒錯，比利時也是這樣。」

---

* 弗利辛恩(Flushing, 亦作 Vlissingen) 是荷蘭西南部的一個港口城市。

馮·博克搖了搖頭。「我覺得這怎麼也不可能。有一個明明白白的條約擺在那裏，英國要是在這樣的羞辱面前忍氣吞聲，那就永遠也抬不起頭啦 *。」

「她至少可以得到暫時的太平啊。」

「可是，她的榮譽該怎麼辦呢？」

「得了吧，親愛的先生，咱們生活在一個功利主義的時代，『榮譽』卻是個中世紀的字眼兒。除此之外，英國並沒有做好打仗的準備。説起來都讓人不敢相信，咱們收了五千萬的戰爭特別税，誰都會覺得咱們的意圖已經昭然若揭，就跟在《泰晤士報》的頭版登了廣告一樣，即便如此，這裏的人依然沉睡不醒。時不時地會有人提出問題，我的責任就是給他們一個滿意的答覆；時不時地還有人感到憤慨，我的責任就是平息他們的怨氣。不過，我可以跟你打包票，就那些關鍵環節而言，甚麼軍需儲備啦、防禦潛艇攻擊的措施啦、製造烈性炸藥的計劃啦，英國甚麼準備也沒有。既然如此，英國怎麼可能參戰呢，更何況，咱們還把她的內部攪成了一鍋粥，弄出了愛爾蘭內戰、砸窗子的潑婦†，還有天曉得的其他一些讓她自顧不暇的事情。」

---

* 這裏的「條約」是指歐洲多個國家於 1839 年簽署的《倫敦條約》(*Treaty of London*)，該條約要求比利時永久保持中立地位，同時暗示，一旦比利時遭受侵略，締約各國有義務捍衞她的中立地位。英國是締約國之一，因此便在德國入侵比利時之後對德宣戰。參見上文注釋。

† 當時的愛爾蘭正在爭取獨立，局勢緊張，不過尚未爆發內戰；「砸窗子的潑婦」應該是指當時英國的女權運動者，為了爭取選舉權之類的平等權利，她們採取了包括砸窗子在內的一些過激行動，尤以自由黨首相阿斯奎斯 (Herbert Henry Asquith, 1852–1928) 當政期間 (1908 至 1916 年) 為甚。1908 年，女權運動者甚至砸碎了首

「她總得為自己的將來着想吧。」

「哦，那就是另一碼事了。要我説，關於英國的將來，咱們已經有了非常明確的計劃，還有啊，你提供的情報將會在其中發揮至關重要的作用。今天或者明天，早晚會輪到約翰‧布爾先生 * 的。如果他願意今天打，咱們已經做好了充分的準備。如果他選擇明天，咱們的準備還會更加充分。我倒是覺得，他們的上策是跟盟友並肩作戰，不要等到必須獨力支撐的時候，不過呢，這是他們自個兒的事情，用不着咱們操心。這個星期就是他們的轉折關頭。對了，剛才你不是在説你的那些文件嘛。」秘書窩在扶手椅上，悠然自得地吞雲吐霧，光溜溜的大腦袋在燈光下閃閃發亮。

這個寬敞的房間鑲着橡木牆板，四壁都是書架，遠端的角落裏掛着一道簾子。拉開簾子之後，一個包有黃銅的大保險櫃露了出來。馮‧博克從自己的錶鏈上取下一把小小的鑰匙，在保險櫃的鎖上折騰了好一番工夫，跟着就一把拉開了厚重的櫃門。

「瞧！」他喊了一聲，站到一旁，衝秘書招了招手。

燈光把保險櫃的內部照得清清楚楚，使館秘書全神貫注地凝視着櫃子裏的一排排滿滿當當的文件格子。每個格子都貼着標籤，一眼望去，他看到了一長串諸如「淺灘」、「港口防禦」、「飛機」、「愛爾蘭」、「埃及」、「樸

相官邸唐寧街 10 號的窗子。

* 約翰‧布爾先生 (Mr. John Bull)，舊譯「約翰牛」，是源自十八世紀初的一個漫畫形象，可以指代英國人，也可以指代英國，尤指英格蘭。

茨茅斯要塞」、「英吉利海峽」、「羅塞思」*之類的名稱，
此外還有幾十個別的。所有的格子都塞滿了文件和圖紙。

「了不起！」秘書説道，跟着就放下雪茄，用他那雙
肥碩的手輕輕地鼓起掌來。

「所有這些都是在四年的時間裏收集來的，男爵。
對於一名狂飲無度、成天跑馬的鄉紳來説，這也算不賴了
吧。不過，我最精美的那件藏品還在路上呢，這不，位置
我都給它留好啦。」説到這裏，他指了指標着「海軍密碼」
的那個格子。

「可是，你那個格子裏的檔案已經很豐富了啊。」

「全都是些過時的廢紙。英國的海軍部莫名其妙地產
生了警覺，把所有的密碼都給換了。這可是一次沉重的打
擊，男爵，是我整場戰役當中最慘的一個敗仗。不過，多
虧了我的支票簿，還有能幹的埃爾塔蒙，所有問題都可以
在今天晚上得到補救。」

男爵看了看錶，從喉嚨裏發出了一聲失望的驚呼。

「呃，我真的不能再等啦。你應該明白，此時此刻，
卡爾頓巷†那邊事情很多，我們都得各就各位。我本來還
打算把你取得巨大成功的消息帶回去呢。埃爾塔蒙沒説甚
麼時候來嗎？」

馮‧博克把一封電報推到了男爵面前。

---

* 樸茨茅斯 (Portsmouth) 和羅塞思 (Rosythe) 都曾經是英國的重要軍
港。

† 當時的德國駐倫敦使館在卡爾頓公館巷 (Carlton House Terrace)；
《修院學堂》也曾經提到卡爾頓公館巷，該故事主人公霍德瑞斯
公爵的倫敦住宅即在此地。

今晚必攜新火花塞前來。

埃爾塔蒙

「火花塞，嗯？」

「您知道嗎，他假扮成了一名汽車專家，而我的車庫裏停滿了汽車。按照我倆約定的暗號，有可能到手的所有資料都用汽車配件來命名。如果他說『水箱』，指的就是戰列艦，『油泵』則是巡洋艦，如此等等。『火花塞』就是海軍密碼。」

「電報是今天中午從樸茨茅斯發來的，」秘書一邊察看電報的抬頭，一邊說道。「對了，你給他的報酬是甚麼呢？」

「這件活計的報酬是五百鎊。當然嘍，他還有日常的薪水。」

「真是個貪心不足的無賴。他們這樣的叛徒確實有用，可我還是不甘心讓他們掙這種髒錢。」

「如果是埃爾塔蒙，給多少我都甘心。他是個非常出色的特工。用他自個兒的話來說，我給他的價錢固然高，終歸也從他那裏拿到了東西。還有啊，他並不是甚麼叛徒。我敢跟您打包票，說到對英國的態度，跟那些滿心仇怨的愛爾蘭裔美國人比起來，咱們那些最激烈的大日耳曼主義容克 * 也不過是溫順的乳鴿而已。」

「哦，他是個愛爾蘭裔美國人嗎？」

---

* 大日耳曼主義 (Pan–Germanism) 的主張是將全歐洲的德語人口通通納入一個單一民族國家；容克 (Junker) 指德國地主貴族階層的成員，這些人有錢有勢、思想保守，通常支持君主制度和軍國主義主張。

「聽聽他的口音，您就不會再有甚麼疑問。說實在的，有時候我簡直聽不懂他在說甚麼。看樣子，他不光是跟英國的國王過不去，還跟國王陛下的英語 * 過不去。您一定要走嗎？他隨時都會到這裏來的。」

「不走不行。很抱歉，可我已經耽擱得太久啦。明天你早點兒來吧，一旦你把密碼本帶進約克公爵台階旁邊的那道小門†，就算是為你在英國的工作畫上了一個圓滿的句號。甚麼！你還準備了托考依葡萄酒‡！」他指了指立在托盤裏的一個積滿塵土的酒瓶，瓶子封得嚴嚴實實，旁邊還放着兩隻高腳酒杯。

「您願意喝一杯再走嗎？」

「不了，謝謝。看樣子，你們兩個還打算痛飲一頓哩。」

「埃爾塔蒙喝酒的口味很刁，而且看上了我的托考依葡萄酒。他這個傢伙非常敏感，你必須在小事情上面將就他一下。說真的，研究他可是我的必修課哩。」說話間，他倆已經再次走上露台，正在順着露台往外走。等在露台遠端的司機輕輕一碰，男爵那輛龐大的轎車立刻震顫起

---

* 「國王陛下的英語」(King's English) 是一種習慣説法，指的是標準規範的英語。
† 意思就是帶進當時的德國使館。約克公爵台階 (Duke of York Steps) 指的是約克公爵紀念柱 (Duke of York Column) 底部的台階，紀念柱位於卡爾頓公館巷，建於 1831 年，紀念的是英王喬治三世的次子約克公爵。
‡ 托考依葡萄酒 (Tokay) 指的是產於匈牙利托考依地區的一種享有盛譽的葡萄酒，下文中提及的奧匈帝國皇帝弗蘭茨‧約瑟夫曾經長期向英國女王維多利亞贈送這種葡萄酒。

來，發出了隆隆的轟鳴聲。「依我看，那一定是哈里奇[*]的燈火，」秘書一邊說，一邊穿上了風衣。「一切都是多麼地平靜、多麼地安寧啊。本週之內，那裏興許就會有一些其他的火光，英國的海岸也不會再像現在這麼寧靜啦！如果那個能幹的齊柏林[†]答應我們的事情都能實現的話，英國的天空多半也保不住眼下的太平。對了，那個人是誰？」

他倆的身後只有一扇窗子還透着亮光，窗子裏面點着一盞油燈，油燈側畔的桌子旁邊坐着一位可親可敬、面色紅潤的老太太，戴着一頂鄉村便帽。她正在埋頭編織東西，還時不時地停下活計，伸手去撫摸身邊小凳上的一隻大黑貓。

「那是瑪莎，我就留了這麼一個僕人。」

秘書吃吃地笑了起來。

「她簡直就是不列顛妮亞[‡]的化身哩，」他說道，「滿腦子都是自個兒的事情，悠閒自在、昏昏欲睡。好了，再見，馮・博克！」他揮手作別，鑽進轎車，轉眼之間，轎車頭燈射出的兩束金光已經穿透了前方的黑暗。秘書仰在

---

[*] 哈里奇 (Harwich) 是英格蘭東南的一個港口城鎮，地處要衝，當時有英國皇家海軍的基地。

[†] 齊柏林 (Ferdinand von Zeppelin, 1838–1917) 為德國貴族及工程師，發明了一種名為「齊柏林」的飛艇。當時的人們一度認為這種飛艇是制空權的保證。

[‡] 不列顛妮亞 (Britannia) 是英國的女性擬人化身，與希臘神話中的雅典娜相似，通常的形象是手執三叉戟和盾牌、頭戴戰盔。譯者以為，作者借敵對國家間諜之口用「不列顛妮亞」來形容一位戴便帽（戰盔）、做編織活（毛衣針和針線笸籮取代了三叉戟和盾牌）的鄉村老太太，暗喻英國外柔內剛的性格，堪稱妙筆。

豪華座駕的靠墊上，全神貫注地思考着即將到來的歐洲戰禍，因此就沒有留意到，自己的轎車順着村中街道曲折行進的時候，差一點兒就撞上了迎面駛來的一輛小小的福特轎車。

輛車燈光消失在遠方之後，馮‧博克慢慢地走回書房。路過老管家那個窗口的時候，他發現她已經滅燈回房。他的家人和僕人為數眾多，房子也很大，眼下的寂靜和黑暗讓他覺得有點兒不適應。不過，他的家人都到了安全的地方，房子裏剩下的只有之前在廚房裏磨蹭的那個老婦人，想到這些，他又覺得很是欣慰。書房裏還有許多東西需要收拾，於是他動起手來，焚燒文件的火焰把他那張機敏的英俊臉龐烘得通紅。接下來，他開始有條不紊地把保險櫃裏的寶貝往桌子旁邊的一隻皮箱裏裝。正在這時，他那雙靈敏的耳朵聽到了一輛轎車從遠處駛來的聲音，於是他歡呼一聲，扣上皮箱，鎖好保險櫃，急匆匆地走上露台，剛好看到一輛開着車燈的小型轎車在大門旁邊停了下來。乘客鑽出轎車，快步走了過來。司機已經上了點年紀，身形壯碩、髭鬚斑白，此時依然氣定神閒地坐在車裏，看樣子是做好了長久等候的準備。

「怎麼樣？」馮‧博克一邊跑上去迎接客人，一邊急不可耐地問了一聲。

來人沒有回答，只是把一個小小的牛皮紙包裹舉過頭頂，得意洋洋地晃了晃。

「今天晚上，你真應該鼓掌歡迎我才是，先生，」來人高聲嚷道。「東西總算是到手啦。」

「你説的是密碼嗎？」

「跟我在電報裏説的一樣，旗語、燈光信號、無線電密碼，一分一毫都不少。我得提醒你一句，我拿來的只是副本，並不是原件，拿原件太危險啦。不過，貨是真的，這你只管放心。」他粗魯地拍了拍德國人的肩膀，德國人一閃身，沒有理會他這種親熱的表示。

「進來吧，」德國人説道。「屋裏只剩我一個人了，等的就是這樣東西。當然嘍，副本比原件還要好。原件丟了的話，他們肯定會換掉所有的密碼。你確定這份副本不會留下後患嗎？」

愛爾蘭裔美國人已經走進書房，攤開細長的四肢坐在了扶手椅上。他年已六旬，又高又瘦，輪廓分明，蓄着一小撮山羊鬍子，整個兒的模樣有點兒像漫畫裏的山姆大叔。一支抽了一半的雪茄耷拉在他的嘴角，已經被唾沫給浸濕了。坐下之後，他劃燃一根火柴，重新點上了雪茄。「收拾東西準備走啦？」他一邊四處張望，一邊問道。「我説，先生，」看到露在簾子外面的保險櫃之後，他補了一句，「你該不會告訴我，你就用那個東西來裝你的文件吧？」

「有甚麼問題嗎？」

「老天爺，文件就裝在那麼個沒遮沒擋的破玩意兒裏面！虧你還號稱是個間諜呢。可不是嗎，只需要一把開罐頭的小刀，美國的扒手就可以把它撬開。要是早知道你會把我的信大大咧咧地扔進那麼一個玩意兒的話，傻子才給你寫信呢。」

「甚麼樣的扒手也撬不開那個保險櫃，」馮·博克回

答道。「你用甚麼工具都割不開那種金屬。」

「鎖呢？」

「開不了，鎖的密碼是雙重的。你知道甚麼叫『雙重』嗎？」

「沒聽說過，」美國人說道。

「呃，意思就是你得知道一個單詞加一組數字才能開鎖。」他站起身來，指了指鎖孔周圍的雙圈轉盤。「外面的一圈兒是用來撥字母的，裏面的一圈兒則是數字。」

「好吧，好吧，這麼說也還不錯。」

「瞧見了吧，它並不像你想的那麼簡單。保險櫃是我四年前找人做的，我選的密碼是哪個單詞加哪組數字，你猜得出來嗎？」

「這我可猜不出來。」

「呃，我選的單詞是『august』（八月），數字是『1914』，合起來剛好就是眼下的這個時間。」

美國人的臉上露出了既驚且佩的表情。

「我的天，這可真是妙極啦！你選的密碼確實挺藝術的。」

「是啊，即便是在四年之前，我們那邊的一些人也猜得出動手的日子。日子已經到了，明天早上，我這裏也要關門大吉啦。」

「呃，要我說，你還得把我的事情安排好才行。我可不打算孤零零地待在這個該死的國家裏。照我的估計，最多不過一個星期，約翰‧布爾先生就該暴跳如雷啦。我還是隔岸觀火比較安全。」

「你可是美國公民啊，有甚麼關係呢？」

「咳，傑克・詹姆斯也是美國公民，還不是照樣在波特蘭*蹲班房。遇上了英國的警察，說你是美國公民也不管用。他會跟你說，『這裏是英國法紀的管轄範圍。』對了，先生，說到傑克・詹姆斯，我覺得你可沒怎麼替你的人打掩護啊。」

「這話是甚麼意思？」馮・博克厲聲問道。

「呃，你是他們的東家，對吧？不讓他們栽跟頭是你的責任。可是，他們確確實實栽了跟頭，甚麼時候見你拉過他們一把呢？栽跟頭的有詹姆斯——」

「那只能怪詹姆斯自己，這一點你自個兒也明白。他太愛自作主張，幹不了這種活計。」

「詹姆斯確實是個笨蛋——這我倒可以打包票。接下來還有霍利斯。」

「那傢伙是個瘋子。」

「呃，快栽跟頭的時候，他確實有點兒稀裏糊塗。從早到晚都得跟上百個隨時可能告發自己的人混在一起，想不發瘋也不行啊。可是，還有斯泰納——」

馮・博克猛一激靈，紅彤彤的臉龐稍稍有點兒發白。

「斯泰納怎麼啦？」

「呃，沒怎麼，他們把他給逮住啦。昨天晚上，他們突襲了他的鋪子，把他和他的文件一塊兒送進了樸茨茅斯監獄。你倒是一走了之，他這個倒霉蛋卻不得不承擔後

---

* 這裏的波特蘭 (Portland) 指的是英格蘭多塞特郡波特蘭島上的一座監獄。

果，能撿條命就算不錯啦。所以啊，你走了之後，我也要趕緊跑到海峽對面去。」

馮‧博克是個意志堅強、深沉內斂的人，這個消息卻讓他受到了顯而易見的震撼。

「他們怎麼能查到斯泰納呢？」他喃喃自語。「這可是迄今為止最大的打擊了。」

「咳，差一點兒還有更大的呢，按我看，他們就快查到我頭上了。」

「不會吧！」

「不會才怪。我在弗拉頓*那邊的房東太太受到了警察的盤問，聽說這件事情之後，我就知道自個兒的動作得快點兒啦。可是，先生，我倒想問一問，警察是怎麼知道這些事情的呢？從我開始幫你做事的時候算起，到斯泰納失手為止，你已經折了五個人，而我也知道，我要不趕緊跑的話，第六個會是誰。這事情你打算怎麼解釋呢，看着你的人這麼紛紛倒下，你不覺得丟臉嗎？」

馮‧博克的臉漲得通紅。

「你哪來的膽子，怎麼敢說這種話！」

「我要是沒有膽子，也就不會幫你做事啦。不過，我這就跟你實打實地講講心裏話吧。我聽人家說，一旦一名情報員完成了自己的任務，你們那些德國政客是不怕過河拆橋的。」

馮‧博克跳了起來。

「你居然敢說我出賣自己的情報員！」

---

* 弗拉頓 (Fratton) 是樸茨茅斯的一個區域。

「我倒不是這個意思，先生，不過呢，某個地方肯定有一隻囮子，或者是一個騙局，具體是甚麼地方，得靠你自己去查清楚。不管怎麼樣，我是不想再玩兒命啦。我打算去那個巴掌大的荷蘭 *，越快越好。」

馮‧博克壓住了自己的怒火。

「咱們做了這麼久的盟友，怎麼也不能在這個勝利的時刻傷和氣，」他說道。「你幹得非常漂亮，冒的風險也不少，這些我是不會忘記的。你當然可以去荷蘭，還可以從鹿特丹坐船去紐約。一週之後，其他的航線就都不安全了。把那個本子給我，我好把它跟其他東西一起打包。」

美國人把紙包拿在手裏，並沒有交出去的意思。

「銀子呢？」他問道。

「甚麼？」

「我說的就是油水，就是賞金，就是那五百鎊。臨到最後關頭，那個炮手的態度下流得要命，我額外加了一百塊才把他擺平，不然的話，你跟我都得玩兒完。他跟我說甚麼『給多少也不成！』而且是來真的，不過，加了一百塊之後，事情還是成了。這東西前前後後花了我兩百鎊，所以呢，我那份兒不到手的話，我是絕不會把它交出去的。」

馮‧博克不無苦澀地笑了笑。「看樣子，你對我的信用評價不高啊，」他說道，「非得見到我的錢才肯給本子。」

「咳，先生，生意就是生意嘛。」

---

* 荷蘭是一戰當中的中立國，可以充當避風港。

「好吧，就按你説的辦。」他坐到桌邊，寫好一張支票，把支票從支票簿上扯了下來，但卻沒有交給美國人。「説來説去，埃爾塔蒙先生，咱們用的既然是生意上的規矩，」他説道，「你信任我幾分，我也只能信任你幾分。聽明白了嗎？」他補了一句，回頭看着美國人。「支票就擺在桌上。你把錢拿走之前，我要求驗一驗你的包裹。」

美國人二話不説，直接把紙包遞了過去。馮・博克解開一圈兒繩子，又拆掉兩層包裝紙，跟着就看到一本藍色的小冊子，一下子目瞪口呆地愣在了那裏。小冊子的封皮上印着一行金字：養蜂實用手冊。諜報大師直勾勾地盯着這個離題萬里的書名，愣神也不過是一瞬間的事情。下一個瞬間，一隻鐵鉗似的手已經抓住了他的後頸，一塊浸過氯仿的海綿也已經捂住了他扭曲變形的臉。

「再來一杯，華生！」歇洛克・福爾摩斯先生一邊説*，一邊把那瓶帝國托考依葡萄酒†伸了過去。

車裏那個身形壯碩的司機已經坐在了桌子旁邊，這會兒便迫不及待地遞上了自己的杯子。

「好酒啊，福爾摩斯。」

「還不是一般的好酒哩，華生。躺在沙發上的這位朋友信誓旦旦地告訴我，這瓶酒來自弗蘭茨・約瑟夫的美泉

---

* 福爾摩斯在這個故事當中化名「埃爾塔蒙」（Altamont），亞瑟・柯南・道爾的父親全名是「查爾斯・埃爾塔蒙・道爾」（Charles Altamont Doyle）。

† 帝國托考依葡萄酒是指奧匈帝國皇室專屬葡萄園釀造的托考依葡萄酒。

宮酒窖 *。麻煩你把窗子打開，揮發的氯仿可增加不了美酒的風味。」

福爾摩斯站在櫃門半開的保險櫃跟前，把櫃子裏的卷宗一個一個地往外拿，先是飛快地檢查一遍，再把它們整整齊齊地碼進馮·博克的那個皮箱。德國人躺在沙發上，鼾聲如雷，一根皮帶縛住了他的雙臂，另一根縛住了他的雙腿。

「咱們不用着急，華生。沒人會來打擾咱們。你摁一下喚人鈴，好嗎？這屋裏沒有別人，只有老瑪莎，她的表現棒極啦。剛剛接到這項任務，我就把她安插到了這裏。噢，瑪莎，告訴你一個好消息，一切都很順利。」

喜氣洋洋的老夫人已經出現在了門口，這會兒便微笑着衝福爾摩斯先生深施一禮，跟着又不無憂慮地瞥了一眼沙發上的人。

「沒事的，瑪莎。他一點兒事兒也沒有。」

「那就好，福爾摩斯先生。按他自個兒的標準看，他也算是個好東家。昨天他還打算讓我跟他妻子一起去德國哩，可是，那樣就跟您的計劃對不上了，對吧，先生？」

「確實對不上，瑪莎。你不在這兒，我怎麼能放心呢。今天晚上，我們等了好一會兒才等到你的信號。」

「因為那個秘書在這兒，先生。」

「我知道，路上我們碰見了他的車。」

---

* 　弗蘭茨·約瑟夫 (Franz Joseph, 1830–1916) 為奧匈帝國皇帝，他的姪子及皇位繼承人斐迪南大公遇刺事件是一戰的導火索；美泉宮 (Schönbrunn Palace) 位於維也納，是奧匈帝國君主的夏宮。

「我還以為他打算賴着不走呢，而且我知道，他要是在這兒的話，也跟您的計劃對不上。」

「確實對不上。還好，只等了半個鐘頭，我們就看到你的燈滅了，由此知道障礙已經掃清。你明天再向我匯報吧，瑪莎，到倫敦的克拉里奇酒店＊去找我。」

「好的，先生。」

「你已經收拾好了吧。」

「是的，先生。今天他發了七封信，我照常把收信人的地址記了下來。」

「好極了，瑪莎，明天我再看吧。晚安。這些文件，」老夫人離開之後，他接着說道，「都沒有甚麼特別大的價值，原因嘛，可想而知，他早就已經把文件裏的情報交給了德國政府。這些都是情報的原件，往國外送是不安全的。」

「照你這麼說，這些文件都只是廢紙而已。」

「我倒不會說得這麼絕對，華生。它們至少可以告訴咱們，哪些事情他們知道，哪些又不知道。告訴你吧，很多文件都是我給他的，不用我說，你也知道它們完全靠不住。要是能看到一艘德國巡洋艦按照我提供的雷區海圖駛入索倫特海峽†，一定會讓我的暮年增輝添彩。還有你，華生」——他停下手頭的工作，抓住了老友的雙肩——「我還沒在燈光之下好好地瞧瞧你呢。這些年你過得怎麼

＊　克拉里奇酒店 (Claridge's Hotel) 是真實存在的一家豪華酒店。

†　索倫特海峽 (Solent) 是英格蘭中南海岸與懷特島之間的一個小海峽。

樣啊？看樣子，你還是當初那個輕鬆快活的小伙計嘛。」

「我覺得自己年輕了二十歲，福爾摩斯。你發電報讓我開車到哈里奇去找你，我這輩子還很少像收到電報的時候那麼高興呢。說說你吧，福爾摩斯，你的樣子也沒怎麼變，除了那一撮難看的山羊鬍子之外。」

「為了自己的祖國，這樣的犧牲在所難免，華生，」福爾摩斯一邊說，一邊捋了捋自己的小山羊鬍子。「等到明天，山羊鬍子就只是一種不愉快的回憶啦。只需要理個發，再做那麼一點兒皮面工夫，明天我肯定會煥然一新地出現在克拉里奇酒店，恢復我在這個美國花樣——對不起，華生，我的英語辭源似乎已經遭受了永久性的污染——這個美國角色找上門來之前的模樣。」

「可你已經退休了啊，福爾摩斯。我們都聽說你躲進了南部丘陵 * 的一個小農莊，過起了與蜜蜂和書籍為伴的隱士生活。」

「一點兒不錯，華生。這就是我悠閒歲月的碩果、我近些年裏的力作！」他拿起桌上的那本小冊子，念出了完整的書名：養蜂實用手冊——兼論隔離蜂王的技巧。「書是我獨力完成的。我拿出當初觀察倫敦犯罪階層的勁頭，細細地觀察那些辛勤勞作的小小族群，度過了一個個忙忙碌碌的白天、一個個苦思冥想的夜晚。瞧瞧吧，這就是我日夜辛勞換來的果實。」

---

* 南部丘陵 (South Downs) 指的是英格蘭東南部的一大片丘陵地帶，本系列他處數次提及福爾摩斯隱居薩塞克斯丘陵，薩塞克斯丘陵為南部丘陵的一部分。

「可你怎麼會重操舊業呢？」

「這個嘛，我自個兒也經常覺得奇怪哩。單是外交大臣的話，我還可以敷衍過去，可是，首相大人竟然也屈尊踏進了我的陋室——！是這樣，華生，沙發上的這位先生是個獨一無二的人物，好得讓我國人民有點兒受不了啦。我們的事情出了不少岔子，誰也找不到出岔子的原因。政府盯上了一些間諜，甚至還抓了幾個，種種跡象卻表明，那些人的背後有一個強有力的隱秘主腦。政府無論如何也得把那個主腦挖出來，於是就強烈敦促我展開調查。調查工作花了我整整兩年的時間，華生，過程倒也不能說是平淡乏味。我首先去了芝加哥，又在布法羅混進了愛爾蘭人的一個秘密幫會，還給斯基巴林＊的警方添了很大的麻煩，這才讓馮‧博克手下的一名情報員覺得我是個合適的人選、把我推薦給了馮‧博克。聽了這些，你想必已經明白，這件事情確實是非常複雜。打那以後，馮‧博克對我信任有加，令我倍感榮幸，可這並不能阻止他的大多數計劃出現不易覺察的問題、不能阻止他那五個最能幹的情報員銀鐺入獄。我密切地觀察着他們的長勢，華生，成熟一個我就摘一個。呃，先生，你沒事吧！」

最後一句話是衝馮‧博克說的，後者又是抽涼氣又是眨眼睛地折騰了好一陣，之後就靜靜地躺在那裏傾聽福爾摩斯的長篇大論，眼下則突然發作，嘴裏迸出一連串惡狠狠的德語謾罵，一張臉也氣得變了形。福爾摩斯繼續飛快

＊　「斯基巴林」的英文是「Skibbareen」，或應作「Skibbereen」，後
　　者為愛爾蘭島南端的一個小鎮。

地檢查文件，任由他的俘虜在旁邊咒罵不停。

「德語雖然沒甚麼音樂性，但卻是表達能力最強的一種語言，」馮·博克精疲力竭地住嘴之後，福爾摩斯如是品評。「嘿！嘿！」他補了一句，死死地盯着一張摹印圖紙的邊角看了一陣，然後才把圖紙放進盒子。「這張圖紙應該可以把另一隻鳥兒送進籠子。雖然我早就盯上了這個主計官，可我真沒想到，他竟然下流到這種程度。馮·博克先生，你可真是作惡多端。」

俘虜已經掙扎着從沙發上支起了身子，這會兒正直勾勾地盯着福爾摩斯，用的是混合着驚愕與仇恨的古怪眼神。

「我會從你身上找回來的，埃爾塔蒙，」他一字一頓地說道。「哪怕得花一輩子的時間，我也一定要從你身上找回來！」

「老掉牙的情歌又來了，」福爾摩斯說道。「過去的日子裏，我早就聽膩了啊。這是不幸去世的莫里亞蒂教授最鍾愛的小曲兒，塞巴斯蒂安·莫蘭上校也喜歡哼哼兩句*，然而，時至今日，我不還是好端端地在南部丘陵養蜜蜂嘛。」

「不得好死，你這個雙料叛徒！」德國人嚷道，使勁兒想掙開身上的綁縛，眼睛裏燃着殺氣騰騰的怒火。

「不，不對，我沒有你說的那麼壞，」福爾摩斯笑着說道。「聽了我剛才的話，你肯定已經明白，芝加哥的埃

---

* 關於莫里亞蒂教授和莫蘭上校，參見《最後一案》和《空屋子》。這裏提到莫蘭上校的語句用的是現在完成時，意味着莫蘭仍然在世，由此看來，莫蘭雖然在《空屋子》當中落網，最終還是逃脫了絞架。

爾塔蒙先生實際上是個子虛烏有的人物。我用過他一段時間,眼下他已經消失啦。」

「那你到底是誰?」

「說真的,我是誰都無所謂,不過,馮‧博克先生,既然你好像對這個問題有點兒興趣,那我不妨告訴你,這並不是我第一次跟你們家的人打交道。我在德國經辦過不少業務,你多半聽說過我的名字。」

「我倒是很想聽一聽,」普魯士人惡狠狠地說道。

「是我讓艾琳‧阿德勒不再糾纏前波希米亞國王 *,那時你表兄海因里希正在擔任帝國公使,也是我,讓你母親的兄長格拉芬斯坦伯爵逃脫了無政府主義分子克羅普曼的謀殺陰謀,還是我──」

馮‧博克驚得坐了起來。

「那你只可能是那個人,」他嘆了一聲。

「沒錯,」福爾摩斯說道。

馮‧博克哀嘆一聲,倒回了沙發上。「可我的大多數情報都是從你那裏來的,」他叫了起來。「那些東西能有甚麼價值呢?我的成果又是些甚麼呢?我可算是徹底完蛋了!」

「那些東西確實有點兒靠不住,」福爾摩斯說道。「不核對一下是不行的,可你們已經沒有核對的時間啦。你們的海軍司令將會發現,跟他的預計相比,我們的新式火炮大了不少,巡洋艦的速度興許也快了那麼一點點。」

---

* 參見《波希米亞醜聞》。

馮·博克絕望地扼住了自己的咽喉。

「毫無疑問，你們會在適當的時候發現，還有很多細節也不符合事實。不過，馮·博克先生，你擁有一個絕大多數德國人都沒有的長處，那就是公平競技的精神。你讓那麼多的人上了當，到最後，你自個兒也上了別人的當，認識到這一點，你想必不會對我懷恨在心。說到底，你為你的國家盡了力，我也為我的國家盡了力，這樣的事情不是再正常不過了嗎？還有啊，」他伸手拍了拍這個頹唐敗將的肩膀，好聲好氣地補了一句，「這樣總比栽在某個下作對頭的手裏要強吧。文件已經收拾好了，華生。麻煩你幫我把俘虜抬出去，咱們這就可以往倫敦進發了。」

要把馮·博克抬出去可不是那麼容易，因為他身強力壯，眼下又被逼到了絕境。到最後，兩個朋友一人抓住他一隻胳膊，推着他順着那條花園小徑往外走，速度緩慢之極。短短幾個鐘頭之前，他還在同一條小徑上豪情萬丈地高視闊步、接受那位著名外交家的祝賀呢。經過一場短暫的最後格鬥之後，兩個朋友把手腳依然綁着皮帶的馮·博克放在了那輛小型轎車的空座上，又把他那個寶貝箱子塞在了他的身旁。

「依我看，按眼下的條件來說，這樣已經是最舒服的啦，」安排停當之後，福爾摩斯說道。「我要是點支雪茄送到你嘴裏的話，你不會覺得我太放肆吧？」

不過，甚麼樣的照顧也安撫不了那個怒不可遏的德國人。

「我覺得你應該知道，歇洛克·福爾摩斯先生，」他

說道，「如果你們的政府支持你這麼幹的話，那就是一種戰爭行為。」

「你們政府的態度，還有你幹的這些事情，又該怎麼解釋呢？」福爾摩斯說道，敲了敲那個箱子。

「你只能代表你自己，沒有權力逮捕我，整件事情絕對是法理難容、令人髮指。」

「絕對是這樣。」

「綁架德國公民。」

「並且盜竊他的私人文件。」

「嗬，你倒也明白你們幹了些甚麼事情，你，還有你這個同伙。從村子裏經過的時候，我要是高聲呼救的話──」

「親愛的先生，你要是做出這等蠢事的話，多半就會給我國那些名字缺乏變化的鄉村旅館增添一個新的選擇，讓它們可以掛出一塊招牌，『吊着的普魯士人』。英格蘭人雖然很有耐性，眼下卻有點兒着急上火，所以呢，你最好不要把他們逼得太狠。不行的，馮·博克先生，你還是放明白點兒，老老實實地跟我們去蘇格蘭場吧。到了那裏之後，你可以跟你的朋友馮·赫靈男爵聯繫聯繫，看看你是否依然可以得到他為你保留的那個使館隨員席位。至於你，華生，我聽說你打算重操軍醫舊業，跟我們並肩戰鬥，這樣看來，你去倫敦也是順路。跟我一起在露台上待會兒吧，說不定，咱們再也沒機會平平靜靜地交談啦。」

兩個朋友親密地交談了幾分鐘，光景宛如昨日，他們的俘虜則在車裏扭來扭去，徒勞地想要掙開身上的綁縛。

兩個朋友轉身走向轎車的時候，福爾摩斯回頭指了指灑滿月光的海面，若有所思地搖了搖頭。

「要颳東風啦，華生。」

「我覺得不會，福爾摩斯。天氣暖和得很啊。」

「華生老兄！這年月甚麼都在變，唯有你屹立依然。不管你覺得會不會，東風終歸要來，而且是英格蘭從來不曾見過的暴風。這陣風定然寒冷徹骨，華生，我們當中的許多人都會在風中枯萎凋謝。即便如此，這陣風依然是出自上帝的意願，風暴平息之後，沐浴在陽光之下的將會是一片更加潔淨、更加美好、更加堅實的土地。發動汽車吧，華生，咱們該上路啦。我這兒有一張五百鎊的支票，最好是早點兒兌現為妙，因為開支票的人多半幹得出止付的事情，如果他辦得到的話。」

ISBN 978-0-19-399548-2

9 780193 995482

福爾摩斯全集 VI